William Trevor
Liebe und Sommer

Roman

Aus dem Englischen
von Hans-Christian Oeser

| Hoffmann und Campe |

Die Originalausgabe erschien 2009
unter dem Titel *Love and Summer* bei Viking, London.

Die Übersetzung dieses Romans wurde unterstützt
vom Ireland Literature Exchange (translation fund),
Dublin, Ireland
www.irelandliterature.com
info@irelandliterature.com

1. Auflage 2009

www.hoca.de
Typografie und Satz:
Farnschläder & Mahlstedt, Hamburg
Druck und Bindung: Druckerei C. H. Beck, Nördlingen
Printed in Germany
ISBN 978-3-455-40201-8

HOFFMANN
UND CAMPE

Ein Unternehmen der
GANSKE VERLAGSGRUPPE

Für Jane

I

An einem Juniabend in den späten fünfziger Jahren des zwanzigsten Jahrhunderts durchquerte Mrs Eileen Connulty die Stadt Rathmoye: von The Square Nummer 4 zur Magennis Street, von da in die Hurley Lane, die Irish Street entlang, über die Cloughjordan Road bis zur Kirche zum Heiligsten Erlöser. Dort verbrachte sie die Nacht.

Das Leben, das ein Ende gefunden hatte, war ein Leben voll guter Werke und guter Vorsätze gewesen, mit einem gewissen Maß an Strenge in häuslichen und familiären Angelegenheiten. Die Hoffnung auf persönliches Glück, die Mrs Connulty vor langer Zeit bewogen hatte, sich auf Ehestand und Geburt zweier Kinder einzulassen, war seither verflogen: Ihr Mann und ihre Tochter hatten sie enttäuscht. Beim Herannahen des Todes hatte sie befürchtet, sich nunmehr ihrem Mann zugesellen zu müssen, und gebetet, davon verschont zu bleiben. Von ihrer Tochter hatte sie sich bereitwillig getrennt; ihren Sohn zurückzulassen – jetzt fünfzig Jahre alt und ihr Liebling, seit er als Säugling in ihren Armen lag – hatte Mrs Connulty Tränen gekostet.

Die Rollos der Privathäuser, die herabgelassen worden waren, als der Sarg die Straßen passierte, wurden hochgezogen, kaum dass er entschwunden war. Läden, die geschlossen hatten, öffneten wieder. Männer, die die Köpfe entblößt hatten, setzten ihre Mützen oder Hüte wieder auf, die Kinder in der Hurley Lane, die ihre Spiele unterbrochen hatten, brauchten nicht länger gebändigt zu werden. Die Bestattungsunternehmer schritten die Kirchentreppe hinab. Zur morgigen Messe würde ein Bischof eintreffen; bis zuletzt würde Mrs Connulty die ihr gebührende Ehre zuteil.

Seinerzeit hatte es geheißen, der Familie, in die Mrs Connulty eingeheiratet hatte, gehöre halb Rathmoye, ein Eindruck, den ihr Pub in der Magennis Street, ihr Kohlenlagerplatz in der St. Matthew Street und ihr 1903 gegründetes Gästehaus The Square Nummer 4 hervorgerufen hatten. In den darauffolgenden Jahrzehnten waren weitere Immobilien in der Stadt hinzugekauft worden, die nach Instandsetzung und Renovierung bescheidene Mieten einbrachten, die zu einer beträchtlichen Gesamtsumme aufliefen. Trotzdem übertrieben die Leute, wenn sie behaupteten, den Connultys gehöre halb Rathmoye.

Die Stadt, dicht gedrängt und gewöhnlich, lag in einer Mulde und war dort aus Gründen entstanden, die niemand kannte und um die niemand sich Gedanken machte. Am ersten Montag im Monat brachten die Bauern ihr Vieh und liehen sich bei einer der beiden Banken von Rathmoye Geld. Vom Zahnarzt, der am Square praktizierte, ließen sie sich die Zähne ziehen, gelegentlich baten sie einen Anwalt um Rat, sie begutachteten den Landmaschinenpark von Des Devlin in der Nenagh Road, schlossen Geschäfte mit Heffernan, dem Saatguthändler, ab und tranken in einem der zahlreichen Pubs der Stadt. Ihre Frauen kauften Lebensmittel im Cash & Carry ein oder, falls sie nicht haushalten mussten, bei McGovern's; Schuhe bei Tyler's, Kleider, Vorhangstoffe und Wachstücher in der Tuchhandlung Corbally's. Früher, vor dem Bau des großen Shannon-Wasserkraftwerks, hatte es Arbeit in der Mühle und im Elektrizitätswerk der Mühle gegeben; jetzt gab es Arbeit in der Molkerei und in der Kondensmilchfabrik, auf Bauhöfen, in Geschäften und Pubs oder in der Mineralwasserfabrik. Am Square stand ein Gerichtsgebäude, am Ende der Mill Street befand sich ein stillgelegter Bahnhof. Es gab zwei Kirchen und ein Kloster, eine Schule der Christlichen Brüder und eine Berufsfachschule. Pläne für ein Schwimmbad harrten der Bereitstellung von Geldmitteln.

In Rathmoye sei nichts los, sagten seine Bewohner, blieben meistenteils aber trotzdem dort wohnen. Nur die Jungen zogen fort – nach Dublin, Cork oder Limerick, nach England, manchmal auch nach Amerika. Viele kehrten zurück. Auch dass nichts los sei, war eine Übertreibung.

Die Totenmesse fand am Morgen des folgenden Tages statt, und als sie zu Ende war, blieben die Trauergäste vor dem Friedhofstor stehen und erklärten, man werde Mrs Connulty nie vergessen, weder in der Stadt noch darüber hinaus. Die Frauen, die sich zusammen mit ihr in der Kirche zum Heiligsten Erlöser abgeplagt hatten, beteuerten, sie sei ihnen allen ein Vorbild gewesen. Sie erinnerten daran, dass ihr keine Arbeit zu niedrig gewesen sei, nie habe sie die Stunden bedauert, die sie damit zugebracht hatte, eine Überfülle an Messing zu polieren oder altes Kerzenfett abzukratzen. In sechzig Jahren hätten die Altarblumen nicht ein einziges Mal frisches Wasser benötigt, die Missionsbroschüren seien nachgelegt worden, wann immer sie auszugehen drohten. An Soutanen, Chorhemden und Priesterroben habe sie kleinere Flickarbeiten ausgeführt. Die Fliesen des Altarraums zu wischen sei ihr heilige Pflicht gewesen.

Während sie so ihre Erinnerungen austauschten und das Leben, das ausgelöscht worden war, weiterhin in höchsten Tönen lobten, fotografierte ein junger Mann in einem blassen Tweedanzug, mit dem er an diesem warmen Vormittag auffiel, heimlich die Szene. Er war die zehn Kilometer von seinem Wohnort hergeradelt und von der Trauergemeinde aufgehalten worden. Eigentlich war er gekommen, um das ausgebrannte Kino der Stadt zu fotografieren. Von diesem hatte er in einer ähnlichen Kleinstadt gehört, wo er unlängst den gefährdeten Zustand einer Häuserzeile, die von einem Erdrutsch aus ihren Fundamenten gerissen worden war, fotografisch festgehalten hatte.

Der junge Mann, dunkelhaarig und schmächtig, etwa Anfang zwanzig, war fremd in Rathmoye. Ein Hauch von Eleganz – in seiner ganzen Haltung, mit seiner flotten grün-blau gestreiften Krawatte – wurde von der bequemen Schlotterigkeit seines Anzugs Lügen gestraft. Seine Miene hatte etwas irreführend Ernstes, was den wiedersprüchlichen Eindruck nur noch verstärkte. Sein Name war Florian Kilderry.

»Wessen Beerdigung?«, erkundigte er sich bei der Gemeinde, der er sich jetzt wieder zuwandte, nachdem er sich vorübergehend hinter einem abgestellten Wagen postiert hatte, um seine Bilder zu knipsen. Nachdem ihm Auskunft erteilt worden war, nickte er und fragte nach dem Weg zu dem verfallenen Kino. »Danke«, sagte er höflich, mit einem freundlichen Lächeln. »Danke«, wiederholte er und schob sein Fahrrad durch den Pulk der Trauernden.

Weder Mrs Connultys Sohn noch ihre Tochter wussten, dass die Trauergemeinde auf diese Weise abgelichtet worden war, und auch als sie sich jetzt, getrennt, auf den Rückweg zu The Square Nummer 4 machten, ahnten sie nichts von dem ungewöhnlichen Vorgang. Dann begann die Menge sich zu zerstreuen, viele kamen noch einmal in der Nummer 4 zusammen, andere wandten sich wieder ihren morgendlichen Verrichtungen zu, in denen sie unterbrochen worden waren. Als Letzter ging ein alter Protestant namens Orpen Wren, der glaubte, der hinabgesenkte Sarg enthalte die sterbliche Hülle eines ältlichen Küchenmädchens, das vor fünfunddreißig Jahren in einem ihm wohlbekannten Haushalt den Tod gefunden hatte. Das ehrerbietige Gemurmel der Stimmen ringsumher erstarb, die Autos fuhren davon. Orpen Wren, der allein gekommen war, blieb noch ein paar Augenblicke länger stehen, bevor auch er seines Weges ging.

Als Ellie zur Stadt hinausradelte, fragte sie sich, wer wohl der Mann gewesen sein mochte, der die Aufnahmen gemacht hatte. Daran, wie er sich nach dem alten Lichtspielhaus erkundigt hatte, konnte man erkennen, dass er sich in Rathmoye nicht auskannte, und sie hatte ihn noch nie auf der Straße oder in einem Geschäft gesehen. Sie überlegte, ob er vielleicht mit den Connultys verwandt war, denn immerhin hatte das Lichtspielhaus den Connultys gehört, und es war Mrs Connultys Begräbnis gewesen. Sie hatte noch nie erlebt, dass bei einer Beerdigung Aufnahmen gemacht worden wären, und nahm an, dass ihn die Connultys damit beauftragt hatten. Vielleicht arbeitete er ja auch für eine Zeitung, für die *Nenagh News* oder den *Nationalist*, denn manchmal konnte man in der Zeitung ein Foto von einer Beerdigung sehen. Wenn sie hinterher mit zum Haus gegangen wäre, hätte sie Miss Connulty danach fragen können, aber der Besamungstechniker wurde bei ihnen erwartet, und sie hatte ihm versprochen, da zu sein.

Sie beeilte sich, um nicht zu spät zu kommen, dabei hatte sie doch genau ausgerechnet, dass sie nicht zu spät kommen würde. Lieber wäre sie noch mit zum Haus der Connultys gegangen. Sie hätte es gern von innen gesehen, was ihr bisher noch nie vergönnt gewesen war, obwohl sie Mrs Connulty viele Jahre lang mit Eiern beliefert hatte.

Vielleicht hatten ja die Priester die Fotos bestellt, vielleicht führte Father Balfe, wie Sister Clare einmal angedeutet hatte, ein Gemeindebuch. Ein Gemeindebuch zu führen sähe eher Father Balfe ähnlich als Father Millane, nicht dass sie wusste, was es enthielt. Sie fragte sich, ob wohl auch sie auf dem Foto war. Sie erinnerte sich an die schlanken, zart wirkenden Hände, die die Kamera hochgehalten hatten.

Auf dem Hof stand der weiße Lieferwagen, und Mr Brannock stieg eben aus. Sie entschuldigte sich, und er fragte: »Wieso?« Sie werde ihm eine Tasse Tee brühen, sagte sie.

Nachdem er nur ein paar Minuten in den Überresten des Kinos verbracht hatte, machte Florian Kilderry in einem an der Landstraße gelegenen Pub namens Dano Mahoney halt.

Am Kino war er von einem Mann gestört worden, der sein Fahrrad bemerkt hatte und hereingekommen war, um ihm zu sagen, dass er sich dort nicht aufhalten dürfe. Der Mann hatte auf ein Schild gezeigt, und Florian hatte erwidert, er habe es nicht gesehen, was nicht der Wahrheit entsprach. »Sie brauchen eine Genehmigung«, hatte der Mann ihn verärgert informiert. Als er die beiden Vorhängeschlösser einrasten ließ, die den Eingang sicherten, räumte er ein, dass sie gar nicht hätten offen sein dürfen. »Fragen Sie Miss O'Keeffe auf dem Kohlenlagerplatz«, riet er. »Wenn sie es für richtig hält, bekommen Sie die Genehmigung.« Als sich Florian jedoch nach dem Kohlenlagerplatz erkundigte, wurde ihm beschieden, der sei als Zeichen des Respekts heute geschlossen. »Die Beerdigung dürfte Ihnen nicht entgangen sein«, sagte der Mann.

In der Bar setzte Florian sich mit einem Glas Wein in eine Ecke und zündete sich eine Zigarette an. Er hatte seine Reise umsonst angetreten, und die einzige Entschädigung war das unerwartete Begräbnis. Er versuchte sich die Bilder ins Gedächtnis zurückzurufen, die er aufgenommen hatte. Die Trauergäste, darunter ein Priester und mehrere Nonnen, hatten sich in Zweier- oder Dreiergrüppchen miteinander unterhalten. Ein paar, die allein gekommen waren, stahlen sich bereits davon, andere standen unschlüssig herum, als hätten sie das Gefühl, länger ausharren zu müssen. Die Szene war ihm vertraut gewesen: Auch früher schon hatte er Beisetzungen fotografiert, ein-, zweimal hatte man ihn aufgefordert, es zu unterlassen. Mitunter hatte es dramatische Momente gegeben, Ausbrüche unbändiger Trauer, aber davon hatte er heute nichts bemerkt.

Andererseits wirkte das wenige, das er im Kino zu sehen bekommen hatte, vielversprechend. Hinter einer zerbrochenen Glasscheibe warb noch immer ein Plakat für *Idiot's Delight,* Norma Shearers Gesicht war zerschlitzt und entstellt.

Er hatte es gerade genauer betrachtet, als der Mann ihn anbrüllte, aber dergleichen hatte ihn schon immer kaltgelassen. Das Kino hieß Coliseum, ein Tonsystem von Western Electric war neu installiert worden.

Ein Geruch nach gebratenem Speck zog in die Schankstube, Stimmen von einem Radio. Die Wände waren mit Sporthelden geschmückt – Ringern, Boxern, Jockeys, Hurlingspielern –, mit Windhunden und Hindernisrennpferden. Der Wirt war, wie ein gerahmter Zeitungsartikel verkündete, selbst einmal Berufsboxer gewesen und hatte fünf Runden gegen Jack Doyle überstanden; die Handschuhe, die er getragen hatte, hingen an einem Regal hinter dem Tresen.

»Klopfen Sie einfach auf die Theke, wenn Sie Nachschub brauchen«, forderte er ihn auf, als ihn eine Frau zum Essen rief. Aber Florian erwiderte, ein Glas reiche ihm. Er blieb eine Weile sitzen und rauchte eine zweite Zigarette zu Ende, dann trug er sein leeres Glas zum Tresen. Eine Stimme rief ihm ein Auf Wiedersehen zu und lud ihn ein, wiederzukommen. Er versprach es.

Draußen verharrte er, den Rücken gegen eine der Eingangssäulen gelehnt, ein paar Minuten mit halbgeschlossenen Augen im warmen Nachmittagssonnenschein. Danach setzte er seine Fahrt in gemächlichem Tempo fort. Er lebte allein. Er hatte es nicht eilig.

In Rathmoye nahm der Tag seinen Lauf. Vorübergehend aufgestört vom Tod, wandte sich die Stadt wieder ihren üblichen Geschäften zu. Nachdem hundert Trauergäste der Einladung zu einer Erfrischung nachgekommen waren, wurde in The Square Nummer 4 aufgeräumt. Von dem geräumigen Wohnzimmer im ersten Geschoss wurden Tabletts mit Tassen und Untertassen in die Küche getragen, die überall verstreuten Gläser wurden eingesammelt, Fenster aufgestoßen, Aschenbecher geleert. Als die Treppe gesaugt, die Haushaltshilfe nach Hause geschickt und die Geschirrtücher zum Trocknen aufgehängt worden waren, war es bereits Abend.

Mrs Connultys Tochter, die das erste Mal seit dem Todesfall allein im Haus war, ließ das Geschmeide durch ihre Finger gleiten, das jetzt ihr gehörte: Halsketten aus Lapislazuli und Jade, Granat und Bernstein, die Saphirohrringe, den Türkis, die Perlen, die Opale, die Halbfingerringe mit den Diamanten, den Verlobungsring mit dem Rubin, die drei Kameen. Auch einen Rosenkranz gab es, aber der gehörte eigentlich nicht dazu, war er doch, verglichen mit den kostbaren Edelsteinen, von geringem Wert.

Miss Connulty war mittleren Alters und in Rathmoye unter keinem anderen, persönlicheren Namen bekannt – die förmliche Anrede war ihr aufgezwungen worden, als ihre Mutter zwanzig Jahre zuvor aufgehört hatte, sie mit einem der Heiligennamen anzusprechen, die sie ihr nach ihrer Geburt gegeben hatte. Ihr Bruder war dem Beispiel unwillkürlich gefolgt, und als ihr Vater starb, blieb sie im Haus namenlos. Inzwischen war sie in der ganzen Stadt als »Miss Connulty« bekannt, was viel natürlicher schien, als sie mit ihrem früheren Namen anzureden.

Sie zählte zweiunddreißig Schmuckstücke, keines davon war ihr unvertraut, und sie würde sie tragen, und zwar oft, so wie ihre Mutter. Diese Überlegung erfolgte kühl, ohne jede Emotion. Einige der Juwelen würden ihr stehen, andere nicht.

»Was tust du da, Kind?«, hatte ihre Mutter vor langer Zeit in scharfem Ton gefragt, als sie unerwartet in ebendieses Zimmer getreten war, ohne dass ihre Füße in den Pantoffeln ein Geräusch gemacht hätten. Ihr Kind hatte sich ein Granatcollier um den Hals gehängt, es hinten aber nicht eingehakt, vielmehr hielt sie die Schließe zwischen Daumen und Zeigefinger. Klirrend fiel es auf die Frisierkommode, und Mrs Connulty, hochgewachsen und stämmig gebaut, erklärte, sie müsse die Polizei rufen.

»Nicht die Polizei! Nein, nein!« Der Schreckensruf ihrer Kindheit stieg in Miss Connulty auf, und in ihrem Magen regte sich kalt die Angst. »Hol einen Polizisten, Kitty«, rief die Mutter von der Treppe aus einem bestürzten Dienstmädchen zu und befahl ihrer Tochter, das Collier zurückzulegen. Sie zählte die Granatsteine durch, um zu prüfen, ob noch alle vorhanden waren. Bald darauf stand ein Polizist in der Eingangshalle, und ihre Mutter forderte sie auf, ihm Bericht zu erstatten. Als sie es tat, schüttelte er den Kopf über sie.

Nicht ganz so groß wie ihre Mutter und überhaupt nicht stämmig, hatte sich Miss Connulty im Gesicht eine Spur jener Schönheit bewahrt, die sie als Mädchen beflügelt hatte. Ihr Haar war von grauen Strähnen durchzogen, weshalb das Blond weniger kräftig war, doch wies ihr Gesicht kaum Falten auf, die es hätten älter erscheinen lassen. Dennoch kam sie sich oft alt vor und ärgerte sich, daran erinnert zu werden, dass sie nun, da sie ihr mittleres Lebensalter erreicht, ja fast schon hinter sich gebracht hatte, zu viele Möglichkeiten verpasst hatte. Sie verstaute den Schmuck wieder in der obersten Schublade der Frisierkommode, die ihrer Mutter gehört hatte und die jetzt ihr gehörte. Nur das Granatcollier behielt sie in der Hand und bewunderte es vor der düsteren Farbe ihrer Trauerkleidung.

Joseph Paul Connulty war ein hoch aufgeschossener Mann mit einem Wieselgesicht und zurückgekämmten grauen Haaren, die dank der regelmäßigen Verwendung von Brylcreem stark glänzten. An einem Leinenband um seinen Hals hing eine Brille, die auf den dunklen Stoff seines Anzugs fiel. In seiner Brusttasche klemmten zwei Kugelschreiber. Am linken Revers trug er gut sichtbar das Emblem der Abstinenzlerbewegung.

Nachdem er noch einmal zum Friedhof gegangen war, um allein an dem zugeschütteten Grab zu verweilen, wusste er nichts mit sich anzufangen und ging zum Kohlenlagerplatz. Die Schuppen waren verschlossen, am Büroeingang hing ein Zettel; Säcke, die seinen Namen trugen und auf Zustellung warteten, waren auf einem Lastwagen senkrecht nebeneinandergestapelt. Hier fühlte er sich zu Hause, sein ganzes Leben hatte er die Kohlengrushalden gekannt, die Stallungen, in die früher Pferde eingestellt waren, das mit Wellblech verkleidete hohe Tor, von dem die rote Farbe abblätterte. Hier hatte er als Kind gespielt, nur in den Pub hatte er nicht gedurft, der ihm – als Abstinenzler – selbst jetzt noch fremd erschien, obwohl er den Großteil eines jeden Tages dort verbrachte. Er hatte gehofft, Priester zu werden, doch dann war ihm die innere Berufung abhandengekommen, und er war von dem Gewicht der Zweifel seiner Mutter erdrückt worden, die nicht glaubte, dass er imstande wäre, ein erfolgreiches religiöses Leben zu führen. Am Ende hatte er sich ihre Zweifel zu eigen gemacht.

Als er ging, sperrte er das hohe Tor hinter sich ab. Mit dem Heimweg zu The Square Nummer 4 ließ er sich Zeit. Er passierte den Pub, der ebenfalls geschlossen war. Er fand es angenehm, dass der Pub wie ausgestorben war, denn normalerweise drangen Musik und Stimmengewirr bis auf die Straße. Auch in der Eingangshalle des Hauses, in dem er, der Junggeselle, seine Mahlzeiten einnahm und in dem er schlief, in dem er sein ganzes Leben verbracht hatte, war es still.

»Jemand hat mir einen Garten des Gedenkens vorgeschlagen«, warf er seiner Schwester zu, als sie sich auf dem Flur im Obergeschoss begegneten.

Obwohl sie mehr als nur Bruder und Schwester waren – sie waren wenige Minuten nacheinander zur Welt gekommen –, hatten sie nie auch nur die geringste Ähnlichkeit gehabt. Als Kinder waren sie enge Spielgefährten gewesen, jetzt aber redeten sie oft wochenlang nicht miteinander, weniger, weil sie nicht miteinander sprechen wollten, sondern weil sie sich nichts zu sagen hatten.

»Ihr Ansehen in der Stadt«, fuhr Joseph Paul fort, um die Frage seiner Schwester zu beantworten, weshalb es einen solchen Garten des Gedenkens brauche. »Ihre Verbindung mit der Kirche. Das Geld, das sie gespendet hat, und vieles mehr.«

Die anderen Vorschläge zu einem passenden Denkmal, die man ihm bei seinem Gang durch die Stadt unterbreitet hatte, verriet er ihr nicht, da keiner davon für seine Schwester akzeptabler gewesen wäre und er selbst einen Garten bevorzugte. »Wie sie war«, sagte er stattdessen.

Anders als der Kohlenlagerplatz und der Pub hatte The Square Nummer 4 einen Wandel erlebt, der das unterschiedliche Geschäftsgebaren zweier Generationen widerspiegelte. Urspünglich hatte man Dauergäste bewirtet, denen man drei Mahlzeiten am Tag bot, dann wurde aus dem Haus ein Bed & Breakfast, eine Bleibe für Handlungsreisende. Die jetzige Generation konnte sich noch, wenn auch nur schwach, an die Bankangestellten und Ladenverkäufer erinnern, die mittäglich in den Speisesaal zurückkehrten, sich abends dieselbe Tageszeitung teilten und um dasselbe offene Kohlenfeuer saßen. Zu ihrer Zeit waren McNamara, der Straßenvermesser, Hauptkommissar Fee, Miss Neely, die Laienlehrerin an der Klosterschule, und andere so lange Hausgäste geblieben, bis eine Heirat oder eine Beförderung eine Veränderung in ihrem Leben herbeiführten. Jedem von ihnen war ein eigener Serviettenring zugewiesen worden, Miss Neele bekam ihre Eisentabletten, McNamara seinen Stout, für den ein Aufschlag erhoben wurde. Inzwischen war Gohery, der Metallverarbeitung unterrichtete und zurzeit in den Sommerferien weilte, der einzige Dauermieter in der Nummer 4; doch der Ruf des Hauses in Sachen Sauberkeit und Speisen sorgte dafür, dass nur selten ein Zimmer frei war. Ein Schild in einem der Fenster im Erdgeschoss führte die Übernachtungspreise auf, und das Preis-Leistungs-Verhältnis sorgte für regen Betrieb, ob innerhalb oder außerhalb der Saison.

Was diese Dinge betraf, sah Joseph Paul nur wenige Änderungen voraus, höchstens, dass seine Schwester das Haus jetzt allein führen würde. Schon immer war eine Frau oder ein Mädchen gekommen, um zu putzen und abzuwaschen, auf die konnte man nicht verzichten. Seine Schwester würde es auch gar nicht wollen.

»Es ist nur, weil ich darauf angesprochen wurde«, sagte er. »Ein Garten.«

Auf dem Lagerplatz hatten sie mit Kohlenstückchen gespielt, jeder hatte fünf Stück, die eine vorgeschriebene Bahn entlanggekickt werden mussten: zum Säckeschuppen, dann zu den Regentonnen, zu den Kohlengrushalden, über das Kopfsteinpflaster zu den Karren, dahinter zur Pumpe und zur roten Klöntür, und wieder von vorn. In der Stadt hatten sie an Haustüren geklopft und waren davongerannt. Sie hatten Hühnerhäuser entriegelt und die Hühner herausgelassen, um sie zu jagen. Sie waren durch die Straßen gestreunt, ihr Vater nachsichtig, ihre Mutter mit dem Haushalt befasst. Der um Minuten jüngere Joseph Paul war auch der Kleinere gewesen, aber das hatte er nie als Nachteil aufgefasst.

»Was ist mit dem Grabstein?« Von einer der Fensterbänke im Flur griff Miss Connulty nach einem abgebrannten Streichholz, das die Haushaltshilfe übersehen hatte. Joseph Paul beobachtete, wie sie es in den bestückten Kamin im großen Vorderzimmer warf, und zwar so geschickt, dass keine Spur mehr davon zu sehen war. Er sagte:

»Für den gehen wir zu Hegarty.«

»Es wird Gerede darüber geben, wie sie ihn haben wollte.«

Ihre Mutter hatte verfügt, dass ihr Name nicht auf den Grabstein ihres Mannes eingemeißelt werden dürfe, vielmehr wünsche sie ein eigenes Grab mit einem eigenen Grabstein.

»Ein eigenes Grab steht ihr zu«, entgegnete Joseph Paul.

»Wer hat den Garten denn vorgeschlagen?«

»Madge Shea bei Feeney's.«

Einen Garten hatte es in der Nummer 4 nie gegeben, und die Leute erinnerten sich daran, dass ihre Mutter oft davon gesprochen hatte. »Eine Stätte der Besinnlichkeit«, fuhr Joseph Paul fort, »die Gelegenheit, einem Menschenleben Dank zu sagen.« Auch daran hatten die Leute gedacht, nun da die Zeit gekommen war. Hinter der Kirche, zwischen Kirche und Friedhof, war genug Platz für einen Garten.

»Reicht es nicht, dass wir uns mit dieser seltsamen Grabregelung herumschlagen müssen?«, widersprach seine Schwester. »Es ist üblich, dass eine Frau ihre letzte Ruhestätte neben ihrem Mann findet. Es ist üblich, dass Mann und Frau sich einen Grabstein teilen.«

Das konnte er nicht leugnen, und streiten wollte er nicht. Die Bestattungsmodalitäten waren mit Father Millane abgestimmt und den letzten Wünschen der Toten entsprechend ausgeführt worden. Ebenso würde Hegarty, der Steinmetz, instruiert werden, wenn es so weit war. Einen Garten des Gedenkens würde es geben, weil die Bewohner der Stadt es so wollten.

»Ich habe gehört, dass ein Mann bei der Beerdigung war, der fotografiert hat«, sagte seine Schwester.

»Ich hab nichts gesehen.«

»Es sind Bemerkungen darüber gefallen, hier im Haus. Man hat sich gefragt, ob wir Fotos wollten.«

»Ich hab keinen Mann gesehen.«

»Ich sage dir ja nur, was ich gehört habe.«

Ohne ein weiteres Wort ging sie davon und nahm eine Tasse und Untertasse mit, die hinter einer Vase übersehen worden waren. Joseph Paul begab sich in das große Vorderzimmer, wo den ganzen Tag über die Abendleuchten gebrannt hatten. An den beiden hohen Fenstern waren die Rollos herabgelassen worden, um die in rostbraunem Ton gehaltenen Samtvorhänge waren quastenbesetzte Zurückhalter geschlungen. Bei Tage boten die dichten Netzgardinen Schutz vor neugierigen

Blicken. Auf den Tischen und auf einem Hocker vor dem Kamin lagen Illustrierte aus. Über den weißen, bernsteingeäderten Marmor des Kaminsimses stampften Zierelefanten mit ihren Jungen, darüber hing in einem elfenbeinernen Rahmen ein Porträt von Daniel O'Connell.

Ihm war deshalb von den Fotos erzählt worden, weil er sich sorgen würde, wenn er es hörte, denn es handelte sich um mangelnden Respekt; ein fotografiertes Begräbnis käme einer Volksbelustigung gleich. Er fragte sich, ob sie sich das Ganze vielleicht nur ausgedacht hatte; sie dachte sich oft Dinge aus.

Er blätterte die Ausgabe des *Nationalist* durch, die einer der Übernachtungsgäste in der Vorwoche zurückgelassen hatte. Dann überflog er ebenso teilnahmslos die Seiten einer alten Nummer der *Dublin Opinion.* Es war nicht leicht mit ihr. Im Lauf der Jahre hatte er zusehen müssen, wie sie arglistig wurde, und gehofft – einige Male sogar im Gebet darum gefleht –, dass ihre Unzufriedenheit mit der Zeit nachlassen würde. Als sie noch Kinder waren, hatte ihre Mutter die Tochter gern in der Küche um sich gehabt, und er war allein zum Spielen weggeschickt worden. Wenn die Küchentür nicht ganz geschlossen war, und das war meistens der Fall, hatte er durch den Spalt gelugt. Er hatte beobachtet, wie man ihr beibrachte, Fett und Sehnen zu entfernen und das Fleisch zu tranchieren, wie man die Fleischstücke mit Mehl bestreute – niemals zu dick. Ihre Mutter hatte sie angeleitet, wie lange man es sieden musste, wann man die Klöße dazugab, die Bratensoße. Dann kam der Tag, als sie ihren ersten Kloß kneten durfte, ein anderer Tag, da sie die Äpfel für den gedeckten Apfelkuchen schälte, wieder ein anderer, als sie die Vanillesoße umrührte und Kartoffeln zerdrückte. Die Küche war ihrer beider Wirkungsstätte, sie waren die Frauen des Hauses – sie und das Dienstmädchen, egal ob es sich um ein Mädchen vom Land handelte oder eine Witwe aus der Stadt, die auf das Geld angewiesen war.

Joseph Paul gewöhnte sich an diese Frauenwelt, und am Ende störte er sich nicht mehr daran. Im Schuppen hackte er Anzündholz – seiner Mutter zufolge eher Jungensache. Manchmal nahm sie ihn mit mit zum Einkaufen und nannte ihn ihren kleinen Buben. Er ärgere sie nie, sagte sie; es liege nicht in seiner Natur, sie zu ärgern. Jeden Morgen nach dem Frühstück hatten sie zusammen am Kamin gesessen, kaum einen Meter entfernt von der Stelle, wo er jetzt saß.

An diesem Abend hatte er das Zimmer für sich, da das Schild »Zimmer zu vermieten« vorübergehend abgehängt worden war. Er lauschte auf die vertrauten Geräusche, die von unten heraufdrangen: seine Schwester, die die Haustür verriegelte, im Speisesaal mit dem Besteck klapperte, die Schublade in die Anrichte zurückschob und die Fenster wieder schloss, die zum Lüften geöffnet worden waren. Immer wieder hatte die Aussicht bestanden, dass sie heiraten, dass die Vergangenheit, von der sie sich nie richtig erholt hatte, endlich vergessen sein würde, dass Gohery oder Hickey vom Uhrengeschäft, einer der Männer, die regelmäßig im Hause nächtigten, oder einer der älteren Junggesellen der Stadt Interesse an ihr zeigen würde. Sie war jung gewesen, als die Schwierigkeiten aufkamen. Nachdem sie ausgestanden waren, hatte sie sich nicht hergegeben. Und später auch nicht.

Auf der Treppe hörte er ihre leichten Schritte, Schritte, die ihm am vertrautesten waren, nun, da die seiner Mutter nicht mehr zu hören sein würden. Dass seine Schwester ihn verachtete, war lediglich eine Variante der üblichen Schuldzuweisungen; er war sich dessen bewusst, und dass er sich dessen bewusst war, erleichterte die Sache. Sie überquerte den Flur und blieb dicht vor seinem Sessel stehen.

»Die beiden hinteren Schlafzimmer müssen noch vor dem Winter neu gestrichen werden«, sagte sie, »mit der gleichen Farbe.«

Er nickte, blickte aber nicht hoch, weil er den Schmuck

nicht sehen wollte, den sie trug, um ihn zu provozieren. Er werde sich um die Angelegenheit kümmern, antwortete er. Sie ging aus dem Zimmer.

2

Dillahan stand vor seiner Frau auf. Unten zog er die Luftklappe des Rayburn-Herdes heraus und lauschte auf die knisternden Flammen, bevor er Kohlen nachlegte. Er wartete darauf, dass der Wasserkessel kochte, dann brühte er Tee auf und rasierte sich an der Spüle. Als er die Hintertür zum Hof öffnete, kamen seine beiden Hütehunde tapsend aus dem Schuppen, in dem sie geschlafen hatten, und begrüßten ihn. Er murmelte ihnen Koseworte zu und kraulte ihnen mit einem Finger jeder Hand beiläufig den Kopf. Der Luft nach zu urteilen, würde es heute nicht regnen.

Als er den Hof durchquerte, schlossen die Hunde sich ihm an. Und als sie an der schlimmen Stelle vorbeikamen, schien ihnen das, im Gegensatz zu ihm, nichts auszumachen. Damals hatte es einen Hütehund gegeben, der immer einen kaum merklichen Bogen darum gemacht hatte, aber Dillahan wusste stets, weswegen der Hund unruhig war. Auf dem Pfad zur Flussweide bekam ein Kaninchen es mit der Angst zu tun und schoss ins Gehölz, dann ein zweites. Die Mutterschafe auf der Weide blieben gelassen.

Dillahan zählte sie, vierundsiebzig, alle vollzählig vorhanden. Er behielt sie eine Weile im Auge, indem er sich, die Hütehunde zu seinen Füßen, auf das eiserne Tor stützte. Dann ging er weiter und kletterte zu den Hügelweiden hinauf. Er rief die wenigen Kühe herbei, die er der Milch wegen hielt, und langsam kamen sie auf ihn zugetrottet.

Ellie schlug die Bettdecke auf der Seite ihres Mannes zurück, dann auf ihrer Seite. Nachdem sie sich in dem kleinen

Badezimmer des Bauernhauses gewaschen hatte, streifte sie sich wieder ihr Nachthemd über, bevor sie den Flur überquerte, obwohl sie wusste, dass sie allein im Haus war. Sie kleidete sich an, kämmte und bürstete sich das Haar und ließ es fürs Erste dabei bewenden. Es war noch früh am Tag.

Um mehrere Jahre jünger als ihr vierschrötiger Mann, hatte sie sich ein gewisses kindliches Verhalten bewahrt. Doch mehr noch und auffälliger als ihre Kindlichkeit zeichnete sie eine anspruchslose Schönheit aus. Sie lag in dem Graublau ihrer Augen, die früher einmal bange geblickt hatten, in dem ruhigen Lächeln, das einmal zögerlich und unsicher gewesen war. Weiches blondes Haar, vordem kaum zu bändigen, war jetzt nach hinten gesteckt, diese Frisur stand ihr am besten. Aber im Bauernhaus, auf dem Hof und im Melkstall, im Holzapfelgarten und auf den Feldern blieb Ellie trotz des Liebreizes, den die Zeit ihr geschenkt hatte, so schüchtern wie einst, da sie als neues Dienstmädchen erstmals den Fuß auf den Hof gesetzt hatte.

Wie an jedem Morgen ließ sie auch an diesem gehärtetes Bratenfett, das sie aus der Schüssel gekratzt hatte, in der Pfanne schmelzen, während sie Messer und Gabeln deckte. Es dauerte noch zwanzig Minuten, bis sie ihren Mann im Hof hörte, bis der Riegel der Küchentür angehoben wurde und er die Milch hereinbrachte. Er sagte, der Bussard kreise wieder. An der Tür zog er seine Gummistiefel aus.

»Ich werd 'ne Weile unten auf der Flussweide sein.« Mit dieser Bemerkung durchbrach er das Schweigen, als sie zu Ende gefrühstückt hatten. Er hatte sich belegte Brote gemacht, die er mitnehmen wollte. Das tat er immer, wenn er vorhatte, den ganzen Tag auf den Feldern zu verbringen. Im Lauf seiner Jahre als Witwer hatte er sich daran gewöhnt, sich Brote zu schmieren – Käse, Tomaten, was es halt so gab. Ellie hatte seine Thermosflasche gefüllt.

»Danke«, sagte er und nahm sie an sich, während sie den Tisch abräumte.

Sie trug das Geschirr zur Spüle, ließ heißes Wasser einlaufen und weichte es ein. Dann rückte sie die Stühle vom Tisch ab, um den unebenen Fußboden besser fegen zu können. Sie stieß den Besen, so weit es ging, unter den Geschirrschrank, um an den Staub heranzukommen, der sich seit dem Vortag dort angesammelt hatte. Den Kehricht fügte sie zu dem Haufen hinzu, den sie vor dem Herd zusammengefegt hatte, dann schob sie alles auf die Schaufel. Obwohl sie ihrem Ehemann den Rücken zukehrte, wusste sie, dass er noch an der Tür stand, als wolle er etwas sagen, als zögere er deswegen. Aber er sagte lediglich:

»Ich werd den ganzen Tag brauchen.«

»Soll ich dir was zu trinken bringen?«

»Ja, später.«

»Gern.« Sie öffnete die obere Klappe des Herds und leerte die Schaufel auf die Kohlen.

»Pass auf, was du tust«, sagte er.

»Hab ich ganz vergessen.« Sie ärgerte sich über sich selbst. Nicht, dass sie vergessen hätte, dass er immer sagte, sie solle nicht die obere Klappe des Rayburn öffnen, vielmehr hatte sie vergessen, dass er noch in der Küche stand. Er bewegte sich stets auf leisen Sohlen: Sie hatte geglaubt, er sei schon im Begriff gewesen, zu gehen, als er sie bat, ihm später etwas zu trinken zu bringen.

»Tut mir leid«, sagte sie und wandte ihm das Gesicht zu.

»Ach, macht nichts. Wenn der Typ von der Versicherung kommt, nimm dir Geld aus dem Buch. Ich weiß nicht – hat er gesagt, an welchem Tag er kommt?«

»Mr Cauley ist immer am zweiten Donnerstag im Monat gekommen.«

»Richtig.« Das werde sich ändern, sagte er, ein Neuer werde sich seinen eigenen Tag aussuchen. »Wenn er heute vorbeischaut, wird er dir sagen, wann.«

»Wenn er es nicht sagt, dann frage ich ihn.«

»Man vermisst ihn, den alten Cauley.«

Die Tür zum Hof schloss sich hinter ihm. Sie hörte, wie der Traktor ansprang, dann fuhr er davon, und sie lauschte dem verhallenden Geräusch. Er war gut zu ihr, störte sich nicht daran, wenn sie Fehler machte, murrte nicht, wenn sie noch nicht alles wusste, da sie sich doch auf dem Bauernhof erst zurechtfinden musste. Das alles sagte sie sich, als sie die eiserne Ringplatte auf den Herd fallen ließ. Sie hängte die Kehrschaufel in den Schrank unter der Treppe, den Kehrbesen daneben. Wie jeden Morgen, selbst wenn es regnete, öffnete sie die beiden Schiebefenster, um kurz Luft hereinzulassen. Sie schob die Keile zwischen Fenster und Rahmen und rückte die Uhr auf dem Geschirrschrank gerade, nachdem sie sie gestellt hatte, weil sie seit gestern zwölf Minuten vorgegangen war. Dann stieg sie auf einen Stuhl, griff nach dem obersten Bord des Geschirrschranks und entnahm den Seiten eines veralteten Old Moore's Almanac einen Fünfpfundschein für den Versicherungsmann, damit sie, falls er denn kam, nicht vor seinen Augen auf den Stuhl klettern musste.

Die Küche war nicht geräumig. Beherrscht wurde sie von den riesigen Abmessungen des grünen Geschirrschranks und von dem Eichentisch, an dem sämtliche Mahlzeiten eingenommen wurden. Die Küche hatte eine Balkendecke, dunkle Holzbalken mit weißgetünchter Füllung. Alle übrigen Holzarbeiten – Türen, Fensterrahmen und Scheuerleisten – waren in Grün gehalten, passend zum Geschirrschrank. Als Ellie die Küche vor fünf Jahren zum ersten Mal betreten hatte, gefiel sie ihr besser als jede andere Küche, die sie gesehen hatte, ebenso verhielt es sich mit dem gemütlichen engen Wohnzimmer im vorderen Teil des Bauernhauses, in dem zwei Lehnsessel mit Schonbezügen standen, ein Kaminvorsetzer aus Messing mitsamt Kaminbesteck, Zierrat und Fotografien; die Tapeten hatten Blümchenmuster und einen Schmuckfries.

In dieses Wohnzimmer ging sie jetzt. Es roch angenehm nach sommerlichem Moder und leicht nach Ruß. Die pinkfarbenen Rosen in einem weißen Krug auf dem einzigen Fensterbrett ließen die Köpfe hängen und dufteten nicht länger, und sie trug die verwelkten Blumen in die Küche und spülte den Krug aus, dann ging sie hinaus in den Vorgarten und schnitt frische Rosen vom Spalier. Als sie sie im Krug arrangiert hatte, fütterte sie die Hühner im Auslauf und sammelte die wenigen Eier ein. Sie pumpte den Hinterreifen ihres Fahrrads auf, dessen Ventil undicht war. Nicht, dass sie heute irgendwo hinfahren wollte.

Ellie, die bis auf die Kinderlosigkeit mit ihrem Leben zufrieden war, beklagte sich nicht, wenn ihr Mann auf den Feldern arbeitete und ihr die Zeit lang wurde. Schließlich hatte sie die Haushaltsroutine, und einmal in der Woche radelte sie mit den Eiern, die sie regelmäßig auslieferte, die sieben Kilometer nach Rathmoye; wenn Einkäufe zu erledigen waren, noch häufiger. Sie liebte es, durch die menschenleere Landschaft zu gleiten, und mochte auch die Stadt selbst – das geschäftige Treiben in den belebten Straßen, die Stadtluft. Es gefiel ihr, dass die Verkäufer sie kannten, dass der Mann mit dem Hörgerät in English's Eisenwarenladen sie begrüßte, es gefiel ihr, allein an einem Tisch in Meagher's Café zu sitzen, in der Bank etwaige Schecks einzulösen, bei Musik im Cash & Carry herumzuschlendern. Öfter als notwendig legte sie die Beichte ab. Öfter, als ihr lieb war, hörte sie sich den Fortgang des Romans an, den Miss Burke an der Wolltheke in Corbally's gerade las. Auch der alte Orpen Wren grüßte sie, manchmal fiel ihm sogar ein, wer sie war.

Mit dem Wasserschlauch spritzte sie den Melkstall aus, dann stellte sie die Melkeimer, die sie zuvor gescheuert hatte, verkehrt herum auf das Abtropfbrett aus Schiefer. In einem der Torfschuppen und im Futterschuppen legte sie Gift aus, da es offenbar Nagetiere gab.

Im Gemüsebeet jätete sie das Unkraut zwischen der Petersilie, pikierte die Mohrrüben und bewahrte die Jungpflanzen auf, die sie herauszog. Morgen oder übermorgen wären die ersten Erbsen, die sie ausgesät hatte, prall genug, um sie zu ernten.

Nachdem Dillahan seine Wasserleitung ins Hügelland verlegt hatte, lenkte er den Traktor mit dem Anhänger hinunter zur Flussweide. Der Zaun, den er flicken wollte, hing durch, hier und da wies der schlaffe Maschendraht Löcher auf, einige Zaunpfähle lagen verfault am Boden. Die Schafe, die durch seine Ankunft aufgeschreckt worden waren, kauerten sich in der Mitte der Weide zusammen, ehe sie wieder in den Schatten der Erlen zogen, die vereinzelt zu beiden Seiten des Flusses wuchsen, mitunter sogar im Wasser. Auch seine Hütehunde machten es sich im Schatten bequem.

Er zog die Krampen heraus, mit denen der Stacheldraht und der Maschendraht an den Holzpfählen befestigt waren. Sie ließen sich leicht entfernen, trotzdem ging die Arbeit nur langsam voran – zweiundzwanzig neue Pfähle mussten in den Boden getrieben, die alten ausgegraben, der Draht ersetzt werden. Er würde den restlichen Vormittag dafür benötigen und noch länger, mehr Zeit, als er gedacht hatte, vielleicht sogar morgen noch eine Stunde.

Diese Jahreszeit war schwierig für Dillahan: Im Juni vor sieben Jahren hatte sich die Tragödie zugetragen, die ihn zum kinderlosen Witwer gemacht hatte. Sosehr er sich bemühte, er konnte nicht verhindern, dass ihn, wann immer der Monat Juni nahte, die Erinnerungen quälten und nicht mehr losließen, bis der Sommer sich seinem Ende zuneigte und die Tage kürzer wurden. Sechzehn Monate nach dem Unfall, in einem Oktober, war seine Mutter gestorben, sodass er ganz allein zurückblieb.

Seine Schwestern hatten Ellie für ihn gefunden. Ohne ihm

etwas davon zu sagen, waren sie, nachdem sie von Cloonhill gehört hatten, nach Templeross gefahren. Hinterher, in der Küche, hatten sie ihm ihren Vorschlag unterbreitet, ihm das Heim beschrieben, das sie aufgesucht hatten, und wiederholt, was er bereits wusste: dass sie beide verheiratet seien und außerstande, die Stelle ihrer Mutter auf dem Bauernhof einzunehmen. Ihre Suche nach einer Haushälterin war zwar erfolglos geblieben, doch das sahen sie nicht als Niederlage an, denn in Cloonhill hatte man ihnen statt der älteren Frau, nach der sie gesucht hatten, eine jüngere angeboten, die in häuslichen Pflichten geübt war und bereit, auch in der Landwirtschaft mitzuarbeiten: All das ließ sie geeigneter erscheinen. Seine Schwestern überreichten ihm ein Empfehlungsschreiben der Mutter Oberin in Templeross, und während seine Schwestern stumm dabeisaßen, las er es durch. Als er das Schreiben sinken ließ, sagten sie, eine Bessere werde er nicht finden.

Als Dillahan den ersten der Eckpfähle mit dem Vorschlaghammer in die Erde trieb, schwirrten ihm Fetzen von Erinnerungen im Kopf herum, auch an das, was dem Arrangement, dem er zugestimmt hatte, folgte. »Nicht viele haben so viel Glück«, hatte er eine seiner Schwestern während eines Telefonats mit Cloonhill sagen hören und nicht gewusst, wen sie damit meinte, ihn oder das Mädchen. Er hörte, wie er als anständiger Mann beschrieben wurde, als ein Mann, dem man unter den gegebenen Umständen vertrauen konnte, ein Mann, der keine Messe ausließ, ganz gleich, was geschah. Dann fuhr seine ältere Schwester weg, um das Mädchen abzuholen, und brachte sie zum Gehöft. Ihre Habseligkeiten befanden sich in einem weißen Holzkasten, der zurückgegeben werden musste.

Dillahan war sonnengebräunt und hatte rötliches Haar, seine Stirn- und Gesichtshaut war mit Sommerprossen übersät, seine massige Gestalt und seine Gesichtszüge verrieten Körperkraft. Seit er den Bauernhof geerbt hatte, hatte er ihn allein bewirtschaftet, weil er es nicht anders wollte. Landarbeiter hatte er nur für ein paar Tage im September eingestellt, wenn das Heu zu Ballen gebunden werden musste. Sein Land war gutes Land, die landwirtschaftlich genutzte Fläche klein; wenn es nottat, pachtete er Weideland hinzu. Er hatte niemals irgendwo anders gearbeitet und es auch nie gewollt.

Er stützte den Eckpfahl ab, damit er die Spannung des Maschendrahts aushielt. Falls er die Färsen je auf der Flussweide grasen lassen wollte, waren oberhalb des quadratischen Maschendrahts zwei Lagen Stacheldraht erforderlich. Er befestigte die zweite Länge und spannte sie mit der eisernen Klaue, die er benutzte. Er hämmerte erst eine Krampe fest, dann eine zweite, bevor er die Klaue löste. Dazu musste er aus dem Schatten heraustreten, wobei die Sonne jetzt heiß herunterbrannte. Sein Hemd war schweißnass, von den Brennnesseln hatte er auf einem Unterarm rote Quaddeln.

Wieder stand ihm der Unfall vor Augen, abrupt wie eh und je. Der dumpfe Aufschlag, der Augenblick der Bestürzung, die Sonne im Hof genauso grimmig wie heute, der Augenblick des Begreifens. So gut er konnte, verdrängte er das alles. »Dann versuchen wir's halt mit ihr«, hatte er zu seinen Schwestern gesagt, und sie hatten geantwortet, er solle mit ihnen nach Cloonhill fahren, damit er sah, was er bekam, aber das hatte er ausgeschlagen. »Sie wird schon was taugen«, hatte er gesagt.

Er ging zum Anhänger, um noch mehr Pfähle zu holen, und schleppte sie einen nach dem anderen zum Flussufer. Wenn die notwendigen Einkäufe umfangreicher als sonst ausfielen, wenn sie fürs Fahrrad zu schwer oder zu sperrig waren, brachte er Ellie mit dem Wagen nach Rathmoye; er gönnte ihr die Zeit. Gestern bei der Beerdigung hätte er ihr normalerweise Gesellschaft geleistet, nur hatte er Mrs Connulty weit weniger gut gekannt als sie, die freitags immer die Eier auslieferte. Es mache ihr nichts aus, allein hinzufahren, hatte sie gesagt und ihm wie immer die Neuigkeiten erzählt: wer die Totenmesse besucht hatte und was ihr bei English's wegen des Rötelpulvers mitgeteilt wurde, das sie geordert hatten, aber noch nicht eingetroffen war. Am Tag ihrer Ankunft hatte er sich nicht einen Augenblick lang vorgestellt, dass er sie eines Tages heiraten würde, dass er neben ihr stehen und die nämlichen Worte hören würde, dass man ihm hinterher als ihrem Ehemann die Hand schütteln würde. Der Hochzeitsschmuck hatte genauso ausgesehen wie beim ersten Mal, die gleiche Werbung für Winter's Tale Sherry auf Spiegelglas, der Lärm und das Gelächter, Konfettischauer. »Es ist besser so, es ist besser«, hatte ein alter Bauer, den er schon sein ganzes Leben kannte, beifällig gesagt, mit gesenkter Stimme, unter vier Augen. Beide hatten sie im Pissoir hinter dem Hotel gestanden, jeder in einer Ecke. Auf der Hochzeitsfeier hatte er für die Gäste gesungen, aber, wie jeder der Anwesenden wusste, auch für Ellie. Danach waren sie für drei Tage nach Lahinch gefahren. Um den Hof hatte sich einer der Corrigans gekümmert. Sie hatte noch nie das Meer gesehen.

3

Florian Kilderry ditschte einen Kieselstein über die dunkle Wasseroberfläche, die reglos wie Eis dalag. Der Stein hüpfte nur einmal; als er es erneut versuchte, erst zwei-, dann dreimal. Die frühmorgendliche Stille wurde nicht durchbrochen, die Luft war erfrischend kühl. Der Vogel, den er diesen Sommer nicht hatte bestimmen können, hatte sich nicht wieder gezeigt, und er wartete auf ihn in der Hoffnung, dass er pötzlich erscheinen und auf seine unnachahmliche Weise aufs Wasser herabstoßen würde. Er sah zum Himmel auf, aber auch dort ließ der Vogel sich nicht blicken. Seine Hündin, ein schwarzer, nicht mehr ganz junger Labrador, sah ebenfalls auf, als wüsste sie, wonach sie Ausschau hielt. Dieser Tage unternahm sie nicht mehr viel allein.

Er brauchte eine Stunde, um den See zu umwandern. Hier und dort musste man, wenn der Boden zu durchweicht war, einen Umweg nehmen, aber heute Morgen war es trocken. Das umgedrehte Boot lag noch immer herrenlos auf dem Kiesstrand, dort, wo der Bach hereinrieselte, jetzt aber rieselte er kaum. Das Schilfrohr gedieh am besten in unmittelbarer Nähe des Wassers. Es war seit Jahren nicht geschnitten worden.

Früher, als man noch Gesellschaften gegeben hatte – als die Gäste mit dem Wagen aus Dublin angereist waren –, wurde immer ein Spaziergang um den See gemacht, ganze Umzüge von Menschen, darunter auch Florian, das Kind des Hauses. Die Autos wurden auf dem bekiesten Wendeplatz abgestellt: zerbeulte Dodges und Fords, ein einziger Morgan, der immer kam, Morrises und Austins. Das Emblem auf der Kühlerhaube unterschied einen Wagen vom anderen, und die Nummernschilder hatte er sich vom jeweils letzten Mal gemerkt. Wenn Feste gefeiert wurden, hatte er nachts nicht schlafen wollen, stets drangen Musik und Gelächter schwach zu seinem Schlafzimmer herauf. Am Morgen schlich er im Haus umher durch eine Stille, die sich anfühlte, als würde sie niemals enden.

Florian Kilderry – benannt nach einem Großvater, den er nie kennengelernt hatte – war der einzige Nachkomme einer italienischen Mutter und eines anglo-irischen Vaters, eines Paares, dessen innige Zuneigung zueinander einer Ehe Glanz verliehen hatte, zu deren Alltag es gehörte, dass man Schwächen mit Nachsicht begegnete und Gläubigern schmeichelte. Seine Mutter war eine Verdecchia aus Genua gewesen, sein Vater in eine Offiziersfamilie hineingeboren worden, die ursprünglich aus der Grafschaft Galway stammte, sich vor langer Zeit aber in Somerset niedergelassen hatte. Die vermögenden Verdecchias hatten die Liebschaft ihrer Tochter mit einem umherirrenden Soldaten, der 1918, gegen Ende des Krieges, von seinem Regiment versprengt worden war und anders als sie selbst nicht der Aristokratie angehörte, nicht gebilligt. *Soldato di ventura,* so lautete die Bezeichnung, mit der sie ihre Abneigung ausdrückten; und auch sonst wurde viel geredet, sodass Natalia Verdecchia – mehrere Jahre jünger als ihr Verehrer – diesen heimlich heiratete und mit ihm nach Irland durchbrannte. »Ich war noch nie mehr als mittellos«, pflegte Florians Vater zu sagen, besonders zu der Zeit, als er von der Hand in den Mund leben musste, da sein rechtes Bein in der Schlacht an der Lys schwer verletzt worden war. Aber trotz des Missfallens der Verdecchias kam es schon bald zu einem genuesischen Erbe – weniger zwar als erhofft, aber doch hinreichend, um das Haus zu erwerben, in dem die Kilderrys für den Rest ihres Lebens wohnen sollten, in dem ihr einziges Kind Florian zur Welt kam, der es nach dem kürzlichen Tod seines Vaters geerbt hatte.

Es hieß Shelhanagh, ein Landsitz ohne sonderliche architektonischen Vorzüge, mit Blick auf einen eigenen weitläufigen See, drei Kilometer von der Kreuzung Greenann entfernt, acht Kilometer von der Stadt Castledrummond. Inzwischen war es halb verfallen, denn zu Lebzeiten der Kilderrys waren nur selten Geldmittel vorhanden gewesen, um es instand zu halten; und mit dem Haus selbst hatte Florian eine Menge Schulden und permanente Rechtsstreitigkeiten geerbt. Sein Vater hatte bis an sein Lebensende großes Geschick darin bewiesen, die Zahlung eintreffender Rechnungen hinauszuzögern, wusste er doch sehr genau, welche man begleichen musste und mit welchen man sich getrost Zeit lassen konnte. Diese Fähigkeiten hatte Florian nicht. Es wollte ihm nicht gelingen, das Anwesen in Schuss zu halten, Gemüse zu züchten oder die Pflaumen an den Bäumen zu pflücken, bevor sie von selbst abfielen und im hohen Gras verlorengingen. Unlängst war das Telefon abgestellt worden, ungedeckte Schecks wurden zurückgeschickt. Regelmäßig kam ein Schuldeneintreiber vorbei.

Unter weniger schwierigen Umständen wäre Florian für immer in Shelhanagh wohnen geblieben; da sich eine Veränderung seiner Situation aber nicht abzeichnete und er wusste, dass ihm der Mut fehlte, die Schmach der Armut allein zu ertragen, hatte er beschlossen, den Ratschlag zu beherzigen, den man ihm gegeben hatte: das Haus zu verkaufen und – als Kind von Exilanten – selbst Exilant zu werden. Vor zwei Wochen hatte der Geistliche von Castledrummond seinen Antrag auf Ausstellung eines Reisepasses unterzeichnet.

Hineingeboren in die Einsamkeit eines Einzelkindes, hatte Florian seine frühe Jugend und die darauffolgenden Jahre ohne große Ansprüche durchlebt, und das Temperament des Erwachsenen unterschied sich kaum von dem des Knaben, der er gewesen war: ein höflicher, genügsamer Mann, der eher schweigsam war. »Er steht sich selbst ein bisschen im Weg«, hatte Natalia Kilderry, als sie noch lebte, oft geäußert, wenngleich durchdrungen von der Zuneigung, die noch jede Bemerkung über ihren Sohn begleitete. Sie waren eine liebevolle Familie gewesen.

An diesem Morgen unterbrach Florian seinen Spaziergang für einen Moment und blickte zurück auf das ruhige Gleichmaß des Sees. Dann ging er in den Garten, in dem die Artischocken hochgeschossen waren. Wie Unkraut wucherten sie zwischen Holundersträuchern, Winden und Himbeertrieben, die nur aufblühten, um gleich wieder zu ersticken, und den Äpfeln vom Vorjahr, die auf dem Boden verfaulten. Hinter dieser üppigen Wüstenei lag ein kleiner, kopfsteingepflasterter Hof. Er überquerte ihn und betrat sein Haus durch die unverschlossene Hintertür.

In der Küche brühte er sich einen Kaffee und röstete Brot. Er ließ sich Zeit. Mit dem letzten Schluck Kaffee und der ersten Zigarette des Tages machte er es sich gemütlich und las in *Die Schönen und Verdammten.* Anschließend wusch er einige der Kleidungsstücke, die sich angesammelt hatten, und hängte sie zum Trocknen zwischen die Pflaumenbäume. Er versuchte, die Wasserpumpe zu reparieren, hatte aber, wie vorauszusehen war, wieder keinen Erfolg. Von der Küche aus hörte er, wie die Post, die der Briefträger gebracht hatte, durch den klappernden Briefkastenschlitz auf den mit Steinfliesen belegten Fußboden fiel. Als er wenige Minuten später durch die Diele ging, fand er lediglich braune Umschläge mit Rechnungen vor und warf sie ungeöffnet weg.

»Damit lässt sich ein hübsches Sümmchen erzielen, schätze ich«, hatte der Mann vom Maklerbüro gesagt, als er das Maßband weglegte, und die Bank of Ireland war derselben Meinung. Nach Tilgung der Schulden hätte er für eine Weile genug, um sein Leben zu bestreiten, wenn nicht in Glanz und Pracht, so doch in Annehmlichkeit. Genug, um ein Fremder in der Fremde zu sein, auch wenn Florian noch nicht wusste, wo. Er war noch nie aus Irland hinausgekommen.

Oben lief er in den Zimmern umher und versuchte abzuschätzen, was für die Händler von Interesse sein könnte. Davon gab es sehr viel weniger als früher, denn in seinen letzten Lebensjahren war sein Vater dazu übergegangen, das Mobiliar zu verkaufen, so wie er auch schon die kleinen, felsigen, mit Stechginster bewachsenen Felder von Shelhanagh verkauft hatte. Doch selbst ohne viele Einrichtungsgegenstände ließ sich hier und da erkennen, dass Shelhanagh einmal bessere Tage gesehen hatte. Die Bilder, die einst die Wände aufgeheitert hatten, waren nur mehr dunkle Flecken auf der Tapete; und doch stellte jeder von diesen für Florian eine wertvolle Erinnerung dar. Die Wasserkrüge und die geblümten Schalen, in denen sie standen, Waschtische und Frisierkommoden waren verschwunden, aber er konnte sich noch daran erinnern, wo sie hingehört hatten und wie sie angeordnet gewesen waren. Der schale Sonnenschein in der Luft war stets ein sommerlicher Geruch gewesen und war es auch heute wieder; die Schubert-Stücke, die seine italienische Cousine gespielt hatte, wenn sie nach Shelhanagh kam, hallten nach; Stimmen murmelten. Über den Fenstern eines Schlafzimmers, in dem seit der Zeit der Gesellschaften niemand mehr geschlafen hatte, war die Decke heruntergekommen, auf dem fadenscheinigen Teppichboden hafteten Putzbrösel, Fliegen eines früheren Sommers verdunkelten die Fensterbretter. Auf einem wackeligen Tisch in einer Nische, in deren einer Ecke auch seine Tagebücher aufgestapelt waren, stand die Schreibmaschine seines Vaters, eine alte Remington.

Die Wände warfen Blasen vor Feuchtigkeit. Auf den kahlen Dielenbrettern im Flur lag, getrennt von seiner Gabel, ein ausgestöpselter Telefonhörer im Staub. Das Sonnenlicht, das durch die verschmierten Fensterscheiben fiel, warf Schatten auf den Fußboden, auf dem die Partygäste einst getanzt hatten, selbst nachmittags. Die Musik kam aus einer großen Musiktruhe, und sie hatten im ganzen Haus getanzt, in sämtlichen Zimmern im Erdgeschoss, auf dem Flur, in der Diele. Sie hatten auf der Treppe gesessen.

In dem Zimmer, wo er stets geschlafen hatte, strich er die zerknitterte Bettwäsche glatt und verbarg das Durcheinander unter einer Tagesdecke. Natürlich war es Verrat, das Haus zu verkaufen, das wusste er. Wenige Tage vor seinem Tod hatte sein Vater noch einmal bekräftigt, was er schon so oft gesagt hatte: Falls äußerste Maßnahmen vonnöten seien, könne Florian einige der achtzehn Zimmer von Shelhanagh vermieten, die Attraktionen des Sees und seiner ruhigen Umgebung könnten nutzbar gemacht werden, und ganz gleich, wie Florian sein Leben zu führen gedenke, in Shelhanagh hätte er stets ein Dach über dem Kopf. »Werde deiner Begabung niemals untreu, mein Hübscher«, hatte seine Mutter ihm schon vorher geraten und alle praktischen Überlegungen ignoriert. Denn da er das Kind begabter Eltern war – beide begnadete Aquarellmaler –, nahmen sie an, ihr Talent habe sich bis zu einem gewissen Grad auf ihn vererbt.

Kunst war ihre Leidenschaft gewesen. Ihre Staffeleien und ihre Pinsel, ihre mehrfachen Seelandschaften, ihre Vögel, Blumen und Straßenansichten, ihre Stillleben beherrschten ihr Leben und machten zu ihren Lebzeiten das Wesen Shelhanaghs, ihrer selbst und irgendwie auch ihrer Ehe aus. Die Feste, die sie feierten, hatten stets damit zu tun, auch ihre Gäste waren mehrheitlich Maler oder sonst wie mit der Welt der Kunst verbunden, und oft war der Verkauf eines Bildes ein Anlass zum Feiern.

Dass Florian eines Tages einen Platz in dieser Welt erobern würde, war eine sorgfältig gehegte Erwartung. Die unbezweifelte Gewissheit, mit der man davon ausging, dass diese Erwartung sich erfüllen würde, bestimmte seine Kindheit ebenso wie die Liebe seiner Eltern füreinander und ihre Güte. Wenngleich Florian die Großmütigkeit dieser guten Absichten erkannte, so beschlichen ihn doch insgeheim Zweifel, Zweifel, die er zum ersten Mal am Morgen seines fünften Geburtstags erlebte.

Als er die flache schwarze Blechbüchse entgegennahm, die sie ihm geschenkt hatten, hatte er geglaubt, sie enthalte Süßigkeiten, bis er den Klappdeckel anhob und die Farben sah. Seine Mutter las ihm die Namen vor: Chromgelb und Preußischblau, Krapprot und Karmesinrot, Kobaltblau und Smaragdgrün. Er brachte sie durcheinander; sie sagten, es komme nicht darauf an. »Ach, du kannst das schon, natürlich kannst du das«, meinten sie, als sie den Pinsel ins Wasser tunkten und ihm in die Hand drückten. Sie zeigten ihm, wie es ging; er kleckste und schmierte. »Natürlich kannst du das«, wiederholten sie. Aber er wusste, er konnte es nicht.

Als er an diesem Morgen von einem halb leeren Zimmer zum nächsten ging, stellte er ohne Groll fest, dass er länger als gewöhnlich über solche Momente vergeudeter Zeit nachdachte und widerstrebender als gewöhnlich das Ende akzeptierte, das mit jedem Tag näher rückte. Er blieb in der Tür zum Schlafzimmer stehen, in dem sein Vater beim Ankleiden gestorben und in dem seine Mutter drei Jahre zuvor – an ihrem einundsechzigsten Geburtstag – nicht wieder aus dem Schlaf erwacht war. Nur der Kleiderschrank und das Bett waren zurückgeblieben. »Um die Garderobe kümmern wir uns später«, hatte sein Vater gesagt, während er die Kleider und Mäntel auf ihren Bügeln zusammenraffte, die er einem Wohlfahrtsverband schenken wollte, mit dem er jedoch nie in Kontakt trat, weil er es nicht über sich brachte. Jetzt hing Florians eigene Kleidung daneben.

Sie konnten nicht anders, sie hielten große Stücke auf ihn. Das wusste Florian inzwischen. Selbst damals hatte er es geahnt. Andere Kunstformen waren vorgeschlagen worden, und obwohl er immer wieder scheiterte, rückten sie offenbar nicht von ihrem Glauben ab, er zeige vielversprechende Ansätze, während er selbst nur sein Versagen wahrnahm. Zuerst stieß er sich daran, später sehr viel weniger. Das Haus war voller Bücher; er las viel.

Es machte ihm nichts aus, als sie das Schulgeld für sein Internat in Dublin nicht mehr aufbringen konnten und er abgehen musste. Eine Weile lang kam ein ältlicher Hauslehrer, ein gewisser Mr Blades, jeden Tag mit dem Motorrad aus Castledrummond, bis dieselben Schwierigkeiten auftraten und der Unterricht abgebrochen wurde. Damals, oder später, hätte Florian Shelhanagh verlassen können, aber er blieb.

Wir drängen ihn nicht, hier bei uns zu bleiben, hatte sein Vater in seiner unordentlichen Handschrift in einem nie abgeschickten Brief festgehalten. *Das Recht dazu nehmen wir uns nicht heraus. Aber warum ein Leben hinter einem Schreibtisch vergeuden, das nicht vergeudet werden müsste? Etwas wird sich finden, sagen wir uns immer, und wissen, dass es so ist. Irgendwann wird sich etwas finden. Wenn die Zeit gekommen ist, wird es erkannt werden, denn so entwickeln sich die Dinge. Und er ist glücklich in diesem Haus und findet seinen Weg.*

Aber Florian fand seinen Weg nicht. Was er stattdessen, nicht lange nach dem Tod seines Vaters, in einem der Gartenschuppen zwischen all dem Trödel fand, war eine alte Leica-Kamera. Als er sie aufhob, grübelte er darüber nach, weshalb während der langen Suche nach einer Nische in der Welt der Kunst, für die er sich hätte entscheiden können, nie die Fotografie erwähnt worden war. Und als er die Kamera ausprobierte, stellte er zu seiner Überraschung fest, dass sie funktionierte.

Er fotografierte Shelhanagh. Die melancholische Atmosphäre des baufälligen Landsitzes übte einen Reiz aus, den er später mit ausnahmslos allen seinen Bildern einzufangen suchte: Heute wollte er zu dem ausgebrannten Kino zurückkehren, wo man ihn wegen unbefugten Betretens gemaßregelt hatte.

Vorher aber machte er sich daran, eine Dachkammer fertig auszuräumen, die vollgestopft war mit ausrangierten Gegenständen, die man hatte wegwerfen wollen und die doch nie weggeworfen worden waren. Seine Hündin schnüffelte im Staub herum, bevor sie sich hinkauerte, um darauf zu warten, dass etwas Aufregenderes geschah. Vor nicht allzu langer Zeit hatte sie ihn, hinter seinem Fahrrad hertrottend, auf seinen fotografischen Erkundungsfahrten begleitet, inzwischen war sie dazu nicht mehr aufgelegt. Alles, was sich verbrennen ließ, trug er zu dem Scheiterhaufen, der im Garten schwelte, dann schleuderte er ihren Tennisball für sie.

»Sieh zu, dass du das Haus bewachst«, wies er sie an, bevor er ging, und als sie sich wieder hinlegte, schlug sie mit dem Schwanz auf den Boden, als hätte sie ihn verstanden. Sie hieß Jessie.

4

Ellie zog ihr blaues Kleid an und zog es gleich darauf wieder aus, da es gebügelt werden musste. Das tat sie in der Küche, und als sie fertig war, als sie Lippenstift aufgetragen und sich die vom Kleid durcheinandergebrachten Haare gerichtet hatte, schrieb sie ihre Liste. Draußen überprüfte sie, ob die beiden Großpackungen Eier auf dem Fahrradgepäckträger festgezurrt waren, dann fuhr sie vom Hof. An der Lenkstange schlenkerte ihr leerer Einkaufskorb.

Sie begegnete niemandem; aus dem grauen Cottage am Ortseingangsschild, das seit der Zwangskündigung der Nelligans unbewohnt war, drang noch immer kein Lebenszeichen. Auf der Hauptstraße parkte ein Polizeiwagen. Zwei Gardaí sicherten Bremsspuren. Vielleicht hatte es einen Verkehrsunfall gegeben.

Als sie am Pfarrhaus klingelte, kam Father Millane persönlich zur Tür. Sein rundes, rosafarbenes Gesicht verzog sich zu einem Lächeln. Er sagte, er müsse Mrs Lawlor rufen. Da erst bemerkte er, dass Mrs Lawlor das Eiergeld auf dem Fensterbrett des Windfangs hinterlegt hatte – Ellie hatte ihn gerade darauf aufmerksam machen wollen. Während er das Geld abzählte, sagte er, er habe sie vor einer Woche bei Mrs Connultys Beerdigung gesehen, es sei freundlich von ihr gewesen, zu kommen.

»Wie sieht es bei Ihnen selbst aus, Ellie? Das Heu macht sich ziemlich gut, nicht?«

Ellie erwiderte, alles stehe zum Besten. Zum Teil sei das Heu schon gemäht und liege zum Trocknen aus. Es gebe reichlich dieses Jahr.

»Großartig!«, rief Father Millane begeistert. »Ist das nicht großartig?«

Dieses Wort verwendete er oft. Stadtbekannt für seine Überredungskünste und für sein Geschick, Dinge zu richten, war er es, der die geistlichen Grundsätze festlegte, nach denen die Bewohner von Rathmoye ihr Leben lebten, seine Stimme war es, die sämtliche Gefahren, die der friedlichen Kirche drohten, in deren Namen er sprach, schärfstens verurteilte. Father Millane, hoch geachtet als Amtsträger wie als Mensch, freute sich über jede gute Nachricht, die seine Gemeindemitglieder ihm überbrachten. Es gebe allen Grund zur Dankbarkeit, beteuerte er regelmäßig; wie man es auch drehe und wende, das müsse einmal gesagt werden. Heute Morgen hörte Ellie es ihn wieder sagen, und da sie glaubte, selbst allen Grund zur Dankbarkeit zu haben, pflichtete sie ihm wärmstens bei.

Als wenige Minuten später Miss Connulty ihre Haustür öffnete, hatte sie dieselbe Eingebung wie Father Millane und sagte, es sei freundlich von Ellie gewesen, zur Beerdigung zu kommen.

»Ach, das versteht sich doch von selbst, Miss Connulty. Es tut mir nur leid, dass ich danach nicht zu Ihnen nach Hause kommen konnte. An dem Tag war Mr Brennock bei uns auf dem Hof. Kennen Sie Mr Brennock?«

»Ehrlich gesagt, nein.«

»Wenn es ums Vieh geht, ist er von allen der Beste.«

Seit Mrs Connulty die Treppe vor geraumer Zeit zu beschwerlich geworden war, hatte die Haushaltshilfe die Eier entgegengenommen. Miss Connulty hatte ihr im vergangenen Jahr nur ein- oder zweimal aufgemacht. Ellie kannte sie nicht sonderlich gut. Nicht, dass sie Mrs Connulty besser gekannt hätte, aber die Beerdigung hätte sie sich nicht entgehen lassen.

»Ich weiß nicht, was wir ohne Sie anfangen würden, Ellie«, sagte Miss Connulty und hörte sich an wie ihre Mutter. Sie machte eine Bemerkung über das herrliche Wetter. »Nanu, wer ist denn das?«, unterbrach sie sich.

Ellie drehte sich um.

»Der ist eben aus der Matthew Street gekommen«, sagte Miss Connulty, und Ellie erkannte den Mann, der sie am Morgen der Beerdigung nach dem Weg gefragt hatte. Er schob ein Fahrrad zwischen den geparkten Wagen hindurch, die ihn immer wieder ihren Blicken entzogen.

»Wer mag das sein?«, fragte Miss Connulty erneut.

Ellie nahm das Geld entgegen, das Miss Connulty ihr hingehalten hatte, bevor sie abgelenkt worden war. »Danke, Miss Connulty«, sagte sie.

»Ist das vielleicht der Bursche, der die Fotos von der Beerdigung gemacht hat, Ellie? Haben Sie ihn dort gesehen?«

Ellie nickte.

»Er ist mehreren Leuten aufgefallen«, sagte Miss Connulty. »Sie sprachen von einem Tweedanzug. Haben Sie gesehen, wie er die Aufnahmen gemacht hat, Ellie?«

»Ja, schon.«

»Sonderbar, oder?«

Ellie antwortete, das hätte sie auch gedacht. Sie erinnerte sich an das dunkle Haar, das ihm in die Stirn gefallen war, an seinen ernsten Blick, als er sich nach dem Begräbnis erkundigt hatte, an das Lächeln, das sich schließlich zeigte, die bunte Krawatte. Sie erinnerte sich, dass ihr die Hände aufgefallen waren, die die Kamera bedienten. Zarte Hände, hatte sie bei sich gedacht.

»Ich habe vermutet, er hätte den Auftrag gehabt, Aufnahmen zu machen.«

»Wie kommen Sie darauf?«

»Nur so. Er hat sich nach dem Lichtspielhaus erkundigt.«

»Was wollte er denn da?«

»Ich weiß nicht.«

»Wollte er sich etwa einen Film ansehen? Wusste er denn nicht, dass das Lichtspielhaus abgebrannt ist?«

»Ich würde sagen, er wusste schon, wie es darum steht.«

»Wo er jetzt wohl hinwill?«, fragte Miss Connulty, als die Gestalt, die sie beobachtet hatten, sich aufs Fahrrad schwang und zur Cashel Street fuhr.

»Nächsten Freitag die gleiche Stückzahl, Miss Connulty?«

»O ja, das reicht vollkommen.«

Miss Connulty sagte, sie müsse noch die Betten machen und könne nicht weiter herumstehen. Ellie verabschiedete sich und radelte weiter.

Bei English's war das Rötelpulver noch immer nicht geliefert worden. Der Mann mit dem Hörgerät ging zum anderen Ende des Tresens, um nachzusehen, und schüttelte den Kopf. Sie sagte, es sei nicht so schlimm, und fragte sich, ob er sie überhaupt hören konnte – vermutlich nicht. »Dienstag«, rief er ihr nach, als sie sich zum Gehen anschickte, dann fiel ihm ein, dass sie nur freitags in die Stadt kam, und er hob entschuldigend die Hand. Sie verstand die Geste.

Sie stellte ihr Rad am Geländer der Kirche in der Cloughjordan Road ab. Dort musste sie eine Weile warten, bevor der Priester kam, um ihr die Beichte abzunehmen, aber das machte ihr nichts. Ihre Buße fiel gering aus. Bevor sie ging, entzündete sie eine Kerze.

»Das hat den Connultys gehört«, sagte die Frau in Meagher's Café, als Florian sich über die Brandkatastrophe im Kino erkundigte. »Nun ja, natürlich gehört es ihnen immer noch.«

Sie war eine kräftige Frau mit breiten Schultern, das schwarze Haar trug sie in einem Netz. Ihre aufgesprungenen Finger und ihr gerötetes, windgegerbtes Gesicht ließen eine Bauersfrau vermuten, die hart arbeitete, Butter in einer eiskalten Molkerei herstellte, allen Wettern ausgesetzt war. Sie hatte sich zu Florian an den Fenstertisch gesetzt, da kein anderer

Tisch frei war und seiner noch Platz bot. Als sie ihn ansprach, hatte er die Stelle in *Die Schönen und Verdammten* markiert und das Taschenbuch mit den Eselsohren beiseitegelegt.

»Können Sie sich daran erinnern?«, fragte er. »An das Feuer?«

»Aber ja.«

Die Kellnerin brachte eine Kanne Tee. Die Kuchen würden gleich folgen, sagte sie.

»Und kochend heißes Wasser«, rief die Frau ihr nach. »Bringen Sie kochend heißes Wasser.«

Als Florian zum Kohlenlagerplatz gegangen war, um die Erlaubnis für seine Aufnahmen einzuholen, war keiner im Büro gewesen. Er wartete, aber es kam niemand. An einem Wandbrett hingen allerdings Schlüssel, und als er auf dem Hof einen Mann fragte, der dabei war, Kohlen zu schippen, suchte der einen Schlüssel mit dem Etikett »Coliseum« heraus und reichte ihn ihm. Miss O'Keeffe bringe Mr Connulty im Pub gerade die Post, erklärte er. »Vergessen Sie nicht, den Schlüssel wieder hinzuhängen, wenn Sie fertig sind«, sagte er, und Florian versprach es ihm. Eine Stunde lang streifte er in den Höhlungen des verrußten Gebäudes umher. An der Stelle, wo sich die Leinwand befunden hatte, hingen noch zerfetzte Vorhänge, die Sitze waren bloße Metallgerippe, die Empore eingestürzt. Er stellte sich die Stimmen der Schauspieler vor, die in dem lautstarken Tumult einfach weitersprachen, Gelächter und Musik. Es war ein trostloser Ort.

»Eine weggeworfene Zigarette«, sagte die Frau im Café und rührte den Zucker in ihrem Tee um. »Der Brand hat nur ein Menschenleben gefordert. Man vermisst es, das alte Lichtspielhaus.«

»Es hängt noch ein Plakat da, das keinen Schaden genommen hat.«

»Über der Treppe zur Empore hingen immer gerahmte Plakate. Spencer Tracy, Mickey Rooney, Joan Crawford.«

»Jetzt hängt da nur noch Norma Shearer.«

»Gott, Norma Shearer!«

Das erste Mal sei sie ins Coliseum gegangen, um *Dubarry was a Lady* zu sehen. »Tommy Dorsey«, sagte sie. »Da war es gerade eröffnet worden.«

Die Kellnerin kam mit den Kuchen, und Florian wählte ein Stück Biskuitrolle. Das Tonband mit der Hintergrundmusik war zu Ende und begann wieder von vorn.

»Ich darf nichts Süßes anrühren«, sagte die Frau.

Meagher's Café stand an der Kreuzung Cashel Street/Cloughjordan Road, und vom Fenster aus sah man die Kirche zum Heiligsten Erlöser. Hin und wieder winkte die Frau, die an Florians Tisch saß, einer Passantin zu oder klopfte an die Fensterscheibe.

»Vielleicht wissen Sie nicht«, sagte sie, »dass es der alte Mr Connulty war, der bei dem Brand ums Leben kam.«

»Nein, das wusste ich nicht.«

»Seine Frau hat ihn um fast siebzehn Jahre überlebt. Wir haben sie letzte Woche zu Grabe getragen.«

»Ich glaube, ich kann mich an die Beerdigung erinnern.«

»Oh, in Rathmoye entgeht einem so etwas nicht. Mr Connulty hatte zu trinken angefangen, als es Scherereien in der Familie gab. Wenn er abends zu viel getankt hatte und nicht nach Hause gehen wollte, machte er es sich hinten auf der Empore bequem, und da wäre er die ganze Nacht liegen geblieben, wenn sie nicht mit der Taschenlampe nach ihm geleuchtet hätten. Nun, Sie ahnen schon – das Kino ging in Flammen auf, und ihn hat man übersehen. Bin ich Ihnen zu schwatzhaft?«

»Nein, überhaupt nicht.«

Er bot der Frau eine Zigarette an, die sie jedoch ausschlug.

»Nur zu«, sagte sie, als er zögerte, bevor er sich selbst eine anzündete.

Die Leica lag auf dem Tisch, die Lederhülle war speckig und zerrissen, der Riemen mit schwarzem Isolierband geflickt.

Die Frau hatte keinerlei Neugier gezeigt, sich auch nicht danach erkundigt, was Florian im Kino gewollt hatte. Auf ebendieser Empore sei sie umworben worden, erzählte sie.

»An Samstagabenden, ein Bauunternehmer aus Nord-Cork. Er versprach, mir einen Palast zu bauen, aber ich hab ihn trotzdem nicht geheiratet.«

Der Mann, den sie stattdessen geheiratet hatte, habe sie mit hinausgenommen zu seinem Bauernhof, der damals noch seinem Vater gehörte. Seitdem sei sie dort, sieben Kinder. Der Jüngste habe das Zeug zum Christlichen Schulbruder, sagte sie, aber das sei noch nicht zur Sprache gebracht worden.

»Man vermisst es, das alte Lichtspielhaus«, wiederholte sie.

Kurz danach verabschiedete sie sich, aber Florian schlug sein Buch nicht wieder auf. Zu seiner Überraschung hatte er in dem zerstörten Kino plötzlich darüber nachdenken müssen, warum er eigentlich nicht gewusst hatte, dass auch die Fotografie ihn enttäuschen würde, oder er sie; warum er nicht gewusst hatte, dass die Bilder, die er zustande brachte, zu nichtssagend waren, jedes Einzelne von ihnen nur mittelmäßig. Aber vielleicht hatte er es ja gewusst und sich nur nicht darum geschert, es nicht wahrhaben wollen. Und kam es überhaupt darauf an, nun, da so vieles für ihn zu Ende gegangen und der Stachel der Enttäuschung längst gezogen war?

Draußen auf der Straße begrüßten zwei Frauen einander und blieben einen Augenblick lang stehen, um sich zu unterhalten. Ein Kleinwagen, der angehalten hatte, um Brot zu liefern, fuhr wieder davon. In der Ferne stiegen Gestalten die steile Kirchentreppe hinab.

»Wollten Sie die Rechnung?«, fragte die Kellnerin und kam mit ihrem leeren Tablett an den Tisch.

Als sie ihm die hingekritzelte Rechnung reichte, zählte er ihr die Münzen einzeln hin.

»Bis bald mal wieder«, sagte die Kellnerin.

Ellie erledigte ihre Einkäufe bei Corbally's und hielt sich eine Weile bei Miss Burke auf. Dann radelte sie zum Cash & Carry.

Die Leute sprachen vom Wetter: Es werde einen großartigen Sommer geben. Das hatte sie schon in der Magennis Street gehört, und Father Millane und Miss Connulty hatten auch davon gesprochen. Am Eingang hob sie einen Drahtkorb vom Stapel und rief der Kassiererin, die sie vor kurzem kennengelernt hatte, einen Gruß zu. Brot, Kerrygold-Butter und Stärkemehl, Sultaninen und Rosinen, was immer vorrätig war, und Sechzigwattbirnen – mehr brauchte sie nicht. Sie würde nicht zu spät nach Hause kommen, vor zwölf allemal.

Sie ging zu den Glühbirnen und griff sich im Vorübergehen einen Karton Persil. Als sie vor dem Brotregal stand, sah sie wieder den Fotografen, der nach irgendetwas suchte. Er stand mit dem Rücken zu ihr, ehe er sich umdrehte und sie ebenfalls erblickte.

5

Orpen Wren wartete wie jeden Morgen und jeden Abend am Bahnhof von Rathmoye. Er wartete bei Wind und Wetter, ohne jede Ungeduld. Heute, an diesem sommerlich warmen Morgen, war es das reinste Vergnügen, und er genehmigte sich ein Nickerchen, da er wusste, dass der Lärm des herannahenden Zuges aus Dublin ihn wecken würde. Aber es kam kein Zug, seit der Stilllegung des Bahnhofs war keiner gekommen, und es würde auch nie wieder einer kommen.

Orpen Wren lebte sowohl in der Gegenwart als auch in der Vergangenheit. Vor langer Zeit war er dazu angestellt worden, die Bibliothek der St. Johns in Lisquin zu katalogisieren, und in gewissem Sinne hatte er das Haus nie verlassen, obwohl die St. Johns ihren Familiensitz vor zweiunddreißig Jahren zu Markte getragen und das Mobiliar versteigert hatten. Die berühmte, von Generationen von Gelehrten aufgesuchte Bibliothek der St. Johns war von Händlern geplündert worden. Als das Haus leer geräumt und das Dach von Blei und Schiefer entblößt war, hatte man die Überreste, die keiner haben wollte, im Hof auf ein Feuer geworfen. Kaminsimse und Zimmerdecken, Türen und Täfelungen, die geschwungenen Emporen zu beiden Seiten der Treppe – eine Hauptattraktion des breiten Gangs im Obergeschoss – waren abmontiert und zum Verkauf gelagert worden. Die leere Hülse wurde abgerissen, die gleichfalls zum Verkauf bestimmten Steine wurden tonnenweise weggekarrt.

Mehr als drei Jahre nach diesem Geschehen war der Bibliothekar eines frostigen Novembermorgens in Rathmoye angekommen. Es hieß, die Vorfälle, deren Zeuge er geworden war, hätten ihn emotional so mitgenommen, dass er seitdem über die Landstraßen irrte; aber Genaueres wusste man nicht. Er selbst gab an, Lisquin nie verlassen zu haben, er allein sei dort wohnen geblieben, dabei gab es dort keinerlei Behausung mehr, nicht einmal einen behelfsmäßigen Schutz vor dem Wetter.

Obwohl notleidend und obdachlos, war er keineswegs niedergeschlagen gewesen, als er sich zum ersten Mal in der Stadt gezeigt hatte; er war es auch jetzt nicht. Als er erklärte, sich mit jedweder Unterkunft zufriedenzugeben, hatte man ihm eines der Armenhäuser in der St. Morpeth's Terrace zugewiesen, die sich allesamt in schlechtem Zustand befanden, nur wenige davon wirklich bewohnbar. Später bewies er seine Dankbarkeit, indem er in den Straßen regelmäßig wiederholte, wie glücklich er in Rathmoye sei, obgleich er nicht damit aufhörte, von dem Anwesen zu sprechen, als stünde es noch immer. Unter seinen bescheidenen Besitztümern befanden sich auch Papiere, die in der Stadt unter dem Namen »Papiere der St. Johns« bekannt wurden und von denen er behauptete, sie seien ihm vorübergehend anvertraut worden. Er trug sie am Leib, Tag für Tag, am Bahnhof und in den Straßen, und war gewillt, sie einem Mitglied der Familie St. John oder Bediensteten von Lisquin auszuhändigen, die nun, da das Glück der Familie wiederhergestellt sei, jederzeit zurückkehren mochten. Auch einen Berechtigungsanspruch auf staatliche Rente führte er stets bei sich. Diese war zwar nicht übermäßig, aber doch ausreichend.

Im Alter war Orpen Wren mager geworden, die Wangen waren eingefallen, unter seinem ausgezehrten Kinn hatten sich tiefe Mulden gebildet, und die Augen waren nur mehr Stecknadelköpfe in ihren Höhlen. Die Kleider schlotterten ihm um die Glieder, an dem zerschlissenen Mantel, den er stets trug, fehlten Knöpfe, die abgetretenen braunen Schuhe bedurften dringend neuer Absätze und Sohlen. Sogar in der

Sonne wirkte er verfroren, als er heute Morgen am Bahnhof saß.

Sein Weg von der St. Morpeth's Terrace hatte ihn an der protestantischen Kirche vorbeigeführt, die ebenfalls nach St. Morpeth benannt war und sich durch einen düsteren, schlanken Turm und uralte Grabsteine auszeichnete, und an der kalksteinhellen Kirche zum Heiligsten Erlöser mit ihrem Parkplatz und einer Pietà, die die zweite von der dritten Treppenflucht trennte. Wie stets hatte der vormalige Bibliothekar St. Morpeth's betreten und fünfzehn Minuten dort verweilt.

Als kein Zug eintraf – oder als Orpen Wrens Überzeugung nach ein Zug zwar eingetroffen, aber weitergefahren war, ohne Passagiere abzusetzen –, machte er sich auf den Rückweg in die Stadt. In der Irish Street begannen die Läden. Vor den Schaufenstern blieb er stehen, für den Fall, dass sich eine Auslage über Nacht verändert hatte. Dies war nicht der Fall: Beim Tuchhändler standen die Kleiderpuppen noch genauso da wie seit Beginn des Frühlings, beim Optiker saßen die Brillen auf denselben Pappgesichtern, nur seit noch viel längerer Zeit. Die Schönheitsartikel bei Pond's waren noch immer herabgesetzt, die Reiseangebote noch immer preisgünstig, die Zinssätze stabil.

In der Magennis Street wurde ein Stahlfässchen zu einer Öffnung im Bürgersteig gerollt. Der lang aufgeschossene Ladengehilfe von McGovern's, weißer Kittel, Brille, unterhielt sich mit dem Lieferanten. *Yorkshire Relish, dickflüssig. 12 Flaschen,* besagte die Aufschrift auf einem Karton, den der Lieferant in den Armen hielt. Der lang aufgeschossene Ladengehilfe, der für seine Ähnlichkeit mit de Valera berühmt war, hakte den Posten auf seinem Bestellschein ab und meinte, es müsse auch etwas von Mi Wadi dabei sein.

Eine Katze strich um Orpens Beine herum und rieb sich an seinen Schienbeinen, und er bückte sich, um ihr den seidigen schwarzen Kopf zu kraulen. Er kannte diese Katze und genoss ihre Gesellschaft. Doch unvermittelt wie immer verlor sie das Interesse und schlich davon.

»Warten Sie, ich hab was für Sie.« Der lang aufgeschossene Ladengehilfe grüßte Orpen vom Eingang her und eilte, noch während er sprach, zur Teetheke. Er zog erst eine, dann eine andere Schublade auf, und schließlich fand er auf einem Mahagoniregal zwischen zwei hohen orientalischen Blechdosen, in denen Kaffeebohnen verwahrt wurden, einen Umschlag. »Ziemlich interessant«, sagte er und spielte auf eine Erwähnung von McGovern's in dem Brief an, der ihm geliehen worden war.

»Sie haben Sie bemerkt?«

»Aber ja.«

»Ob Mr McGovern sich an den Vorfall erinnert?«

»Um Ihnen die Wahrheit zu sagen, nein.«

Die Dokumente, die zweimal am Tag zum Bahnhof getragen wurden – aufbewahrte Geburts- und Todesanzeigen, Quittungen über Grabgebühren auf dem Friedhof der Church of Ireland in Lisquin, Urkunden über den Kauf und Verkauf von Ländereien, Unterlagen zu Wartungs- und Instandsetzungsarbeiten am Haus –, waren in der Regel eine fade Lektüre. Aber es fanden sich auch ein paar persönliche Briefe von größerem Interesse, Briefe, die vom Leben während der Regentschaft des irischen Vizekönigs Lord Townshend handelten, Einzelheiten über die Rebellion von 1798 aufführten oder von den Jahren der Großen Hungersnot erzählten. In Geschäften ließ Orpen bisweilen einen dieser Briefe zur Ansicht da.

Sorgfältig verstaute er, was man ihm zurückgegeben hatte, in seinen Kleidern und setzte seinen Weg fort. Manchmal entfiel ihm sein eigener Name; wenn ihn aber auf der Straße jemand grüßte oder wenn die Angestellten auf dem Postamt, wo er seine Rente abholte, seinen Namen nannten, erinnerte er sich wieder. Auf dem Postamt schalt man ihn, weil er den größeren Teil des Geldes, das er dort entgegennahm, den Kesselflickermädchen schenkte, die ihm ihre in Lumpen gehüllten Säuglinge hinhielten, oder den Landstreichern in die Hand drückte, die hin und wieder durch die Stadt zogen, manchmal auch den schamhaften Männern, die etwas von Pech und Missgeschick dahermurmelten.

Heute Morgen grüßte ihn keiner von diesen, und Orpen gelangte zum Platz, wo Autos durcheinandergeparkt waren und eine Frau in einem Overall den Gehsteig vor Bodell's Bar fegte. Auf Milch- oder Drahtglasscheiben standen die Namen von Anwälten und Steuerberatern; andere, aufdringlichere, priesen weitere Dienstleistungen an. Die Messingschilder der Ärzte und des einzigen Zahnarztes der Stadt hatten ihren alten Glanz meist eingebüßt; ein Fußpfleger, der alle vierzehn Tage praktizierte, verließ sich auf eine handgeschriebene Postkarte neben der Klingel als Kundenwerbung. Die Haustüren waren grün oder rot, schwarz oder in verschiedenen Blautönen gestrichen.

Ein Haus war verfallen. Aus verrosteten Kohlenrutschen wucherte Unkraut, vom Mauerwerk eines Schornsteins hing schief und krumm eine Antenne. Doch die Kreditanstalt gleich nebenan war blitzblank, und das graue Gerichtsgebäude mit seiner Freitreppe und seinen Säulen wirkte achtunggebietend, auch wenn das Gericht heute gar nicht tagte.

Der Kurator der »Papiere der St. Johns« ruhte sich auf der Bank neben dem Standbild auf dem Platz aus, das einem Rebellenhelden huldigte, eine entschlossene Gestalt in kurzen Ärmeln, die mit gebieterischer Geste den rechten Arm hob. Die entrollte Fahne, die sie in der Hand hielt, ließ ihr bronzenes Tuch in Falten auf den steinernen Sockel des Denkmals fallen. Wann immer Orpen sich auf den Platz begab, ruhte er sich auf dieser Bank aus. Die Farben der Haustüren störten ein wenig den Gang seiner Gedanken, mitunter machte das verfallene Haus einen feindseligen Eindruck. Er beobachtete, wie Mr Hassett, der Bankangestellte, in Richtung Bodell's Bar ging. In seinen Papieren wurde auch die Bank erwähnt, als sie noch das Valley Hotel gewesen war: Damals hatte die Familie St. John, wenn sie nach Rathmoye kam, ihr Gig oder ihren Dogcart auf dem Hof des Hotels abgestellt.

Mr Hassett blieb stehen, um sich mit der Frau, die den Gehsteig fegte, zu unterhalten, dann betrat er den Pub. Orpen sah zu, wie die Haushaltshilfe der Connultys das Messing an der Tür des B & B putzte, und als er einen Augenblick später einen Fremden auf dem Platz bemerkte, war er sich selbst aus dieser Entfernung sicher, dass es sich um den geraden Rücken und das selbstsichere Auftreten eines St. John handelte. Das musste der Enkel des alten George Freddie sein, der nach dem Wegzug der Familie zur Welt gekommen war, getauft auf den Namen George Anthony.

Orpen Wren stand auf und versicherte sich mit einem genaueren Blick, dass es sich zweifellos um George Anthony handelte. Als er ihn quer über den Platz hinweg grüßte, nahm ihn der Fremde nicht sofort wahr, und als er ihn endlich bemerkte, zögerte er einen Moment. Dann hob Florian Kilderry die Hand zum Gruß.

6

»Raus mit euch«, rief Dillahan seinen Hunden zu, und als sie ihn zum Vauxhall gehen sahen statt zum Traktor, kamen sie unverzüglich herbeigelaufen. Aus dem undichten Vorderreifen war nicht allzu viel Luft entwichen, aber Dillahan legte doch lieber die Pumpe auf den Rücksitz, falls der Reifen Probleme machte. Dann fuhr er hinüber zum Crilly, wo er hin und wieder seine Bergschafe zusammentreiben musste, um sie zu zählen und nach streunenden Tieren zu suchen. Es war die einzige Gelegenheit, bei der die Hunde in den Wagen springen durften, und sie wussten immer sofort Bescheid. Genau wie er liebten sie die bergige Landschaft.

Am Crilly wurde er aufgehalten, weil ein altes Mutterschaf verendet war. Er hätte es auch auf dem Heideland zurücklassen können, aber er fand eine Stelle, die ein geeigneteres Grab für die Überreste war. Dillahan war nicht sentimental, aber er respektierte seine Schafe.

Er beobachtete, wie seine Hunde die Schafe aufscheuchten, sie umkreisten und in seine Richtung trieben und wie sie sie beieinanderhielten, während er sie zählte. War es anfangs leicht neblig gewesen, so hatte der Himmel jetzt aufgeklart. Flaumige weiße Wolken zogen sanft dahin, das Grau wurde von blauen Flecken aufgerissen. Er brauchte nur bis zur Felswand zu klettern.

Dann steuerte er den Vauxhall langsam vom Crilly fort, an Gortduff und Baun vorbei. Am Gatter zu einem Feld, das er hoffte erwerben zu können, hielt er an. Der Kauf würde ihm das Leben erleichtern, weil er dann direkten Zugang zur Flussweide hätte und nicht mehr den langen Umweg auf sich nehmen müsste. Diese Tatsache behagte ihm ebenso sehr wie die Aussicht, seinen Grundbesitz vergrößern zu können und das Feld wieder in Ordnung zu bringen: Gahagan hatte es verwildern lassen.

Er ließ den Wagen im Hof stehen, ging aber nicht ins Haus. Er hatte nicht damit gerechnet, schon so früh wieder vom Crilly zurück zu sein, sonst hätte er lieber in der Küche gegessen, statt belegte Brote mitzunehmen. Die Hunde folgten ihm, als er mit dem Traktor zu den Hügelweiden fuhr.

Ellie zog die Zeitungsseiten auf dem Fußboden der Wirtschaftsküche zurück, dann kniete sie sich wieder darauf und trug noch mehr Cardinal-Politur auf. Sie hatte noch nie Cardinal benutzt, aber der Estrich war früher genauso rot gewesen; das wusste sie, weil es noch Spuren davon gab. Als sie fertig war, wirkte die Wirtschaftsküche schon viel heller.

In der Küche ließ sie Wasser in den Kessel laufen. Als es kochte, brühte sie in der kleinen Kanne, die sie benutzte, wenn sie allein war, Tee auf. Sie spielte mit dem Gedanken, ein Ei zu pochieren, aber dann ließ sie es bleiben, weil sie keinen Hunger hatte.

Mit ihrem Tee und den *Nenagh News* setzte sie sich im Hof auf einen der Küchenstühle. Ein Autofahrer war unter dem Verdacht der Trunkenheit am Steuer festgenommen worden, und im Kofferraum hatte man eine Spitzhacke entdeckt. Bei Toomyvara war man auf Erzvorkommen gestoßen, Killeen's Pride hatte beim Pferderennen in Ballingarry gleich zweimal gewonnen. Mutterschafe erzielten Spitzenpreise.

Die Zeitung entglitt ihren Fingern, aber sie hob sie nicht auf. Es hätte ihr nicht gefallen dürfen, dass der Fotograf sie anlächelte. Sie hätte ihm nicht sagen dürfen, wo er die Hühner-und-Schinken-Paste finden würde, nach der er sie gefragt hatte. Sie war mit einem völlig unbekannten Fremden im Cash & Carry herumgelaufen. Sie hatte ihm ihren Namen genannt. »Von gar nichts«, hatte sie geantwortet, als er sie fragte, wovon Ellie die Abkürzung sei. Er hatte gelacht, und sie hatte selbst lachen wollen und wusste nicht, warum.

Die Zeitung war auf den Estrich gefallen. Jetzt hob sie sie auf, faltete sie achtlos zusammen, klemmte sie sich unter den Arm und trug Stuhl und Tablett wieder in die Küche. Sie schüttete den Teesatz weg und wusch Tasse und Untertasse aus.

»Hallo«, rief eine Stimme vom Hof.

Sie hatte gar keinen Wagen gehört. Das musste Mrs Hadden sein, die wegen der Buttermilch vorbeikam. Sie kam immer am gleichen Tag, fuhr aber nie auf den Hof, sondern zog es vor, draußen auf der Straße zu parken, da sie Probleme hatte, die Kurve in die Einfahrt zu nehmen.

Dankbar für die Ablenkung, über die sie sich zugleich ärgerte, schob Ellie den Wasserkessel auf den Herdring, für den Fall, dass Mrs Hadden Tee wollte. Diese kam zur Haustür, was sonst niemand tat. »Ich darf Sie nicht stören«, sagte sie jedes Mal, wenn Ellie ihr öffnete, so auch heute wieder. Ellie führte sie in die Küche.

»Eine Tasse Tee?«, fragte sie, und Mrs Hadden verneinte, ohne, wie üblich, hinzuzufügen, sie habe ein harntreibendes Mittel eingenommen und müsse auf der Hut sein. Einen Scone dagegen würde sie gern nehmen, falls auf dem Drahtgestell gerade welche abkühlten.

Ellie entschuldigte sich, da es heute keine frischen Scones gab. In einem der beiden Krüge, die Mrs Hadden mitgebracht hatte, holte sie die Buttermilch aus der Wirtschaftsküche, und während Mrs Hadden anfing, Münzen aus ihrer Geldbörse herauszufischen, berichtete sie vom Befinden einer Tante, die ins Heim eingewiesen worden war.

»Es zerreißt einem das Herz«, sagte sie. »Nicht dass in dem Heim kein Leben herrscht. Es sind die ruhigen Heime, bei denen man Argwöhn schöpft.«

Es folgten weitere Ausführungen über Heime, die geschlossen worden waren oder doch hätten geschlossen werden müssen, wegen des fahrlässigen Umgangs mit Beruhigungsmitteln. »Natürlich wird das auf uns alle zukommen«, sagte Mrs Hadden.

»So ist es.«

»Ich hatte einen Großonkel, der sich rundheraus weigerte, in irgendein Heim zu gehen. Horry Gould.«

Horry Gould war hundertundeins geworden. In den letzten zehn Jahren seines Lebens hatte er sich an jedem Geburtstag einen neuen Anzug gekauft. »Eine andere Art, der Unbill des Alters zu trotzen«, sagte Mrs Hadden.

»Auf dem Sterbebett sang er noch am Tag vor seinem Tod *The Wild Colonial Boy*.«

Mrs Hadden hatte noch eine Tante, die Geldbörsen bestickte, aber wegen Rheumaanfällen zunehmend daran gehindert wurde. Ellie hatte bereits davon gehört, dass sie in ihrer Tätigkeit eingeschränkt war, aber jetzt wurde sie auf den neuesten Stand gebracht: dass die Beschwerden in den Sommermonaten ein wenig nachgelassen hatten.

»Man muss auch für kleine Dinge dankbar sein, nicht wahr?«, räumte Mrs Hadden ein.

»Ja.«

Sein Name sei ein ziemlich ausgefallener Name, hatte er gesagt: Florian Kilderry. Wenn er lachte, zeigten sich ein paar Fältchen auf seinem Gesicht, manchmal auch schon, wenn er nur lächelte. »Sie kennen bestimmt jeden in Rathmoye?«, hatte er gesagt, und das Mädchen an der Kasse hatte zugehört. Dann war er neben ihr aus dem Cash & Carry gegangen.

»In der Familie ist er eine Legende«, sagte Mrs Hadden jetzt. »Mit hundertundeins im Bett noch Lieder zu singen!«

»Ja.«

Weil sie schwer sei, hatte er gesagt, als er ihr die Tragetüte abnahm, dabei war sie gar nicht schwer. Sein Fahrrad hieß Golden Eagle, und am Lenkkopf war ein Adler abgebildet. Sie hatte noch nie ein Fahrrad dieser Marke gesehen und fragte sich, ob es etwas Besonderes war, auch wenn die Schutzbleche verbeult und alt aussahen.

»Wir haben den alten Horry in Ardrony zu Grabe getragen.«

Ellie, die den Faden in dem Gespräch verloren hatte, nickte abwesend und versuchte, ihre Verwirrung zu kaschieren, indem sie sagte, das sei gut, der Sommer sei bei Rheuma günstiger. »Ich kenne nur eine Handvoll Leute in Rathmoye«, hatte sie gesagt, als sie draußen in der Sonne standen, und er hatte erwidert: »Ja, natürlich«, und ihr eine Zigarette angeboten.

»Und wie geht es Ihnen, Ellie? Gut?« Mrs Hadden stand auf und sagte, sie müsse jetzt aufbrechen.

»O ja«, antwortete Ellie und überlegte, ob Mrs Hadden etwas bemerkt hatte, aber dann fiel ihr ein, dass sie ihr jedes Mal dieselbe Frage stellte.

»Das ist schön, dass es Ihnen gutgeht, Ellie.«

Sie gingen zusammen auf den Hof und zum schmalen Randstreifen der Straße, auf dem der Wagen geparkt war.

»Kann sein, dass ich nächste Woche etwas später komme«, sagte Mrs Hadden.

Langsam setzte sie den Wagen zurück in die Hofeinfahrt, bevor sie wendete. Dann rückte sie sich zurecht und winkte aus dem Fenster, das sie heruntergekurbelt hatte. Ellie blieb in der Einfahrt stehen und lauschte dem Motorengeräusch hinterher, bis es nicht länger zu hören war. Der Wiesenkerbel zwischen den verblühten Fingerhüten an den Straßenrändern war welk. Eine Feldmaus huschte vorbei und verschwand. Der von den Autoreifen aufgewirbelte Staub hatte sich wieder gelegt.

Wenn er sich noch einmal in Rathmoye blicken ließe, würde sie die Straßenseite wechseln. Wenn er sie anspräche, würde sie sagen, sie habe es eilig. Sie würde sich schämen, es zu beichten, da es so albern war, denn wenn er ihr in den Sinn kam, brauchte sie ja nur an etwas anderes zu denken. Aber jetzt, wo sie es versuchte, vermochte sie es nicht. Dauernd sah sie ihn vor sich, wie er im Cash & Carry vor den Packungen mit Angel's Delight stand, vor Senfgläsern, vor Salz von Saxa. All diese Dinge waren ihr im Gedächtnis haften geblieben, als hätten sie etwas zu bedeuten, als wären sie mehr als das, was sie tatsächlich waren, und sie fragte sich, ob diese Dinge je wieder das sein würden, was sie früher waren, all das, was sie eingekauft hatte, Stärkemehl von Brown & Polson, Kerrygold-Butter. Sie fragte sich, ob sie selbst je wieder so sein würde wie früher; ob sie noch derselbe Mensch war – und es je wieder sein würde –, der sie gewesen war, als sie zu Mrs Connultys Beerdigung ging, und der zu allen Zeiten davor. Als er sie gefragt hatte, wessen Beerdigung es sei, war das der Anfang von allem gewesen, aber das hatte sie nicht gewusst. Erst als Miss Connulty sie auf dem Platz auf ihn aufmerksam gemacht hatte, war es ihr klargeworden. Und dann wieder im Supermarkt, als er gelächelt hatte. Schon als sie mit ihm im Sonnenschein gestanden hatte, als er ihr die Zigarette angeboten und sie den Kopf geschüttelt hatte, war sie eine andere gewesen. Jeder hätte sie zusammen sehen können, und es hätte ihr nichts ausgemacht.

Im Haus zog sie ihre Arbeitskleidung an, einen braunen Overall und Gummistiefel. Sie holte die Melkeimer und Milchkannen aus dem Melkstall und scheuerte sie im Küchenausguss. Dann spritzte sie den Melkstall mit dem Wasserschlauch aus und bürstete das überschüssige Wasser in die flache Abflussrinne. Die Eimer und die Kannen, die Schöpfkellen und die Messbecher stellte sie auf die lange Betonablage, jedes an seinen Platz, wie sie es einst gelernt hatte. Als sie hierhergekommen war, hatte sie nicht die geringste Ahnung gehabt; sie konnte die Schafrassen nicht unterscheiden, sie hatte noch nie Eier eingesammelt, ein Hühnerhaus ausgemistet oder eine Ziege angepflockt. Sie hatte keine Männer gekannt, bis auf die Priester und ein paar Handwerker und Lieferanten, und auch die kannte sie nur vom Sehen, kaum mehr als das. Als sie das erste Mal zugesehen hatte, wie Rasierseife zu Schaum geschlagen wurde, den das Rasiermesser wegschabte, war sie erstaunt gewesen. Sie hatte noch nie einem Mann an einem Tisch gegenübergesessen. Doch bevor sie Ehefrau wurde, als sie noch Dienstmagd war, hatte sie sich an alles gewöhnt, bis auf ein gemeinsames Bett.

Im Holzapfelgarten hatten die Hennen freien Auslauf, ein paar drängten sich unter den Bäumen, eine schwarze pickte neben einem Traktorreifen, der eigentlich aufgeschlitzt worden war, um als Futtertrog für die Lämmer zu dienen, irgendwie aber hierhergefunden hatte. Auf dem trockenen, harten Erdboden stand kaum noch ein Grashalm. Wenn der Winter kam, würde das Gras wieder wachsen; das tat es immer. Vierzehn weitere Eier waren gelegt worden, und sie sammelte sie in der gesprungenen braunen Schüssel ein, die Teil ihres täglichen Lebens geworden war. Als sie aus dem Holzapfelgarten ging, schloss sie das Tor hinter sich und schob die Kette über den Torpfosten. Er hatte eine Art zu zögern, bevor er sprach, einen Moment wegzuschauen, bevor er ihr wieder den Blick zuwandte. Er hatte eine gewisse Art, seine Zigarette zu halten. Nachdem er ihr eine angeboten hatte, hatte er sich selbst eine aus der Schachtel geschnippt, sie aber nicht angesteckt. Solange sie zusammenstanden, hatte er sie unangezündet zwischen den Fingern gehalten.

Langsam kehrte sie zum Haus zurück, die Hände um die braune Eierschüssel geschmiegt. In der Küche verdünnte sie Kia-Ora-Orangensirup mit möglichst kaltem Wasser und füllte eine Plastikflasche bis zum Rand. Sie schälte Kartoffeln und zerschnitt einen Kohlkopf, bevor sie mit dem Getränk für ihren Mann zu den Hügelweiden aufbrach.

Dies war der entlegenste Teil des Gehöfts, zweiundzwanzig Morgen am östlichen Hang und auf dem Plateau des namenlosen Hügels. Das Land war durch niedrige Wäldchen vom Rest des Grundbesitzes getrennt, durch die ein öffentlicher Fahrweg führte, der meistens so von Gestrüpp überwuchert war, dass der Traktor ihn kaum passieren konnte. Als sie jetzt hinkam, fiel ihr auf, dass Dillahan es zurückgeschnitten hatte, die Sommertriebe lagen noch verstreut auf dem Boden, überhängende Äste waren abgesägt. Die Anschaffung einer Heckenschere lohne sich nicht, behauptete er immer, er brauche nur mit wenigen Hecken und diesem einen Kilometer vorrückenden Wachstums fertigzuwerden. Auf dem Rückweg von der obersten Weide würde er den Weg säubern. Daran konnte sie sich noch von den vorhergegangenen Sommern erinnern: mehrere Stöße Holzscheite von nur wenigen Zentimeter Durchmesser und die Stelle, wo er das Gestrüpp verbrannte. Er war nicht etwa verpflichtet, den Fuhrweg frei zu halten; vielmehr tat er es nur, um Streit mit Gahagan zu vermeiden, der sich darum nicht kümmerte. Vor Jahren waren die Birken und Eschen in die Höhe geschossen wie die Bäume eines Forstes.

Sie versuchte, über all das nachzudenken, sich, ehe sie an den Ort gelangte, eine andere geschwärzte Stelle auszumalen, eine andere als die vom letzten Mal, an seine Art, den Weg zu säubern. Früher hatte es hier Dachse gegeben, und er hatte ihr deren Baue gezeigt. Hier war es leichter, sich selbst nicht fremd vorzukommen, sich einzureden, dass man die Phantasien einer Klosterschülerin zuließ, sich zu schämen und zu wissen, dass es richtig war, sich zu schämen. Es war leichter, weil alles um sie herum einen Sinn hatte, den sie begreifen konnte. Die wirren Gedankenknäuel, die gar nicht zu ihr zu gehören schienen, ergaben überhaupt keinen Sinn.

Sie nahm die Abkürzung, die vom Feldweg die kleine Weide entlangführte, und betrat das Dunkel des Waldes. Er wolle versuchen, das Waldstück zu kaufen, sagte ihr Mann, falls es je zum Verkauf angeboten würde, und sie hatte stets darauf gehofft. Unter den Bäumen herrschte Stille, es gab keine Vögel, auch Füchse kamen nur selten zu Besuch. Und wenn, dann versteckten sie sich in den Böschungen zu beiden Seiten des Fuhrwegs, der sich am Fuß des Hügels verlor. In Cloonhill hätten sie es Gottesfrieden genannt, Sister Clare und Sister Ambrose und die Mutter Oberin, die hin und wieder von Templeross herüberkam. Gott ist stets für dich da, wo du auch bist, wie es dir auch geht. Jede Minute deines Tages, jede Minute deines Lebens. Zu deinem Trost und um dich von der schrecklichen Last deiner Sünden zu befreien. Nur beichten musst du, Reue im Herzen tragen und mit Gott sprechen: Mehr verlangt Gott nicht.

Im Wald ließ Ellie sich Zeit, sie wollte sich nicht beeilen, sondern die auf sie einstürmenden Erinnerungen festhalten. Cloonhill gab es nicht mehr, vor drei Jahren war das Heim geschlossen worden, die Nonnen waren zurückgekehrt ins Kloster in Templeross. Aber man verlor nicht den Kontakt zu einem Ort, nur weil dieser nicht mehr war, man verlor nicht den Kontakt zu der Person, die man als Teil des Ortes einmal war, nicht zu der Kindheit, der einstigen Naivität. Auch das hatte man ihr gesagt und wiederholte es immer wieder: Sister Ambrose schickte ihr jedes Jahr eine Weihnachtskarte und legte stets einen Brief hinein.

Jetzt wieder das Sonnenlicht, das durch die Bäume zitterte. Die beiden Böschungen, die die Fuchsbaue schützten, waren dicht mit Gras bewachsen, irgendein Tier fraß es ab, für mehr als eins hätte es auch kaum genügend Nahrung geboten; wo die Böschungen endeten, waren die langen Ranken der Butterblumen umgeknickt. Hier hinterließen die Traktorreifen keine Spuren. Das Gatter zu den Hügelweiden stand offen. Sie blieb einen Augenblick stehen und betete um den Mut zur Beichte, bat um Schutz vor den eigenen Gedanken; und als sie weiterging, erinnerte sie sich daran, wie der alte Priester in Templeross immer an das Sprechgitter geklopft und sie aufgefordert hatte, lauter zu sprechen. *Heilige Maria, Mutter Gottes, bitte für uns Sünder, jetzt und in der Stunde unseres Todes.* Ganz gleich, worum es ging, hinterher fühlte man sich immer besser.

Von ihrem Standort aus wirkte das Bauernhaus weit weg, wie ein abgeschlossener Ort, mit seinem Hof und den umstehenden Scheunen. Es kamen nicht viele Leute zum Haus, außer um Eier oder Buttermilch zu kaufen, und einmal im Jahr, an einem Sonntagnachmittag, ihre Verwandten aus Shinrone. Den Briefträger oder den Versicherungsmann konnte man nicht mitzählen. Auch den Besamungstechniker oder den Mann, der den Stromzähler ablas, nicht. Auf der Straße kam niemand vorbei außer dem Traktor der Corrigans oder Gahagan, der nach einem verrirten Tier Ausschau hielt. »Still«, hatten sie in Cloonhill gesagt, als sie ihr von dem Gehöft erzählten. »Ein stiller Ort.« Möglicherweise müsse sie Tracht tragen, hatten sie gesagt, aber das war nie von ihr verlangt worden. *Es ist nicht so, wie Sie denken,* hatte sie in ihrem ersten Brief an Sister Ambrose geschrieben. *Viel unbeschwerter.*

»Ah, danke«, sagte ihr Mann, als er sie kommen hörte, und als sie dicht bei ihm stand, griff er nach dem Getränk. Er müsse nur ein bisschen Ordnung schaffen, sagte er; ein paar Stellen, wo der Draht gerissen sei, nicht so schlimm wie am Fluss. In diesen paar Wochen des Jahres kam er jeden Tag, um das Gras zu wenden, das er gemäht hatte. Und da er schon einmal dabei war, besserte er auch gleich die Zäune oben aus.

»Danke«, sagte er noch einmal und behielt die Flasche bei sich, als er sich wieder an die Arbeit machte. Straffen, festkrampen, Längen Draht mit der Kneifzange einflechten. Die beiden Hütehunde, die sie begrüßt hatten, schlichen wieder zurück zu ihrem Ruheplätzchen.

»Mrs Hadden ist vorbeigekommen«, sagte sie.

Dillahan arbeitete noch zwei Stunden, und auf dem Rückweg hielt er nach Gahagan Ausschau. Er hatte ihm für das Feld, das er kaufen wollte, bereits ein Angebot gemacht, und Gahagan hatte versprochen, es sich zu überlegen. Aber der Suzuki-Pick-up stand nicht im Hof, und als er Gahagans Namen rief, kam keine Antwort. Gahagan war seit fünfzehn Jahren verwitwet und lebte allein auf dem Bauernhof, ohne jede Hilfe. Es war oft nicht leicht, ihn aufzustöbern.

Dillahan fuhr weiter. Er hielt an, um ein Gatter zu öffnen und die Hunde rauszulassen. Die trieben die Kühe jeden Abend allein nach Hause.

7

In der Vorratskammer, die er zu einer Dunkelkammer umgebaut hatte, entwickelte Florian Kilderry die Fotos von Rathmoye und brachte sie in den Salon, der bis auf einen Zeichentisch und die Musiktruhe, die niemand hatte haben wollen, als sein Vater sie zu verkauften suchte, leer war. An den Wänden waren mit Reißzwecken Aquarellzeichnungen befestigt, die schon seit Jahren da hingen: Studien eines Wanderfalken im Flug, ein Strandpicknick mit Badenden, ein Tennisspiel im Garten. In einem leeren Theater unterhielten sich zwei dicht nebeneinanderstehende Schauspieler. Die Blätter eines Tulpenbaums verdeckten die blaue Fassade eines Hauses, ein Mädchen nahm die Wäsche von der Leine. An einer Straßenecke wurde unter einem aufgespannten Regenschirm Kümmelblättchen gespielt.

Die Aquarelle wirkten weder so frisch noch so hell wie einst. Das Papier hatte sich an den Enden zusammengerollt, es war mit Fliegendreck übersät, von der Sonne vergilbt und vom Rost der Reißzwecken verfärbt. Doch ihr verblichener Glanz stellte seine auf dem Zeichentisch ausgebreiteten Fotos selbst jetzt noch in den Schatten. Wieder einmal bestätigte sich, dass die Kamera die Düsternis einer weiteren Katastrophe nicht eindrücklich einzufangen vermochte; und Florian legte die Fotos fast mit einem Gefühl der Erleichterung auf den Stoß zu den anderen.

Als er damit zu dem Feuer ging, das im Garten brannte, ertönte die Türklingel. Florian wusste, wer es war. An einer Wand in der Diele waren Bücher für den Antiquar aufgestapelt, der zur verabredeten Zeit eintraf. Florian kannte ihn nicht. Es war ein ruheloser Mann in einem braunen Nadelstreifenanzug, mit schmalem schwarzem Oberlippenbart und einem Hut, den er nicht abnahm. Er warf kurz einen prüfenden Blick auf die Bücher, wobei er wiederholt den Kopf schüttelte. »*Auf Messers Schneide*«, war seine einzige Bemerkung. »Wer liest das heute schon noch?«

»Ich«, beteuerte Florian zurückhaltend.

Die Bücher hätte er nicht verbrennen können, er hätte die Seiten, auf denen er Miss Havisham und Mr Verloc, Gabriel Conroy, Edward Ashburnham und Heathcliff kennengelernt und einen ersten Blick auf Netherfield Park und Barchester geworfen hatte, nicht einfach so zerstören können.

»Ich bin ein sentimentaler Leser«, gestand er seinem Besucher.

»Sie wollen alle zusammen verkaufen, nicht wahr?«

»Ja. Ich helfe Ihnen beim Tragen.«

Er hatte ein paar Bücher zurückbehalten, die er noch einmal lesen wollte, bis das Haus verkauft wäre, was seiner Einschätzung nach den ganzen Sommer in Anspruch nehmen würde.

»Unangenehme Sache, ein Haus auszuräumen«, äußerte der Mann.

»So ist es.«

Der Antiquar zahlte ihm eine bescheidene Summe, und als Florian wieder allein war, legte er eine Schallplatte auf. Die Nadel rutschte über die Rillen, eine Tanzmelodie wurde unterbrochen und kehrte wieder, eine raue Frauenstimme. Er drehte die Lautstärke höher, öffnete eines der Salonfenster und nahm *Die Schönen und Verdammten* vom Zeichentisch. Jessie trottete hinter ihm her in den Garten.

»*Falling in love again*«, sang die Frau auch dort, Florian legte sich auf den Rasen, und seine Hündin streckte sich neben ihm aus. Durch Berberitzen und Fuchsien wuchs ein Gewirr wilder Gartenwicken, aus dem Unterholz ragten dunkelrote Pfingstrosen. Er zündete sich eine Zigarette an, und während die Liebesgeschichte ihren Fortgang nahm, überlegte er, ob vielleicht Skandinavien der Ort seines Exils sein könnte.

Der Gedanke war nicht neu. Er hatte sich Skandinavien auch früher schon ausgemalt: gepflegt, ordentlich, schwedische Architektur, norwegische Landschaft, finnischer Winter. Er hatte sich in einer abgeschiedenen Stadt gesehen – sah sich jetzt wieder dort –, Häuser, die sich um einen sauberen Platz drängten, ein hölzerner Kirchturm. Dort, in einem öden, alten Hotel, hätte er ein Zimmer bezogen.

Die Musik verstummte, das Kratzen der Nadel auf der leeren Mitte der Schallplatte war so schwach, dass es kaum zu hören war. Florian grübelte noch immer über sein Exil nach. Er rauchte seine Zigarette zu Ende und drückte sie im Gras aus. Die Sonne stahl sich davon, das Abendlicht wurde dämmrig. Als er aufstand, rappelte auch Jessie sich auf und folgte ihm in den Salon, wo er den Tonarm von der Platte nahm. In der Küche legte er Würstchen in die Bratpfanne.

Mit dem Mädchen in Rathmoye hatte er gesprochen, weil es ihn, als er sie wiedersah, danach verlangte. Im Supermarkt hatte ihre Stimme sanft und schüchtern geklungen, gemächlich, ländlich. Als Erstes waren ihm ihre graublauen Augen aufgefallen, und je länger sie miteinander sprachen, desto mehr gefiel ihm ihr ungekünsteltes Auftreten.

Als die Würstchen gebraten waren, trug er sein Essen und Jessies Futter in den Garten. Die Luft war jetzt von Düften erfüllt, wie so oft um diese Zeit. Die Vögel waren zwar noch nicht verstummt, doch leiser als zuvor. An Sommerabenden schlief er manchmal im Garten ein und wachte erst von der Feuchtigkeit der Tautropfen wieder auf. Aber heute würde er nicht einschlafen, das wusste er.

Sie zog einen leichten Mantel und einen kurios aufreizenden blassblauen Napoleonshut an, las er im Bett, *und sie gin-*

gen die Avenue entlang und in den Zoo, wo sie die Erhabenheit des Elefanten und die Kragenhöhe der Giraffe gebührend bewunderten; das Affenhaus allerdings besuchten sie nicht, weil Gloria meinte, Affen röchen so schlecht.

Stunden später träumte Florian vom Zoo, von der Erhabenheit des Elefanten und von Glorias Hut. Gloria war indes nicht Gloria, sondern seine italienische Cousine Isabella, und dann wieder war sie das Mädchen im Supermarkt. »Hübsch wie eine Orchidee«, hatte sein Vater gesagt, als Isabella zum ersten Mal nach Shelhanagh kam, aber als er es im Traum sagte, meinte er das Mädchen.

Florian hatte auch noch andere Träume, doch diese verblassten im Dunkel, entzogen sich dem Gedächtnis, und als er kurz nach dem Morgengrauen erwachte, war es die Stimme seines Vaters, die zurückblieb: Er meine das Mädchen. Und Florians Mutter sagte – ohne Nachdruck, wie es ihre Art war –, der Vogel, der morgens zum See komme, sei ein Rallenreiher. Und irgendwo war Klaviermusik von Schubert zu hören.

Florian versuchte wieder einzuschlafen, um seinen Traum fortzuspinnen. Das hatte er schon als Kind oft versucht, doch stets ohne Erfolg. Sein Hund schlief ungestört auf dem Gang vor seiner Schlafzimmertür. Die Einzelheiten seiner Träumereien verwischten sich, dann waren sie ganz verschwunden.

Auf dem Klavier, das vor einer Woche aus dem Haus geschafft worden war, hatte immer nur Isabella gespielt. Jeden Sommer war sie von Genua geschickt worden, um ihr Englisch zu vervollkommnen, obwohl man in Shelhanagh befand, dass sie mit ihren Englischkenntnissen jedem das Wasser reichte. Sie kam stets im Juli, anfangs als Kind, jünger als Florian, aber nicht sehr viel. Er war argwöhnisch, aufgebracht, weil er in seiner Einsamkeit gestört wurde; doch je älter die beiden wurden, desto vertrauter wurden sie, und Isabella und er entdeckten eine Kameradschaft, die keiner von ihnen vorher gekannt hatte. Seine Cousine war selbstsicher und klug, auf eine Art, die ihm abging, und sie zog ihn gern auf. *»Nella sua mente c'é una gran confusione«*, sagte sie dann etwa, als spräche sie mit sich selbst, und wenn er die Übersetzung hörte – dass er wirr im Kopf sei –, zuckte er nur die Achseln. Das wusste er selbst, und Isabella sagte es ja nur, weil er ihr längst alles von sich erzählte. Sie befreite ihn aus seiner Einsamkeit und machte aus den Geheimnissen, die er einst vor ihrer Neugier geschützt hatte, Geheimnisse, die ihnen beiden gehörten. *»Meraviglioso!«*, rief sie, als er ihr anvertraute, dass er sich früher an dunklen Winterabenden aus dem Internat gestohlen hatte, um Leuten auf der Straße zu folgen, und sich für jede schattenhafte Gestalt etwas ausgedacht hatte. Seine zusammengekrümmten Opfer eilten vom Schauplatz ihres Verbrechens davon, der Taschendieb mit seinen Brieftaschen und Geldbörsen, der Bankangestellte mit dem Erlös seiner Veruntreuung, den er unter seinen Kleidern verwahrte, der einfache Gelegenheitsdieb, der lautlose Einbrecher. In düsteren Hauseingängen holten die sinistren Figuren Türschlüssel hervor, dann wurden die Vorhänge zugezogen, und ein Licht ging an. Der Erpresser schrieb seine Briefe, der Ladendieb bereitete sein gestohlenes Abendessen zu. Eine Krankenschwester, Retterin verzweifelter Mädchen, wischte ihr Besteck sauber. Ein Drogenhändler packte Träume ab, ein Mörder wusch sich die Hände. *»Magnifico!«*, rief Isabella.

Sie selbst brachte die wirkliche Welt mit: Cesare und Enrico, Bartolomeo, Giovanni – jedes Mal, wenn sie kam, einen anderen Schnappschuss, der an die Wand geheftet wurde. Pietro Pallotta im Smoking, den sie aus der Ferne anbetete, und Signor Canepaci von der Credito Italiano. Sie brachen ihr das Herz, oder sie brach es ihnen; aber Florian war ihr Freund und würde es immer bleiben. »Bei dir darf ich so sein, wie ich bin«, lobte sie ihn. Sie seien zwei Hälften eines Ganzen, sagte sie immer, und in der Übersetzung verlor sich die Eleganz ihres präziseren Italienisch. Er wusste, dass sie recht hatte: Sie ergänzten einander.

Die frühe Morgendämmerung lichtete sich. Florian schlummerte wieder ein und träumte abermals, aber später wusste er nichts mehr davon. Er konnte nicht sagen, wann er sich in Isabella verliebt hatte, und oft glaubte er, sie schon immer geliebt zu haben. »Wir könnten hier sein«, sagte sie oft und meinte Shelhanagh und die Zukunft. Aber für Isabella war keine Liebe im Spiel, und daher hatte es stets andere Mädchen gegeben: die hübsche Rose Mary Darty, die nicht weit entfernt wohnte, und das Mädchen in der Apotheke von Castledrummond, Noeleen Fahy, die Tochter des Bahnhofsvorstehers, Ingrid Bergman in *Wem die Stunde schlägt.* Viel war nie dabei herausgekommen, aber was immer es war, es hatte mit Isabella zu tun – wieder ein hoffnungsloser Versuch, sie wegzudrängen. Als er zum Verkauf des Hauses überredet worden war, hatte er ihr geschrieben, doch nie hatte ihn unter den braunen Umschlägen, die täglich auf dem Fußboden der Diele lagen, ihre spinnenartige Handschrift mit einer Antwort erwartet.

Auch heute Morgen nicht. Der Grundstücksmakler schrieb, um ihm mitzuteilen, er habe Besichtigungstermine für potenzielle Käufer arrangiert: heute um halb drei, um vier, um fünf. *Wir freuen uns über das rege Interesse,* schloss er sein Schreiben, *und sind zuversichtlich, dass bald ein Angebot erfolgen wird.*

Nach dem Frühstück fachte er die Glut in der Asche seines Feuers wieder an und warf seine Fotos, seine kläglichen Schulzeugnisse, die Tagebücher seines Vaters, Zeitschriften und Kartenspiele in die Flammen. Er sah zu, wie die Fotos zu schwarzen Flocken wurden, die davonstoben und Ölweide und Mahonie verzierten. Über brennende Stühle, deren Rückenlehnen zerbrochen waren oder denen Beine fehlten, streute er die italienischen Kunstpostkarten, die seine Mutter gesammelt hatte – fünf Schuhkartons mit Meisterwerken in Schwarz-Weiß, jede mit einem Gruß von anderer Hand, alle frankiert und gestempelt, Ramschware, auf die sie irgendwo gestoßen war. Als ein paar davon vor seine Füße trudelten, warf er sie wieder ins Feuer, erst später entdeckte er eine Karte, die unbemerkt ein paar Meter von ihm entfernt ins Gras gefallen war. Ein Mönch betete zu einer Heiligen, die man niedergestochen hatte, der Dolch, der ihre Kehle durchbohrte, war noch zu sehen. Aus der Wunde floss kein Blut, die heiligen Gesichtszüge waren überhaupt nicht qualverzerrt. *Santa Lucia,* las er und schrieb es seiner Einbildungskraft zu, dass er sich an das Mädchen erinnert fühlte, mit dem er sich im Supermarkt unterhalten hatte.

8

Die Tage vergingen, dann eine Woche. Ein warmer Juni wich der Julihitze. Das Land war ausgedörrt, das Gras längst nicht mehr grün. Über den Straßen von Rathmoye lag Staub, und in den Rinnsteinen, die kein Regen ausgewaschen hatte, sammelte sich Abfall.

An einem Mittwochmorgen – der neue Monat war noch nicht weit vorangeschritten – ging Joseph Paul Connulty mit einem Strauß aus Dahlien und Spargelfarn durch die Stadt. Seit dem Tod seiner Mutter ging er einmal in der Woche zum Friedhof, und zwar mit dem Vorsatz, dass die Blumen an ihrem Grab niemals die Köpfe hängen lassen und verwelken dürften. Das Bindegrün bestand stets aus Spargelfarn; welche Blumen er wählte, hing davon ab, was in Cadogan's Gemüse- und Blumenladen gerade vorhanden war.

Auf dem Friedhof wechselte er das Wasser im Glasbehälter aus und ließ die Blumen, die er ihm entnommen hatte, in einen Drahtabfalleimer fallen. Sie hätten sich noch ein paar Tage gehalten, vielleicht sogar eine Woche, da er aber den Gedanken durchaus nicht für absurd hielt, dass seine Mutter jedes Mal Zeuge war, wie er bei Cadogan's Blumen kaufte, durch die Stadt ging, das Wasser auswechselte und die frischen Blumen arrangierte, wollte er es nicht darauf ankommen lassen. Möglicherweise hatte er auf dem Friedhof seine Mutter einmal eine Dankesbezeigung äußern hören – ein Murmeln, das nicht lauter war als ein Wispern. Aber praktisch veranlagter Geschäftsmann, der er war, Pub-Besitzer und Kohlenhändler, der seine Schulden bezahlte und selbst Rechnungen stellte, hatte er sich im Verdacht, irgendein abwegiges Geräusch gehört zu haben, welches in seinen Gedanken kurzzeitig zu etwas wurde, was es nicht sein konnte: Nie überstiegen die Gewissheiten seines Glaubens und verwandter Überzeugungen die einmal festgelegten Grenzen der Wahrscheinlichkeit.

Er verließ den Friedhof und kehrte wieder zurück in seine hintere Schankstube, die den Mittelpunkt seines Geschäftslebens darstellte. In einer halben Stunde würde Bernadette O'Keeffe vom Kohlenkontor mit den Schecks kommen, die er zu unterzeichnen hätte, mit Kopien der Rechnungen, die zum zweiten oder dritten Mal verschickt worden waren, ohne eine Reaktion hervorzurufen, mit allen wichtigen Dingen, die mit der Morgenpost gekommen sein mochten. Sämtliche Rechnungen, die sich auf das Betreiben des B & B in The Square Nummer 4 bezogen, wurden in den Hauptbüchern verzeichnet und gleich nach dem Eingang beglichen. Einmal in der Woche, am Freitagabend, entnahm Joseph Paul der Ladenkasse eine Summe, die mit seiner Mutter zu deren Lebzeiten abgesprochen worden war und die jetzt seiner Schwester ausbezahlt wurde. Banknoten und Geldmünzen legte er wie immer auf die Fensterbank in der Küche.

An der Zimmerdecke krabbelte eine Fliege, und während er wartete, betrachtete er sie müßig. Er hatte noch keiner Fliege etwas zuleide tun können; das brachte er nicht übers Herz. Er schenkte sich ein Glas 7-Up ein, ein Getränk, das er um diese Tageszeit erfrischend fand. Dann fuhr er damit fort, die umherkrabbelnde Fliege zu beobachten, die unbeirrt ihren Aufgaben nachging, welche das auch immer sein mochten.

An diesem Vormittag hatte Bernadette O'Keeffe sich verspätet. Schon als sie den Kohlenlagerplatz verließ, war sie um einige Minuten zu spät dran, und dann wurde sie auch noch von Orpen Wren behelligt, der sie im Eingang von Kissane's Juweliergeschäft abfing.

»Von welcher Kohle reden wir, Mr Wren?«, erkundigte sie

sich, obwohl sie genau wusste, dass sie von gar nichts redeten.

»Dieselbe Bestellung wie immer. Sind die Wintervorräte schon eingetroffen?«

»Es ist doch erst Juli, Mr Wren.«

»Die zünden die Kaminfeuer schon im September an.«

»Wer soll das denn sein?«, fragte Bernadette, obwohl sie auch auf diese Frage die Antwort wusste.

»George Anthony ist wieder da. Lisquin hat seine Pforten geöffnet, so wie Sie es in Erinnerung haben. Sie wissen doch, dass George Anthony wieder da ist?«

»Ich fürchte, nein.«

»Merken Sie sie für Kohlen vor.«

»Selbstverständlich, Mr Wren.«

Elegant, blondiert, in ihrem getupften kirschroten Kostüm, ging Bernadette weiter. Sie war sechsundvierzig, jünger als ihr Arbeitgeber, jünger als dessen Schwester, die immer so herrisch auftrat, wenn sie einander begegneten, was in Bernadettes Augen zu oft der Fall war. Diese Herrschsucht war ein Erbe der Mutter, allerdings war sich die Tochter dessen nicht bewusst, andernfalls hätte sie ihr Verhalten geändert. Bernadettes Meinung nach war die Schwester ihres Arbeitgebers eine unheimliche Frau.

Sie betrat den Pub und durchquerte die langgestreckte vordere Schankstube, wo zurzeit niemand bediente. In einer Ecke saßen zwei Stammgäste, Männer, die jeden Morgen dort waren und die sie nie begrüßten, wenn sie hereinkam, die sie auch nicht ansprachen, wenn sie dicht an ihnen vorbeiging, deren Namen sie nicht kannte und auch nicht in Erfahrung bringen wollte.

»Guten Morgen«, sagte sie in der hinteren Schankstube. Ihr Arbeitgeber erhob sich, und sie setzte sich an den kleinen, runden Tisch, an dem sie ihre Geschäfte abwickelten. Er schenkte ihr eine 7-Up ein.

Sie waren allein. Es saß nie jemand in der hinteren Schankstube, wenn sie kam, nicht einmal später am Tag; und selbst abends zogen die Gäste die Stube vor, die auf die Straße zeigte. Um diese Zeit wurde die hintere Stube von den Priestern frequentiert, von Mr McGovern, weil er es bequemer fand, und von Fogarty vom Gericht, der Karten spielte, falls jemand da war, mit dem er spielen konnte.

Bernadette breitete die Papiere aus, die sie mitgebracht hatte, die zu unterzeichnenden Schecks auf einem gesonderten Stapel. Seit langem war dies ihre morgendliche Routine: die 7-Up, der Augenblick, wenn ihr Arbeitgeber die Kappe seines Kugelschreibers abschraubte und seine Unterschrift unter die Schecks setzte. Diese Proklamation seiner Identität war ebenso akribisch und penibel wie er selbst, ein Mann, der Zurückhaltung übte, nie die Stimme hob oder seine Verärgerung zeigte, dem nie etwas verlorenging, weil er es sich nicht gestattete, Dinge zu verlieren. Bernadette liebte ihn.

»Der Hennessy geht zur Neige«, sagte er.

»Ich werde anrufen.«

Sie brauchte sich keine Notiz zu machen; sie vergaß nie etwas. Er sagte, gestern Abend sei Father Millane da gewesen. Was den Garten des Gedenkens betreffe, so hätten sich Schwierigkeiten ergeben: Ein altes Wegerecht erschwere den Erwerb des dafür vorgesehenen Grundstücks.

»Ich glaube, ich habe davon gehört«, sagte sie.

»Father Millane schlägt stattdessen eine Glasmalerei vor. Allem Anschein nach schwebt ihm für die drei leeren Fenster in der Nordwand schon lange eine Verkündigungsszene vor.«

»Aber wie steht Miss Connulty dazu?«

»Sie ist nicht gerade begeistert.«

»Eine Verkündigungsszene wäre sehr hübsch.«

»Im Friedhofszaun ist eine Lücke, durch die Magourteys junge Stiere eindringen. Meine Schwester meint, wir könnten den Zaun einmal ausbessern.«

»Zum Andenken an Ihre Mutter?«

»Meine Schwester hat eine unausgegorene Art zu reden.«

»Trotzdem, so ein Zaun ist keine große Sache. Ein Drahtzaun, nicht wahr? Ich glaube, er ist mir noch nie aufgefallen.«

»Draht und Betonpfosten.«

»Ihre Mutter war immer sehr praktisch veranlagt. Das hat Miss Connulty bestimmt vor Augen.«

»Nun, wir können nicht zulassen, dass junge Stiere auf den Gräbern der Leute herumtrampeln, daran besteht gar kein Zweifel. Selbstverständlich wird der Zaun ausgebessert. Aber offenbar möchte der Bischof, dass wir uns auch um die nördliche Kirchenwand kümmern. Deshalb wird Father Millane mit ihr reden.«

Bernadette pflichtete ihm bei – ein paar Worte vonseiten des Priesters seien die richtige Vorgehensweise.

»Das Letzte, woran sie sich festbeißt«, sagte Joseph Paul, »ist, dass irgend so ein Kerl Fotos von der Beerdigung gemacht hat.«

Bernadette hatte zwar mitbekommen, dass Aufnahmen gemacht worden waren und man sich hinterher missbilligend darüber geäußert hatte, zudem war sie darüber informiert worden, dass derselbe Mann in ihrer Abwesenheit auf dem Kohlenlagerplatz gewesen war und man ihm die Schlüssel zum »Coliseum« ausgehändigt hatte, damit er weitere Aufnahmen machen konnte; dennoch stimmte sie zu, dass Miss Connulty sich diese Sache nur einbildete. Sie sah, wie ihr Arbeitgeber ein Empfehlungsschreiben durchlas, das ein Mann, der sich um Arbeit auf dem Lagerplatz bewarb, vorgelegt hatte, ein Schreiben, das heute Morgen eingegangen war. Er nickte zufrieden, als er es zusammenfaltete und wieder in den Umschlag steckte. Dann bat er sie, es zu beantworten und der betreffenden Person, die die hilfreiche Mitteilung aufgesetzt hatte, zu danken.

»Das habe ich bereits getan«, sagte sie und fand ihr Antwortschreiben, das sie ihm zur Unterschrift vorlegte. Als er danach griff, rutschte er auf seinem Stuhl leicht zur Seite, und einen Moment lang spürte Bernadette, wie der Rand seines Hosenumschlags ihre Wade streifte, aber sie wusste, dass es nur ein Versehen war.

»Na, dann ist ja alles in Ordnung«, sagte ihr Arbeitgeber. Mit diesen Worten beschloss er jede ihrer vormittäglichen Sitzungen.

Nachdem er ein weiteres Mal mit Bernadette O'Keeffe gesprochen hatte, die auf dem Rückweg zum Kohlenlagerplatz war, verweilte Orpen Wren noch etwas länger im Eingang von Kissane's, bevor er zum Postamt ging. Dort bat er um Auskunft, ob George Anthony St. John seit seiner Rückkehr da gewesen sei. Die Frau schüttelte den Kopf, und Orpen zog ähnliche Erkundigungen beim Herrenfriseur in der Cashel Street und bei Mac's Haarsalon in der Irish Street ein. Er fragte auch bei McGovern's nach. Dann setzte er sich auf den Platz.

Er breitete die Papiere, die er stets bei sich trug, neben sich auf der Bank aus, glättete sie und las sie durch. In all den Jahren seiner Wanderschaft hatte er täglich aufs Neue gelesen, was dort geschrieben stand, zustimmend genickt und sich von seinen eigenen Vorahnungen bestärkt gefühlt. Auch als er sich an diesem Morgen ausruhte, fühlte er sich bestärkt.

George Anthony würde in Lisquin alle Hände voll zu tun haben. Was auch sonst. Die ganze Familie wäre beschäftigt, es war nichts anderes zu erwarten. In den Schornsteinen würden Saatkrähen nisten, die Fenster würden klemmen, die Schlösser wären verrostet. Es würde mehr als einen Monat dauern, mehr als zwei, vielleicht sogar drei, bis ein solcher Landsitz wieder in Schuss wäre, und ihm blieb keine andere Wahl, als die Papiere bereitzuhalten. Früher oder später, wenn erst einmal die Zimmer durchgelüftet und verbogene Fensterstäbe ersetzt, die Schornsteine gefegt und Anstreicher hinzugezogen worden wären, würde die geschäftige Zeit ein Ende haben, und George Anthony würde einen Augenblick finden, um die Papiere entgegenzunehmen und sie wieder in die Schublade zurückzulegen, wo sie hingehörten. Früher oder später wäre er wieder in der Stadt und hätte Dinge zu erledigen: sich von einem Anwalt beraten, sich einen Zahn ziehen, sich die Haare schneiden lassen. Vielleicht müsste er für einen Anzug Maß nehmen lassen oder Wertgegenstände aus dem Gewahrsam holen oder Lebensmittelvorräte ordern. Orpen Wren machte es nichts aus, noch etwas länger zu warten.

9

Später am selben Tag bereitete Miss Connulty einen Rindfleischeintopf zu. Sie schnitt das Fleisch in längliche Stücke und bestäubte sie, nachdem sie, so gut es ging, Fett und Sehnen entfernt hatte, mit Mehl. Dann legte sie sie auf einen Essteller und würfelte Karotten und Zwiebeln. Sie briet das Fleisch an, bis es braun war, wendete die Stücke einmal und schob sie in die Kasserolle, in der sich das Gemüse befand. Sie goss kochendes Wasser an, gab Salz und Bratenfond zu und setzte den Deckel auf den Topf. Anschließend schrubbte sie das Hackbrett und wusch Schüsseln und Messer in der Spüle. Der Topfdeckel klapperte; sie reduzierte die Hitze.

Es war halb fünf. Bis sieben, wenn das Abendessen serviert wurde, wäre das Fleisch zart oder doch zart genug. Nach dem Todesfall war wieder Normalität ins Haus eingezogen. Die einzige Veränderung bestand darin, dass Miss Connulty ihre Mahlzeiten inzwischen mit der Haushaltshilfe in der Küche zu sich nahm und ihrem Bruder das Essen im Speisesaal auftrug, egal ob er allein oder zusammen mit den Übernachtungsgästen dort saß. Früher war stets ein Tisch für drei Personen in dem Raum neben der Küche gedeckt worden, den ihre Mutter Familienzimmer genannt hatte; dieser war so klein und beengt, dass man die Schüsseln kaum um den Tisch herumtragen konnte. Man würde ihn von nun an als Lagerraum benutzen, und auf dem Kaminsims wie auf dem Tisch selbst stapelten sich bereits Konservendosen. Es war eine sehr viel sinnvollere Nutzung, die Miss Connulty bereits mehrfach vorgeschlagen hatte, ohne dass ihrem Vorschlag Beachtung geschenkt worden war.

Sie stellte Teller und Schüsseln bereit, die sie im Ofen vorwärmen würde, bereitete den Senf zu und füllte die Salzfässchen auf. Gohery weilte noch in den Sommerferien. Der Handlungsreisende von Clover Meats wurde erwartet, ebenso der Vertreter für Drummond's Saatgut. Sie bezweifelte, dass sonst noch jemand kam. Sie zählte Messer und Gabeln ab und legte sie bereit, zusammen mit einem Krug Wasser und Gläsern. Dann verließ sie die Küche und ging wie jeden Nachmittag um diese Zeit nach oben in das Schlafzimmer, das jetzt ihr gehörte, das geräumigste und luftigste Zimmer im Haus, das den größten Teil der Morgensonne abbekam.

Sie betupfte sich mit Eau de Cologne, falls noch Zwiebelgeruch in ihren Kleidern hing; vor dem Spiegel der Frisierkommode steckte sie sich Nadeln ins Haar und trug auf Nase und Wangen etwas Puder auf. Ein paar Tage nach dem Tod ihrer Mutter war sie in dieses Zimmer umgezogen – aus dem kleineren, in dem Arthur Tetlow sie aufgesucht hatte. Arthur Tetlow, Handlungsreisender für veterinärmedizinischen Bedarf, Gefangener einer Ehe in Sheffield, war in den Krieg gezogen, in einen Krieg, der bereits auszubrechen drohte, als er zum letzten Mal in dem Gästehaus übernachtet hatte. Sie wusste, dass er in den Krieg gezogen war, und als endlich wieder Frieden herrschte, hatte sie gehofft, dass er einmal mehr auf dem Platz vorfahren würde, wie er es so oft getan hatte, in demselben grünen Ford mit englischem Kennzeichen, dessen Zelluloidheckfenster mit Klebestreifen geflickt war; dass er aufblicken, sie sehen und ins Haus eilen würde. Doch stattdessen war Arthur Tetlow im Krieg verschollen und hatte die Versprechungen, die er ihr guten Glaubens gemacht hatte, und die Zukunft, von der sie gesprochen hatten, mit ins Grab genommen. Kein Mann konnte sich einem Krieg entziehen.

Von dem Kissen einer winzigen, mit Samt ausgeschlagenen Schatulle griff Miss Connulty nach den Schmuckstücken, die sie jener Zeit zu Ehren für heute ausgewählt hatte:

die Saphirohrringe. Sie nahm ihre einfachen Ohrstecker heraus und ersetzte sie durch die glitzernden blauen Trauben. In diesem Sommer war ihr nachmittägliches Sich-Schönmachen zu einem regelrechten Zeremoniell geworden, ein Vorgang, der jedes Mal mit einem weiteren Tupfer Eau de Cologne, einem weiteren Hauch Lippenbalsam abgeschlossen wurde. Als sie mit allem fertig war, verharrte sie noch etwas länger, um ohne emotionale Anteilnahme ihr Spiegelbild zu betrachten. Dann räumte sie alles wieder an seinen Platz auf der Frisierkommode und verstaute den Schmuck in der flachen obersten Schublade.

Auf dem Weg nach unten blieb sie an dem Fenster stehen, in dem er sie erblickt hätte, wenn er zurückgekommen wäre, statt für sein Vaterland zu kämpfen, und schaute hinunter auf den Platz. »Sei doch vernünftig«, hatte ihre Mutter gespottet, er sei zu seiner Hure von einer Frau zurückgekehrt, ein Mann wie er könne nur eine Hure zur Frau haben.

Ihre Mutter hatte die Laken vom Bett gerissen und verbrannt, sie hatte das Dienstmädchen aus dem Haus geschickt, um den Hof auszufegen, dann die Laken nach unten getragen und sie in den Herd gestopft. Über ihre Tränen und flehentlichen Bitten, über das Vertrauen, das sie, die Tochter, in Arthur Tetlows Versprechungen gesetzt hatte, über seine Erzählungen von Sheffield und seiner Rückkehr hatte ihre Mutter nur Hohn ausgegossen: Für ihre feige Lust würden sie alle beide bestraft, beide würden ihr ganzes Leben lang darunter leiden. Das schlimme Missgeschick, das über die Familie gekommen sei, werde stets gegenwärtig bleiben, hatte ihre Mutter vorhergesagt, eine Folge, die ebenfalls schlimm sei.

»Deine Tochter ist eine Hure«, begrüßte sie ihren Mann, als dieser aus der hinteren Schankstube des Pubs nach Hause kam. In der Luft hing noch der Geruch nach verbrannten Laken. Und als er hörte, was er hören musste, schwor er, Arthur

Tetlow auf der Stelle nach Sheffield zu folgen und ihn umzubringen.

Doch stattdessen begleitete er seine Tochter im Bus nach Dublin und hielt die ganze Fahrt über, durch Roscrea und Monasterevin und durch The Curragh, ihre Hand, und als der Bus in Naas anhielt, musste sie aussteigen, weil ihr übel war. Auf der O'Connell Bridge kam ein Mann auf ihn zu und fragte ihn nach seinem Befinden, und er antwortete: »Großartig!«, obwohl es nicht der Wahrheit entsprach. Er reichte dem Mann eine Münze, denn das war noch stets seine Art gewesen, Bettlern ein Almosen zukommen zu lassen. Seiner Tochter befahl er zu beten, sobald sie sich hinlege, ehe sie ihr etwas antaten.

Er brachte sie zu einer Apotheke, und bevor sie sich ans Werk machten, wurde abgeschlossen. Das Schild in der Tür wurde umgedreht und der Rollladen vor dem Schaufenster heruntergelassen. Ihren Vater forderten sie auf zu warten, und als sie endlich aus dem Hinterzimmer kam, schlug er ihr vor, in der Teestube des Adelphi-Kinos eine Tasse Tee zu trinken. Dann winkte er ein Taxi heran, das sie zu den Quais brachte, und von dort nahmen sie wieder den Bus. Als sie zurückkamen, gegen halb elf Uhr nachts, nannte ihre Mutter ihn einen Mörder. In einer Dachkammer war ein Bett für ihn gemacht worden, und dort schlief er in jener Nacht und von da an für immer. Danach verloren ihre Mutter und ihr Vater kein Wort mehr über die Angelegenheit.

Für Miss Connulty waren die Ereignisse jenes Tages nie verblasst. Ihre Grausamkeit gegenüber der Toten war nichts anderes als ein Zeremoniell ihrer Bewahrung. Die Zeit des Kummers war vorüber, dabei wünschte sie sich das genaue Gegenteil: dass diese Ereignisse für immer eine Spur hinterließen – ein Zucken, ein Zittern, einen Teil ihrer Wut, der nicht befriedigt war.

10

Sie stellten die immer gleichen Fragen. Sie erkundigten sich nach der Kanalisation, stapften in den Mansarden herum. Sie fragten, ob der Erdboden alkalihaltig sei, wunderten sich über die Stromleitungen, bemerkten die schlecht eingepassten Fenster. Einige waren verschreckt wegen der Wasserratten. Andere drehten gleich um und fuhren wieder davon.

Florian hatte die Postkarte, die er nicht ins Feuer geworfen hatte, in der Küche auf ein Fensterbrett gestellt. Das Gemälde stammte von dem jüngeren Ghirlandaio, Adressatin der Karte war Miss Mabel Thynne, 21 The Paddocks, Cheltenham. *Wetter himmlisch,* besagte die Mitteilung, *diese Stadt ebenso.* Die Unschuld, die Ghirlandaio gemalt hatte, war trotz der Sepiatöne nicht ganz verlorengegangen, und die Ähnlichkeit, die Florian seiner Einbildungskraft zugeschrieben hatte, fiel ihm noch immer auf. Gelangweilt von Leuten, die sich über den schlechten Zustand des Salons wunderten und ihm Fragen stellten, die er nicht zu beantworten vermochte, kehrte er eines Morgens nach Rathmoye zurück.

»Ich habe Ihre Schuhe«, sagte Mr Clancy, ein drahtiger, übereifriger Mann, der Leute gern in ein Gespräch verwickelte. »Warten Sie, ich hol sie gleich.«

Sämtliche Stiefel und Schuhe, die fertig waren – mit neuen Sohlen oder neuen Absätzen oder beidem, mit neuen Schnürsenkeln versehen und frisch geputzt –, standen auf einem Regalbrett über einem Durcheinander von Schuhwerk, das es noch zu reparieren galt. Nicht ein Paar war mit einem Etikett beschriftet, es gab auch keine Zettel, wer was schuldig war. Mr Clancy wusste auch so Bescheid.

»Ist der Gatte gut in Form?«, erkundigte er sich, als er Dillahans schwarze Sonntagsschuhe fand, beide mit neuen Absätzen.

»Dem geht's so weit gut«, antwortete Ellie.

»Und Ihnen, Mrs Dillahan?«

»Mir geht's so weit gut.«

»Natürlich.«

Sie warteten darauf, dass sie schwanger wurde. In den Geschäften, im Pfarrhaus, die alte Mrs Connulty, als sie noch lebte, jetzt ihre Tochter. Miss Burke am Ladentisch mit der Wolle warf ihr oft einen prüfenden Blick zu. Ein paar hatten es aufgegeben, wie Ellie selbst.

Sie zahlte für die Reparatur. Die Schuhe seien so wenig getragen, sagte Mr Clancy, dass sie bestimmt bis an sein Lebensende halten würden. Heutzutage würden derartige Schuhe nicht mehr angefertigt, fügte er hinzu und polierte sie, bevor er sie auf den Tresen stellte.

»Warten Sie, ich hole eben das Wechselgeld.«

Ohne zu wissen, wie sie dorthin gelangt waren, blickte Florian auf das säuberliche Bündel Dokumente, das er in den Händen hielt. *Da HMS* The Serpent *für eine Auslandsreise bestimmt ist,* las er, *sind Sie auf Anweisung der Admiralität gehalten, sie mit dafür tauglichem zusätzlichem Feldzeugmaterial zu beliefern.*

»Sehr interessant«, sagte er.

Die winzige Gestalt neben ihm auf der Straße hatte ihn vollkommen überrumpelt. »Ich bewahre sie schon so lange auf«, erläuterte Orpen Wren. »Sie begleiten mich seit vielen Jahren.«

Florian versuchte ihm die Papiere zurückzugeben, doch der alte Bibliothekar sträubte sich und wiederholte, dass er sie die ganze Zeit aufbewahrt habe. Es handle sich um den dritten George in der Familie, der in der Kriegsmarine gedient habe.

»Aber das wissen Sie natürlich, Sir.«

Da es zwecklos schien, stritt Florian dies nicht ab.

»Er war zwei Jahre beim Zeugamt, Sir, und es dauerte noch länger, bis er einen eigenen Befehlsbereich erhielt. Die St. Johns haben es nie auf eine Karriere in der Kriegsmarine angelegt.«

»Natürlich nicht.«

»Vor kurzem habe ich bei McGovern's erwähnt, dass Sie wegen Vorräten vorbeischauen würden, Sir. Ich habe mir die Freiheit genommen. Sie stehen dort für Sie bereit, Sir.«

»Ja.«

»Die Familie hat stets auf McGovern's bestanden.«

»Ja, natürlich.«

Florian blickte in das zerfurchte, schlaffe Gesicht, in die müden Augen und sah, wie sich darin ein Zögern spiegelte, ein vorübergehender Zweifel, Verwirrung, bevor der alte Mann sich wieder auf das Gespräch besann.

»Kohlen habe ich bereits bestellt«, sagte er.

»Natürlich, aber vielleicht wäre es trotzdem besser, wenn Sie sich auch weiterhin selbst um diese Papiere kümmern könnten.«

»Die Papiere sind immer auf dem kleinen Tisch unter dem Porträt von Lady Eliza verwahrt worden. Auf dem kleinen Tisch, der sich ausziehen lässt. Aber das wissen Sie ja selbst.«

»Vielleicht würde es Ihnen nichts ausmachen, sich auch weiterhin um sie zu kümmern, wenigstens einstweilen?«

»Dieses Einstweilen haben wir nun schon so lange. Das längste Einstweilen, das es in Irland je gegeben hat.«

Da sah Florian das Mädchen. In der Ferne radelte sie langsam über den Platz. Ihr blaues Kleid erregte seine Aufmerksamkeit, dasselbe Kleid, das sie schon im Supermarkt und in seinem Traum getragen hatte. Sie radelte an Bodell's Bar vorbei und bog ein paar Meter dahinter in eine Straße ein.

»Wenn Sie nichts dagegen haben«, sagte er, »ein andermal würde es mir besser passen, die Papiere an mich zu nehmen.«

Als Florian sie ihm abermals hinhielt, nahm er sie endlich zurück.

»Ich habe sie schon ein paar Mal verliehen, Sir, wegen des Interesses an Ihrer Familie. Aber da Sie darauf bestehen, werde ich sie bei mir behalten. Inzwischen wohne ich in der Morpeth's Terrace, im zweiten Haus. Es ist mir recht.«

Florian nickte. In der Schublade desselben Tisches, so wurde ihm in Erinnerung gerufen, befinde sich der Katalog des Bibliothekbestands, vollständig erfasst und ins Reine geschrieben, zweitausendneunundfünzig Bände. Falls er je verlegt werden sollte, so befinde sich in dem kleineren der beiden Salons oben, im Limerick-Sekretär, eine Abschrift.

»Mr Macready hat den Sekretär eigenhändig geliefert, Sir, und darauf hingewiesen, ausreichend Abstand zum Kamin zu halten. Damals sagte er auch, er könne Geheimfächer einbauen, wenn gewünscht, aber die Hauslehrerin wollte keine. Der kleine Salon wurde als Studierzimmer genutzt, allerdings nur zeitweise, als William sein Bein verlor. Die Hauslehrerin hieß Miss Batesriff.«

»Ich fürchte, ich muss jetzt gehen.«

»Das Beste, was je in Irland passiert ist, Sir, dass Sie zurückgekommen sind.«

Ellie nahm das Wechselgeld vom Tresen.

»Richten Sie Ihrem Mann schöne Grüße von mir aus, Mrs Dillahan«, bat Mr Clancy. »Nicht dass ich ihn je persönlich kennengelernt hätte. Die Stiefel hat immer seine Mutter gebracht und danach seine Frau. Und dieser Tage sind Sie es.«

»Ich werd's ausrichten, Mr Clancy.«

Als sie ins Freie trat, bimmelte die Ladenglocke.

»Hallo«, sagte eine Stimme auf der Straße.

Sie hatte sie erkannt, noch bevor sie sich umdrehte, in der Hand die nicht eingewickelten Schuhe, die sie gerade in den Fahrradkorb stellen wollte.

»Florian Kilderry«, sagte er. »Erinnern Sie sich noch?«

Er stand mit seinem Fahrrad vor dem Schaufenster des geschlossenen Ladens neben dem des Schuhmachers. Er trug einen weißen Sommerhut, der ihn vor der Sonne abschirmen sollte, und lächelte sie an.

»Sie haben mich vergessen«, sagte er.

Sie spürte, wie ihr die Röte ins Gesicht stieg, genau wie beim letzten Mal. Ihre Gedanken gerieten durcheinander, genau wie beim letzten Mal, sie waren verdreht und wie abgetrennt, als wären es gar nicht ihre eigenen. Sie wollte sagen, dass sie sich natürlich noch an ihn erinnerte. Sie wollte sagen, dass sie an ihn gedacht hatte, dass sie versucht hatte, nicht an ihn zu denken, dass sie gewusst hatte, dass sie nicht an ihn denken durfte. Sie wollte sagen, sie habe sofort gewusst, dass er es war, der da hallo gesagt hatte.

»Eine Tasse Kaffee?«, schlug er vor.

»Nein.« Sie sagte es schärfer, als sie beabsichtigt hatte. Dabei schüttelte sie den Kopf.

»Ich dachte, Sie hätten vielleicht Lust auf einen Kaffee.«

Als sie weiterging, schob er sein Fahrrad neben ihrem her.

»War nur so eine Idee«, sagte er.

In dem Schweigen, das sich jetzt einstellte, wollte sie sagen, dass ihre Antwort nicht so harsch gemeint war. Aber auch das brachte sie nicht über die Lippen.

»Ich wohne in der Nähe von Castledrummond«, sagte er. »Mein Vater ist kürzlich gestorben, und jetzt stehe ich da mit einem Haus ein paar Kilometer außerhalb der Stadt.«

»Ich habe von Castledrummond gehört.«

»Gefällt Ihnen Rathmoye, Ellie?«

»Man wird mit einem Ort vertraut.«

»Nicht viel los hier, was?«

»Es gibt ein Erdbeerfest, zu dem Leute in die Stadt kommen.«

Er hatte eine Art, zu Boden zu schauen, während sie weitergingen, als hätte er etwas verloren. Einmal hielt er an, um etwas aufzuheben, warf es aber wieder fort.

»Ein alter Mann, dem ich in Rathmoye auf der Straße begegnet bin, hält mich für jemand anderen«, sagte er.

»Das muss Orpen Wren gewesen sein. Bestimmt hat er sich mit Ihnen über Lisquin unterhalten.«

»Was ist Lisquin?«

»Die St. Johns haben früher dort gewohnt. Sind aber schon vor Jahren weggezogen.«

»Ich glaube, Mr Wren hat den Eindruck, ich sei einer von ihnen, der zurückgekommen ist.«

»Lisquin steht nicht mehr.«

Nur das hintere Pförtnerhäuschen an der alten Kilaney Road sei noch erhalten, erklärte sie, aber verfallen. Ab und zu fahre sie hin, um den Lavendel zu schneiden.

Sie befanden sich im ärmlichen Teil der Stadt. Die Slums waren geräumt worden, der Schuhmacher war der Letzte, dessen kleiner Laden noch in Betrieb war. Sie duldeten seinen Verbleib, hatte Mr Clancy Ellie einmal erklärt; sie ließen ihn gewähren, bis er zu alt wäre, sein Geschäft weiterzuführen.

»Sie wohnen nicht hier in der Nähe, Ellie?«

»Ich wohne auf einem Bauernhof in Cnocrea. In den Crilly Hills.«

Nichts an ihm war anders. Sie konnte es sich nicht verkneifen, ihn immer wieder anzuschauen. Einmal ertappte er sie dabei und lächelte sie an, und sie fragte sich, ob er wohl ahnte, dass sie Gefühle für ihn hatte. Sie wollte nicht, dass er es merkte.

»Wo es Lavendel gibt, gibt es auch Schmetterlinge«, sagte er.

»Ja, die gibt es in der Tat.«

»Wo sind die St. Johns denn hingezogen?«

»Ganz aus Irland weg. Ich weiß auch nicht, warum.«

»Der alte Mann war wohl eine Art Dienstbote, oder?«

»Ich weiß nicht, ob es stimmt, aber die Leute sagen, er wäre dort für die Bibliothek verantwortlich gewesen.«

»Ich denke, das könnte hinkommen.«

Er holte mit dem Fuß aus und schleuderte einen Kronkorken von der Bordkante in den Rinnstein. Fast bekam sie es mit der Angst zu tun, weil sie mit ihren Fahrrädern zusammen durch die Stadt liefen, und nicht einmal in die richtige Richtung, zu Hearn's, wo sie Fleisch abholen wollte. Sie hätte sagen sollen, dass sie Einkäufe zu erledigen hatte. Sie sollte es jetzt noch sagen, dass sie Fleisch abholen musste, unterließ es aber.

»Mr Wren hatte Papiere dabei, die er mir übergeben wollte.«

»Die hat er immer dabei.«

Er bot ihr eine Zigarette an, indem er ihr die Schachtel hinhielt und das Silberpapier zurückbog. Sie schüttelte den Kopf.

»Rauchen Sie denn gar nicht?«

»Ich habe noch nie geraucht.«

Er hob eine Münze vom Gehsteig auf.

»Nichts wert«, sagte er und reichte sie ihr. »Eine Münze, wie sie früher von Geschäften geprägt wurden.«

Boyce, las sie, und er erklärte ihr, das müsse der Name des Ladenbesitzers sein. »Die Boyces stammten aus Wexford«, sagte er.

Wenn sie zur Magennis Street kämen, würde sie sagen, sie müsse zu Corbally's gehen. Der Satz lag ihr bereits auf der Zunge, sogar, was sie besorgen musste, würde sie erwähnen. Druckknöpfe, würde sie sagen, Nadeln.

»Ich wohne allein in dem Haus, das mir vermacht worden ist«, sagte er. »Ich und ein schwarzer Hund.«

Florian erhoffte sich von dieser morgendlichen Begegnung nicht mehr, als er sich von anderen oberflächlichen Beziehungen erhofft hatte, die auf die gleiche Art und aus dem gleichen Grund zustande gekommen waren. Diese ließ sich genauso an wie frühere, und die Ablenkung, die sie bedeutete, entfaltete bereits ihre Wirkung. Isabella würde nie ein Schatten sein, aber heute Morgen löste ein unschuldiges Mädchen vom Lande Zärtlichkeit in ihm aus, und schon erklang die Stimme seiner Cousine weniger zuversichtlich, war ihr Lächeln vielleicht schon ein wenig verwischt, ihre Berührung nicht ganz so stark, wie er sie vom Vortag in Erinnerung hatte. Im Laufe des Gesprächs hätte er gegenüber seiner Begleiterin eine Bemerkung über ihre Vorzüge machen können, aber er spürte, dass es besser war, sie erst einmal zu unterdrücken, vielleicht sogar auf Dauer.

»Das Haus heißt Shelhanagh«, sagte er stattdessen, und Ellie fragte nach dem Hund, und er erzählte ihr von Jessie, von dem See und von dem Garten an den Abenden, wenn er ihm am besten gefiel. Er habe nie irgendwo anders gelebt, sagte er. Er habe nie den Wunsch danach gehabt, ebenso wenig wie seine Mutter oder sein Vater, seit sie nach Irland gekommen seien, um hier zu leben. Seine Mutter sei Italienerin gewesen, fügte er hinzu.

»Als sie starb, ist auch die Lebensflamme meines Vaters erloschen. Obwohl er damit fertigwurde. Er wurde immer gut mit allem fertig.«

»Sind Sie in dem Haus geboren?«

»Ja. Ich kam ganz überraschend für sie. Sic hatten es aufgegeben, da sie schon ein bisschen älter waren.«

»Ist es groß, das Haus?«

»Achtzehn marode Zimmer.«

Ellie sah sie vor sich. Es waren keine maroden, sondern komfortable Zimmer mit Kaminen und Blumen. Zwei Menschen, die seine Mutter und sein Vater waren, das Kind, das sich überraschend eingestellt hatte. Dann sah sie ihn jetzt: allein dort mit seinem schwarzen Hund, achtzehn Zimmer zu viel seit dem Tod der Eltern. Aber das stille Wasser eines Sees gab es noch. Es gab einen duftenden Garten und die köstliche Abenddämmerung.

Die Münze, die er aufgehoben hatte, lag noch in ihrer Faust, der Gummigriff der Lenkstange drückte sie in ihren Handteller. Sie hatte noch nie so eine Münze gesehen, und sie wusste, dass sie sie behalten wollte und behalten würde.

In der Hurley Lane schoben sie ihre Räder um Kinder herum, die Himmel und Hölle spielten. Die Zigarette zwischen seinen Fingern war noch immer nicht angezündet, als hätte er sie ganz vergessen; aber er hatte sie nicht vergessen, denn jetzt blieb er stehen und zündete sie an.

Als Florian ein Streichholz anriss, fiel ihm ein, dass er gesehen hatte, wie sie in ihrem Korb Platz für die Schuhe machte. Vielleicht war ihm in den Sinn gekommen, und sei es nur flüchtig, dass sie ihrem Vater gehörten oder einem Bruder, dass sie vielleicht mehrere Brüder hatte; er konnte sich nicht entsinnen. Den Ring, den er jetzt sah, als er danach suchte, hatte er bisher nicht bemerkt – so dürftig, so unbetont an ihrem Finger, dass er ebenso gut einem Rosinenkuchen zu Halloween entnommen sein mochte.

»Das wusste ich nicht«, sagte er und zeigte auf den Ring.

»Ich bin schon eine ganze Weile verheiratet«, erwiderte sie.

Sie kamen an Corbally's vorbei. Sie überlegte, ob sie, als sie im Cash & Carry gewesen waren, den Ring ganz unbewusst vor ihm verborgen hatte, ob sie ihn auch heute Morgen wieder vor ihm verborgen hatte. Hüte dich davor, Dinge zu tun, von denen du nicht weißt, dass du sie tust, würden die Nonnen sagen: Ganz gleich, was es ist, du bist es, die es tut.

Sie gelangten zum Platz und blieben wortlos stehen. Es war ihr einerlei, ob die Leute sie sahen.

»Vielleicht fahre ich ja irgendwann mal hin zu dem verfallenen Pförtnerhäuschen«, sagte er. »Da es das Einzige ist, was übrig ist von dem Haus, von dem mir der alte Mann so viel erzählt hat. Vielleicht mach ich das.«

»Fünf Kilometer stadtauswärts auf der alten Kilaney Road. Es ist leicht zu finden.«

»Ich habe von Ihnen geträumt«, sagte er.

II

Miss Connulty, die sich von ihrer Arbeit ausruhte und untätig an dem Fenster stand, von dem aus sie so häufig den Platz überblickte, hatte die beiden bemerkt, als sie von der Magennis Street kamen. Sie hatte gesehen, wie sie zögerten, bevor sie weitergingen, hatte gesehen, wie sie abermals anhielten und wie Ellie Dillahan sich schließlich losgerissen hatte. Miss Connulty benutzte in Gedanken dieses und kein anderes Wort, denn die Art, wie Ellie Dillahan davongehastet war, wirkte wie ein Sich-Losreißen, eine jähe, unbeholfene Bewegung, zu der sie sich zwingen musste, widerstrebend und doch dringlich. Sie hatte sich nicht auf ihr Fahrrad geschwungen, sondern es neben sich hergeschleift, und der Mann, der die Fotos von der Beerdigung gemacht hatte, war dort stehen geblieben, wo sie ihn verlassen hatte, verstört von ihrem überstürzten Aufbruch. Dann radelte er über den Platz und verschwand auf der Straße nach Castledrummond.

Ihr Umgang miteinander hatte etwas, das Miss Connulty nicht einmal aufgefallen wäre – und dem sie gewiss keine Bedeutung beigemessen hätte –, wäre Ellie Dillahan eine Fremde für sie gewesen. Zweifellos kannten die beiden einander besser als zu dem Zeitpunkt, von dem Ellie Dillahan erzählt hatte, als er sie nach dem Weg gefragt hatte.

Ein Auto mit einem Wohnanhänger versuchte zurückzustoßen, was offenbar schwierig war. Einer von Joseph Pauls Lastwagen, mit Torf beladen, bog in die Matthew Street ein. Miss Connulty war über die Szene, der sie beigewohnt hatte, erst verwirrt und dann entsetzt. Ellie Dillahan war ein Mädchen, für das man nur Fürsorge empfinden konnte, da sie ein so schweres Leben gehabt hatte. Ihr Ehemann war ein anständiger Kerl, allseits geschätzt und besonnen, und es war verständlich, dass er seit der Tragödie, die er hatte erleiden müssen, keine innere Ruhe mehr gefunden hatte. Aber vielleicht war es für Ellie ja auch keine Kleinigkeit, dort draußen in den Hügeln zu wohnen, wo die Tage verstrichen und sie mit niemandem ein Wort wechseln konnte außer mit einem Ehemann, der sich eine Unachtsamkeit nicht verzeihen konnte. Es war nicht einfach, Ellie Vorwürfe zu machen; eigentlich wollte man es auch gar nicht, es schien geradezu unnatürlich. Ellie Dillahan, Heimkind, Kind der Not und der Demut, das in ein Nichts hineingeboren war und nichts erwartete, war Opfer genug, auch ohne dass ihr ein salbungsvoller Fotograf den Hof machte. Ganz gleich, um wen es sich handelte oder wo er herkam, in Miss Connultys lebhafter Einbildung war er bereits ein Plünderer. Noch während sie den rangierenden Wohnanhänger beobachtete, hielt sie an diesem Gedanken fest, und ihre Entrüstung steigerte sich zu einem Zorn, der ihr zwei rote Flecken auf die Wangen trieb. In diesen wenigen Augenblicken nahm die Abscheu vor einem Mann, den sie gar nicht kannte, ihren Anfang.

Im Haus war es still, die Haushaltshilfe war früh heimgegangen, da heute ihr freier Nachmittag war. Miss Connulty blieb noch ein Weilchen am Fenster stehen, dann ging sie nach unten, um ihrem Bruder die Mittagsbrote zu machen. Ihr Zorn hatte sich zwar besänftigt, war aber nicht verraucht, sondern noch genauso spürbar wie die toten Tage zu Ende gegangener Zeiten, wie Tränen, die nicht fließen können. Sie spürte eine Woge des Mitleids für Ellie Dillahan in sich aufsteigen, wie sie sie einst, in ihrem eigenen Elend, für sich selbst empfunden hatte.

Als sie Joseph Paul die Sandwiches und die Tasse Kraftbrühe, die er gern dazu trank, in den Speisesaal brachte, setzte sie sich ihm gegenüber. Das war ungewöhnlich. Sie hatte ihm etwas mitzuteilen, so viel wusste er, doch als sie das Wort ergriff, hörte er nicht zu. Stattdessen nickte er nur von Zeit zu Zeit.

An dem Tag, an dem sie vom Vater nach Dublin gebracht worden war, hatte ihre Mutter gesagt, sie hoffe, dass sie nie wieder zurückkämen. Keiner von beiden, hatte sie gesagt, nie wieder. Er dagegen hatte sich gewünscht, dass sie zurückkämen; so schrecklich die Schande auch sein mochte, er wollte, dass sie, sei es noch am selben Abend oder am folgenden, im Bus säßen, dass sie irgendwann wiederkämen. Er hatte gewartet, ohne zu wissen, was werden würde. Auf dem Schild im Fenster unten stand, dass keine Zimmer zu vermieten seien, was gar nicht zutraf. Er hatte geglaubt, seine Mutter weine, aber das war nicht der Fall; er hatte sie noch nie weinen sehen. Am Nachmittag brachte er ihr Tee und butterte ihr eine Toastschnitte. Sie rührte sie nicht an, und als er sie später fragte, ob er in die Stadt gehen solle, um herauszubekommen, ob sie mit dem Bus eingetroffen seien, nahm sie ihn gar nicht wahr. Als er sie erneut fragte, gab sie zur Antwort, sie wisse, dass sie im Bus säßen. Nachdem sie mit ihm zusammen zu Hause angekommem waren, sagte seine Mutter, dies sei der schlimmste Tag ihres Lebens. Er brachte seiner Schwester Kakao. Jede Mutter wäre erschüttert, sagte er, aber seine Schwester erwiderte nichts, es war das erste Mal, dass sie ihm nicht geantwortet hatte, wenn er sie ansprach. Inzwischen antworteten sie einander ziemlich oft nicht.

»Er hat sich bei Ellie Dillahan nach dem Lichtspielhaus erkundigt«, teilte sie ihm jetzt im Speisesaal mit, und er fragte sie, wovon sie rede.

»Ich hab es dir doch gesagt.«

»Ich weiß, ich weiß. Aber ich weiß nicht, worauf du hinauswillst.«

»Er treibt sich in der Stadt herum. Er ist im Lichtspielhaus gewesen, hat man mir erzählt. Niemand weiß, wer er ist.«

»Die Schlüssel zum Lichtspielhaus befinden sich im Büro des Kohlenlagerplatzes. Ohne die Schlüssel kommt man überhaupt nicht hinein. Ich kenne den Mann nicht, von dem du sprichst.«

»Ein blasser Tweedanzug, und er hat die Angewohnheit, einen Hut zu tragen. Er kommt aus Richtung Castledrummond in die Stadt.«

»Ich kenne ihn nicht.«

Joseph Pauls mangelndes Interesse schlug sich in seinem Tonfall nieder. Niemand sollte sich dergleichen anhören müssen, sagte er bei sich, und laut bemerkte er, Bernadette O'Keeffe habe mit Dempsey verabredet, die hinteren Schlafzimmer streichen zu lassen.

»Was haben die hinteren Schlafzimmer damit zu tun? Alle haben ihn gesehen, nur du nicht. Er könnte von den Dächern schreien, und du würdest ihn nicht sehen.«

Er sagte nichts. Am besten war es, gar nichts zu sagen. Er aß die Sandwiches auf, die sie ihm gemacht hatte, trank den Rest seiner Kraftbrühe aus und wartete darauf, dass sie endlich ging.

Sie nahm das Tablett zur Hand, das sie auf dem Serviertisch abgelegt hatte. Dann stellte sie seinen Teller, seine Tasse und seine Untertasse darauf, zusammen mit dem Salz und dem Pfeffer, die sie ihm ebenfalls gebracht hatte. Die Krümel, die er hinterlassen hatte, fegte sie mit einem Spültuch aufs Tablett.

»Ich will dir noch was sagen«, äußerte sie mit jener Eiseskälte, die sie nach Belieben anknipsen konnte.

Sie sprach zu seinem Rücken, und er drehte sich nicht zu ihr um. Bevor dieser Mann mit Ellie Dillahan fertig wäre, würde er mit ihr durchbrennen, sagte sie, und dann erst ging sie.

12

Ellie setzte das Montiereisen an; er hatte ihr gezeigt, wie. Fünfzehn oder zwanzig Zentimeter der Reifenflanke waren bereits über das Felgenhorn gehebelt, mit zwei weiteren Montiereisen wurde der Reifen festgehalten. Mit dem Fuß trat er gegen eines davon und versuchte, den Reifen herauszuwuchten, und als er damit keinen Erfolg hatte, schob er das andere Eisen näher an ihres heran. Wieder konnte er den Reifen einige Zentimeter weit lösen. »Gleich haben wir ihn«, sagte er.

Noch einmal musste er das Eisen verschieben, dann konnte er den Schlauch herausziehen. Er hatte den Vauxhall aufgebockt und das Rad ohne ihre Hilfe abmontiert. Erst vor wenigen Minuten hatte er sie gerufen. Eine Schüssel war mit Wasser gefüllt. Sie sah zu, wie er den Schlauch aufpumpte und das Loch fand. »Jetzt schaff ich's allein«, sagte er.

Im Holzapfelgarten streute sie Körner aus, und die Hennen kamen auf sie zugetrippelt. Sie war sich nicht bewusst gewesen, dass sie ihren Mann nicht liebte. Liebe war kein Thema, es war zwischen ihnen nie etwas entstanden, was sich von jener Liebe unterschied, von der die Nonnen in Cloonhill so oft gesprochen hatten, von jener immer währenden Liebe, die als deutlich sichtbares Licht brannte, wie das ewige Licht über der Küchentür des Bauernhauses, das früher für die Frau gebrannt hatte, die einst die Kochtöpfe gescheuert hatte, die jetzt ihr gehörten, und für andere Frauen davor. Sie sperrte die Hühner ein, und auf dem Rückweg zum Hof schnitt sie zwei Salatköpfe ab und das beste Bündel Schnittlauch.

Der Reifen war wieder montiert worden, der Wagenheber

heruntergelassen. »Danke«, sagte ihr Mann, als sie an ihm vorbeiging.

Als er ihr die Ehe angeboten hatte, war es ihr wie ein Akt der Freundlichkeit vorgekommen, und so kam es ihr auch jetzt noch vor; es wäre unfreundlich von ihr gewesen, seinen Antrag auszuschlagen. Sein Haus, wo sie, gleichfalls aus Freundlichkeit, nicht Magd, sondern Haushälterin genannt worden war – jetzt war es ihr Zuhause. Selbst heute noch hielt sie ihn für älter, als er war, ein Witwer, der vom Leben sehr viel mehr wusste als sie. Es wäre besser, wenn sie verheiratet wären: Ganz so hatte er sich zwar nicht ausgedrückt, und später, in Lahinch, hatte er gesagt, sie sei ihm ans Herz gewachsen und er könne sich glücklich schätzen. »Auch ich kann mich glücklich schätzen«, hatte sie gesagt und es aufrichtig gemeint, denn es war noch nie ihre Art gewesen, zu lügen. »Es tut mir leid«, hatte sie sich später entschuldigt, als sie ihm keine Kinder schenken konnte, und er hatte gesagt, das sei nicht so wichtig. »Du hast mir genug geschenkt.«

Sie deckte den Tisch, wusch den Salat und trocknete ihn in einem Geschirrtuch. Dann schnitt sie den Rest des Lammbratens auf, den sie am Sonntag gegessen hatten. Sie hackte den Schnittlauch klein und schnitt die Tomaten in Scheiben.

An der Tür zog er seine Gummistiefel aus und wusch sich in der Spüle die Hände. Manchmal wusch er sich oben und wechselte das Hemd, heute Abend jedoch nicht. Sie merkte, dass er müde war.

»Ein Stück von einer scharfen Klinge«, erklärte er das Loch im Reifen. »Teuflische Sache.«

Wieder war ein Tag vergangen, der fünfte seit der Begegnung vor dem Schuhmacherladen. Nichts war geringer geworden, als es gewesen war; sie hatte geglaubt, das würde der Fall sein. Zwar war sie zerknirscht und beschämt, doch ihre Gefühle waren dieselben wie an jenem Morgen und davor.

»Das Rötelpulver ist ja gekommen.« Er häufte sich Salat auf

seinen Teller. »Sommerkost«, nannte er das und machte sich nichts daraus, wenn sie ihm immer wieder vorgesetzt wurde.

»Hab ganz vergessen zu sagen, dass es geliefert worden ist.«

»Macht nichts. Hast du bei English's schon mal Federhaken gesehen? Weißt du, ob welche vorrätig sind?«

»Ich werd danach fragen.«

Sie schenkte ihm Tee ein, goss Milch hinzu und schob den Zucker näher an ihn heran. Sie versuchte, ein anderes Gesprächsthema zu finden, denn Reden half. »Er würde alles für Sie tun«, hatte eine Frau, die sie nicht kannte, bei der Hochzeitsfeier zu ihr gesagt, als müsse dergleichen gesagt werden, als müsse sie ihr zu verstehen geben, was sie an ihm hatte. Der Mann bei McGovern's, der wie de Valera aussehe, biete wieder Terrierwelpen zum Verkauf an, erzählte sie.

»Ich glaube, das hast du mir schon einmal gesagt.«

»Tut mir leid.«

»Ach, nicht doch.«

Die Frau auf der Hochzeit hatte sie als Glückspilz bezeichnet. Hinterher, als sie mit dem Vauxhall losgefahren waren, war sie keineswegs unglücklich gewesen. Sie hatte es nicht bereut, weder am Hochzeitstag noch auf ihrer kurzen Hochzeitsreise. Auch nicht, als sie wieder auf den Bauernhof zurückkehrten. Sie freute sich, wenn die Leute in Rathmoye sie mit Mrs Dillahan anredeten. Das war das Einzige, was sich verändert hatte, das und die Tatsache, dass sie sein Schlafzimmer mit ihm teilte. Die kleine Kammer, in der sie vorher geschlafen hatte, musste das Kinderzimmer gewesen sein, bunt angestrichen, eine Tapete mit Spielzeug. Sie hatte die Kammer nicht neu tapezieren wollen, und als sie leer stand, hatte er gesagt, sie sollten sie so lassen, und Ellie hatte genau gewusst, woran er dachte.

Er rührte Zucker in den Tee, den sie ihm eingeschenkt hatte. Es störte ihn nicht, wenn Schweigen herrschte, das hatte er oft genug beteuert.

»Wir haben die Straßenweide gemäht«, sagte er, als er seinen Teller leer gegessen hatte. »Corrigans Jungs haben mir geholfen.«

Sie sah zu, wie er das Silberpapier von einem Dreieck Schmelzkäse löste. Säuberlich faltete er es auseinander, dann hob er den Käse auf sein Messer. Jede Tätigkeit verrichtete er ordentlich, selbst Kleinigkeiten wie diese. Man konnte sich nicht vorstellen, dass er je unachtsam oder nachlässig war. Aber genau das war er tragischerweise gewesen.

»Dir ist wohl der Appetit vergangen, Ellie?«, sagte er.

»Ein bisschen.«

»Hab ich gemerkt.«

Sie schnitt ihm mehr Brot auf und langte über den Tisch, um ihm nachzugießen.

Gahagan, sagte er, spiele mit dem Gedanken, das Feld zu verkaufen.

»So unbeständig er auch sein mag, er ist fast so weit, sich davon zu trennen.«

Sie nickte und versuchte, an das Feld zu denken, das den Besitzer wechseln würde, an den Unterschied, den es machen würde. Vielleicht überlegte sich Gahagan ja sogar die Übertragung des Waldstücks.

»Den Tag werden wir feiern, Ellie.«

Jedes Wort dieses Satzes bekräftigte er mit einem Kopfnicken, dann rückte er seinen Stuhl vom Tisch. Wenn er abends müde war, setzte er sich immer auf die durchgesessene Couch am Fenster, die breiten Schultern entspannt über die Zeitung gebeugt, das Radio eingeschaltet, wenn es etwas gab, das er sich anhören wollte. Dort saß er auch jetzt, und Ellie räumte den Tisch ab und trug das Geschirr zur Spüle. Anfangs hatte es im anderen Zimmer ein Foto von seiner Frau gegeben, einer lächelnden Frau, die einen Säugling im Arm hielt. Später hatte er es in eine Schublade gelegt.

Sie ließ heißes Wasser über Geschirr und Besteck laufen

und spritzte Spülmittel hinein. Im Radio lief seine Sendung mit alter Tanzmusik. *In mir ist nichts als Schwäche:* Sie sah ihre altmodische Schreibschrift vor sich, beeinflusst von den kritischen Bemerkungen Sister Ambroses, die die Vorzüge der Klarheit vor der Extravaganz betont hatte. »Wenn du uns brauchst, schreib uns«, hatte Sister Ambrose sie bekniet. »Sag uns Bescheid.« Gott ist deine Kraft – wie oft war den Nonnen das über die Lippen gekommen!

Weitere Tage würden vergehen, und schließlich würde einer anbrechen, an dem sie das Gefühl hätte, dass das Geschehene wohl kaum je geschehen war. Beschämt würde sie sich ihren Irrtum eingestehen, ihre Selbsttäuschung, Frieden mit sich schließen und durch Reue Vergebung erlangen. Die Zeit konnte gar nicht anders als vergehen, und jede Minute brächte Heilung.

»Früher bin ich tanzen gegangen«, sagte ihr Mann, und sie konnte sich denken, dass er mit seiner anderen Frau tanzen gegangen war, aber nach allem, was sich zugetragen hatte, keine Lust mehr dazu hatte. Er sagte noch etwas und trommelte dazu mit den Fingern auf der Rückenlehne der Couch. Doch die Musik war plötzlich lauter geworden, und sie konnte nicht verstehen, was er sagte.

»Ich kümmere mich besser um das Geflügel.«

Einer der Hunde hatte angeschlagen, vielleicht hatte sich ein Fuchs angepirscht. Aber als sie hinausging, war es wieder still. Zu dieser Jahreszeit wurde es nie richtig dunkel: Das Grün des Traktors war nicht verblasst, ebenso wenig das sandfarbene Braun des Vauxhall. Die Hütehunde begleiteten sie auf ihrem Rundgang, und als sie in der Einfahrt lauschte, blieben sie gehorsam neben ihr stehen. Seine italienische Mutter hatte bestimmt Zigaretten geraucht, eine hochgewachsene, noch immer schöne Frau: Der Gedanke stellte sich ganz unvermittelt ein. Im Holzapfelgarten sperrte sie die Hühner in den Stall.

»Setz dich und ruh dich aus«, sagte ihr Mann. »Setz dich und hör ein bisschen zu.«

»Aber ich muss doch noch die Bücher führen.«

Sie ging ins Nebenzimmer. Dort bewahrte sie das graue Schreibheft auf mit den Quittungen und der Liste der Schecks, die auf der Bank eingezahlt worden waren. Sie schaltete das Licht ein, und aus der Schublade des Tisches, der am Fenster stand, holte sie das Schreibheft hervor.

Die Abrechnungen waren auf dem neuesten Stand, das hatte sie schon vorher gewusst. Doch in derselben Schublade befanden sich auch die Weihnachtskarten, die sie von Sister Ambrose erhalten hatte, die ihr, mehr als alle anderen Nonnen in Cloonhill, eine Freundin gewesen war. *Wir freuen uns sehr,* lautete eine Mitteilung, *dass du heiraten wirst, und sagen Dank dafür, dass du auf dem Bauernhof zufrieden bist.* Auf einer anderen Karte berichtete Sister Ambrose von einer Pilgerfahrt nach Lough Derg und von Exerzitien in Fermoy. »Wir sind immer für dich da, falls du dich berufen fühlst, ins Kloster einzutreten«, hatte Sister Ambrose, wie sie sich erinnerte, am Vorabend des Tages gesagt, der als ihr Geburtstag bestimmt worden war. »Und vergiss nie, dass wir auch in jeder anderen Hinsicht für dich da sind.« Damals war sie elf gewesen.

Sie steckte die Karten wieder in die Umschläge. Einige waren mit einem Bibeltext versehen, mit einem Glanzbildchen, das eine Station im Leiden Christi illustrierte. *Unsere Sünden sind Seine Wunden,* verkündeten die Lettern unter der blutenden Gestalt in hartem, schwarzem Kursivdruck. *Seine Qualen hat Er für uns erlitten.*

Sie hörte die Schritte ihres Mannes auf der Treppe, seine Bewegungen im Zimmer über ihr. Aus dem Schreibheft riss sie ein Blatt heraus, nahm den Kugelschreiber zur Hand, der immer in der Schublade lag, und schrieb an Sister Ambrose. Es tue ihr leid, dass sie nicht schon Weihnachten zurückgeschrieben habe, es gehe ihr gut. Dennoch bitte sie Sister Ambrose, für sie zu beten. Sie schrieb nieder, was sie sich in Gedanken zurechtgelegt hatte, doch die Worte ergaben keinen Sinn. Als sie sich den Brief noch einmal durchlas, wusste sie, dass ihre Worte unverständlich bleiben würden, solange sie nicht offenlegte, weshalb sie geschrieben worden waren, solange sie nicht gestand, dass die Nonnen, die sie so gut gekannt hatten, sie jetzt nicht wiedererkennen würden, da sie durch Lügen, Schweigen und Täuschung eine andere geworden war und sich dessen schämte. Als sie es auf einem anderen Blatt von neuem versuchte, fand sie keine anderen Worte, fand keine Möglichkeit, das Gefühl ihrer Trostlosigkeit zu vermitteln, solange sie so wenig preisgab. Und selbst dieses wenige würde Sister Ambrose beunruhigen und bestürzen.

Sie blieb eine Stunde in der Stille des Zimmers sitzen, und noch etwas länger. Obwohl ihr danach zumute war, weinte sie nicht. Das Mitgefühl, das sie suchte, war vorhanden, das wusste sie; und doch sträubte sie sich dagegen.

Sie entriegelte die Hintertür und ging noch einmal nach draußen. Begleitet von den Hütehunden, lief sie die Straße entlang, die frische Nachtluft verschaffte ihr Erleichterung. Sie wollte sich müde laufen. Als sie zurückkam, öffnete sie den Küchenherd und ließ die Seiten, die sie aus dem Schreibheft herausgerissen hatte, auf die kaum glühende schwarze Kohle fallen. Sie zog die Luftklappen heraus und lauschte, wie die Flammen ihr Werk verrichteten.

13

Miss Connulty sagte, er sei ein Unruhestifter. Sie sagte es, als sie, ohne Ellie anzuschauen, die Eier entgegennahm. Die Leute fragten sich, wer er sei, sagte sie und fischte in ihrer Börse nach Kleingeld, das sie ihr hinzählte. Miss Connulty kannte sich aus.

Sie fügte den Münzen weiteres Kleingeld zu und schloss den Reißverschluss ihrer Börse.

»Es macht Ihnen doch nichts aus, dass ich es erwähne?«, fragte Miss Connulty.

»Ich kenne ihn nur, weil er mich damals nach dem Weg gefragt hat.«

Er war kein Unruhestifter. Als Ellie davonradelte, sagte sie sich, dass sie genau das hätte entgegnen sollen. Wie konnte man jemanden als Unruhestifter bezeichnen, wenn man gar nichts über ihn wusste, weder, um wen es sich handelte, noch sonst etwas? Auch das hätte sie erwidern sollen. »Er heißt Florian Kilderry«, hätte sie sagen sollen. »Er ist halber Italiener.«

Sie wählte die lange Strecke zum Gehöft, über die alte Kilaney Road. Als er Interesse am Pförtnerhäuschen von Lisquin zeigte, hatte sie nicht darauf reagiert. Sie hatte nicht erwähnt, dass ihr die Stille dort behagte, dass sie häufiger hinfuhr, als sie angedeutet hatte. Sie fragte sich, ob er wohl gemerkt hatte, dass sie ihm etwas verheimlichte, und ob er deswegen gekränkt war; ob er sich abermals gekränkt gefühlt hatte, als sie, ohne sich zu verabschieden, überstürzt aufgebrochen war. Wäre es denn wirklich so schlimm gewesen, mit ihm in Meagher's Café zu gehen? Dass er als Unruhestifter bezeichnet wurde, ließ ihn in einem anderen Licht erscheinen. Und wie könnten Nonnen so etwas begreifen? Dergleichen nachvollziehen? Und schadete es tatsächlich, sich mit einem Menschen zu unterhalten, wenn nichts Ungehöriges gesagt wurde?

Auf der alten Kilaney Road, die von niemandem mehr benutzt wurde, glaubte sie den Qualm seiner Zigaretten riechen zu können. Sie hielt einen Augenblick an, aber sie hatte sich geirrt. Langsam radelte sie weiter. Als sie an dem hohen Eisentor an der Auffahrt zu Lisquin vorbeikam, warf sie einen Blick auf das verfallene Pförtnerhäuschen. Es war niemand zu sehen.

»Ich fahre rauf zu den Hügeln«, sagte Dillahan. »Zwei sind ausgerissen.«

Ellie antwortete nicht, als hätte sie ihn nicht gehört.

»Du würdest mir's doch sagen, Ellie? Du würdest mir's sagen, wenn du Sorgen hast?«

Sie sagte, ihr fehle nichts. »Wirklich«, beteuerte sie.

Er fuhr vom Hof. Es war Gahagan, der ihm von den umherirrenden Schafen berichtet hatte. Manchmal ging Gahagan hinauf, obwohl er gar kein Vieh dort hatte. Er habe zwei Schafe mit blauen Farbflecken gesehen, hatte er gesagt, allerdings sei er sich nicht sicher, seine Augen seien nicht mehr die besten. Aber wenn er nicht selbst nach ihnen suchte, prophezeite Dillahan, würde sich herausstellen, dass die beiden Gahagan gehörten.

Er nahm einen anderen Weg als gewöhnlich und bog an Corrigans großer roter Scheune rechts ab. Er fuhr um Doole herum und die Anhöhe hinauf. Der Vauxhall fühlte sich an, als wäre er der Steigung nur gerade eben gewachsen. Sollten seine Schafe tatsächlich ausgerissen sein, dann bestimmt auf dieser Seite des Crilly.

Die Hunde neben ihm dösten vor sich hin. Die Luft, die durch das heruntergekurbelte Seitenfenster in den Wagen drang, war frisch und beinahe frostig kalt. Irgendetwas stimmte nicht, dachte er. Vielleicht war es ja nicht mehr als eine Laune, aber eine Laune sah ihr gar nicht ähnlich. Launisch war sie noch nie gewesen. Auch beim Frühstück hatte sie kaum einen Bissen angerührt.

Er stellte den Wagen ab und ging übers Moorland zu Fuß weiter. Bald darauf sah er zwei weiße Flecken, und die Stelle, wo die Schafe grasten, verriet ihm, dass sie ihm gehörten. Er schickte die Hunde los und hielt nach dem Loch im Drahtzaun Ausschau. Seine Stiefel versanken im Schlamm. Was Frauendinge betraf, war sie oft sehr schüchtern, und er bedrängte sie nicht, weil das nicht seine Art war. Sie gab keine ausweichenden Antworten, das hatte sie noch nie getan, all die Jahre über, die sie im Haus verbracht hatte. Als sie zu ihm kam, hatte sie vom Betrieb eines Bauernhofs keine Ahnung gehabt und auch nicht so getan als ob. Er hatte gar nicht erwartet, dass sie sich auskannte, aber inzwischen war sie in dem, worauf sie sich verstand, geschickter als er – die Hühner, der Melkstall, das Gemüse, das sie zog, die Buchführung. Er hatte es nie darauf angelegt, sie mit seiner ersten Frau zu vergleichen; nie hatte er sie sich Seite an Seite vorstellen wollen und es auch nie getan. Aber er wusste, dass er gleich zweimal Glück gehabt hatte.

Er kam an dem Torfmoor vorbei, das ihm gehörte, und stellte fest, dass nicht mehr viel davon übrig war. Aber nahe der Grenze seiner Ländereien gab es noch einen langen Streifen Torf, den er stechen konnte, der breit genug war, dass die Ausbeute sich lohnte. Es wäre mühsam, den Karren über das sumpfige Gelände zu bewegen, aber wenn es trocken war, könnte er es schaffen. Im nächsten Sommer würde er eine Entscheidung treffen.

Von der Heide flogen Lerchen auf, gelegentlich auch eine Schnepfe. Er fand die Stelle, wo der Draht zerrissen war, und pfiff die Hunde herbei. Sie beeilten sich nicht sonderlich, sie wussten es besser. Er hatte geglaubt, Ellie sei enttäuscht darüber, dass die Hennen nicht so gut legten wie sonst. Er hatte sie danach gefragt und gemerkt, wie sie sich zu einem Lächeln zwang. Ihr fehle nichts, hatte sie zum zweiten Mal geantwortet. Es war bestimmt nichts Ernstes, sagte er sich.

Sie breitete den Stoff auf dem Küchentisch aus, das Schnittmuster war noch daran festgeheftet. Sie zog die Stecknadeln heraus und faltete das hauchdünne Papier wieder zusammen. Das Kleid war bereits halb fertig, kleine scharlachrote Rosenknospen auf blassem Untergrund. Heute würde sie es nicht zu Ende nähen, morgen vielleicht.

Die Nähmaschine war im Haus gewesen, solange ihr Mann zurückdenken konnte, sie hatte seiner Mutter gehört und war jetzt in ihren Besitz übergegangen. Es wäre eine Verschwendung gewesen, zugunsten einer neuen Maschine auf sie zu verzichten, obwohl er Ellie genau das angeboten hatte. Der robuste und geräumige Küchentisch stand an derselben Stelle, wo er immer gestanden hatte.

Sie wechselte die Spule aus und fädelte die Nadel neu ein, dann drehte sie an der Handkurbel, um den Saum zu kanteln. Als sie auf den Bauernhof gekommen war, hatte sie gewusst, wie man eine Nähmaschine bedient; sie schneiderte ihre eigenen Kleider, konnte einen abgewetzten Hemdkragen wenden und eine Tasche aufnähen. Aber dieses Kleid brauchte sie eigentlich gar nicht. Sie hatte den Stoff und das Schnittmuster bei Corbally's gekauft, ohne so recht zu wissen, ob sie ihr überhaupt gefielen.

Die Nähmaschine ratterte und beanspruchte all ihre Aufmerksamkeit, genau wie sie es sich erhofft hatte. Entschieden schob sie den Saum durch die Maschine und bemühte sich, ihn gerade zu halten. Am schlimmsten waren die Nachmittage. Morgens waren die Hühner zu versorgen, im Radio kam *Disc of the Day,* zwischen den Musikstücken wurde viel geredet. Aber an den Nachmittagen, wenn weder Mrs Hadden kam noch die schüchterne kleine Tomasina Flynn, um die paar Eier abzuholen, die die Enten gelegt hatten, musste sie sich ablenken. Ihren Einkaufstag in Rathmoye hatte sie auf Dienstag verlegt, da er wusste, dass sie sich freitags in der Stadt aufhielt. Eigentlich passten die Dienstagnachmittage nicht so gut, weder ihr noch dem Pfarrhaus, aber sie hatte sich dazu entschlossen, weil es sein musste.

Als der Saum zu Ende genäht war, biss sie den Faden ab und griff nach einem anderen Ärmel. Allerdings hatte sie keine Lust mehr, weiterzunähen. Sie blieb noch eine Weile vor der stummen Nähmaschine und vor ihrem halbfertigen Kleid sitzen, einem Kleid, das sie überhaupt nicht wollte und das noch genauso ausgebreitet dalag wie vorher. Sie hörte den Traktor auf dem Hof und fürchtete sich vor dem langen Abend.

14

Miss Connultys Übernachtungsgäste wachten einer nach dem anderen vom Lärm des Weckers auf, der in allen Zimmern auf dem Nachttisch stand. Jeder Einzelne brachte den herrischen Weckruf zum Schweigen, streckte sich gähnend, kletterte aus den Federn, zog die Vorhänge zurück und schaute nach, ob Toilette und Badezimmer frei waren. Zwanzig Minuten später kamen drei Männer in dunklen Straßenanzügen, mit Kragen und Krawatte und in Schuhen, die Miss Connulty am Vorabend vor ihren Zimmertüren eingesammelt und geputzt hatte, die Treppe zum Speisesaal hinunter. Ein vierter Mann, Mr Buckley, war noch dabei, sich anzukleiden. Gohery, der Metallverarbeitung unterrichtete und von seinem Sommerurlaub mittlerweile wieder da war, beendete gerade sein Frühstück. Joseph Paul war noch nicht von der Frühmesse zurück.

»Die Eier?«, rief Miss Connulty durch die Durchreiche zwischen Küche und Speisesaal, als sie das Stimmengemurmel hörte. »Wie wünschen Sie Ihre Frühstückseier?«

Wie gewöhnlich bevorzugten die Männer Spiegelei. Der Handlungsreisende von Horton's wünschte seins, ebenfalls wie immer, gewendet. Alle drei bejahten Miss Connultys Frage nach Tomaten und Würstchen. Dass auf jedem Teller auch Frühstücksspeck serviert wurde, war eine Selbstverständlichkeit. Der Mann von Wolsey (Ireland) erkundigte sich, ob es heute Morgen Blutwurst gebe, und Miss Connulty antwortete: »Reichlich.«

Es kam zu einer kurzen Verzögerung. Währenddessen erhob Gohery sich vom Tisch. Wortlos nickte er den drei Männern zu, wie er es bereits beim Betreten des Speisesaals getan hatte. Auf der Treppe grüßte er Mr Buckley, der sich langsamen Schrittes in die Diele begab, wo er, wie seit nahezu fünfunddreißig Jahren jeden Morgen nach einer Übernachtung in der Nummer 4, an das Barometer klopfte, das neben der Garderobe hing. Von der Küche aus hörte Miss Connulty, wie Mr Buckley willkommen geheißen und dem neuen Gast vorgestellt wurde. Sie brauchte die Durchreiche gar nicht erst zu öffnen: Dieser Tage nahm Mr Buckley nur Weetabix zu sich.

Der Mann von Horton's erkundigte sich nach Mr Buckleys Befinden und erhielt ein »Ausgezeichnet« zur Antwort. Dabei wusste er sehr wohl, dass dem nicht so war: Mr Buckley war ein schwerfälliger Mann mit Hängeschultern, gelblicher Blässe und komatösen Gesichtszügen, der sich und anderen vormachte, an keinerlei Gebrechen zu leiden und wie eh und je gesund und munter zu sein. In den Geschäften der Stadt, die er aufsuchte, hieß es jedoch, dass er sich bei seinen Bestellungen oft vertat, und freundliche Ladenbesitzer, die ihn gut kannten, mussten zu seinem eigenen Schutz Änderungen vornehmen, damit er unbeschadet den Ruhestand erreichte, den er, mitsamt der Rente, die damit einherging, insgeheim ersehnte. Seine Sparte waren Schreibwaren und Geschenkartikel; in den Zeiten seines Niedergangs wurde er mit demselben zärtlichen Respekt bedacht wie in seiner Blütezeit.

Die Türen der Durchreiche wurden wieder geöffnet, und wenig später betrat Miss Connulty mit einem Toastständer und Butterbroten den Speisesaal. Von der Durchreiche trug sie die Teller zum Tisch und erkundigte sich bei dem Mann, der zum ersten Mal zu Gast war, ob sein gebratenes Toastbrot braun genug sei. Er bejahte.

»Wenn ich in Rathmoye bin, übernachte ich immer nur hier«, teilte der Mann von Horton's ihm mit, als sie gegangen war. »Ist es nicht so, Mr Buckley?«

Mr Buckley pflichtete ihm bei, und der Mann von Wolsey (Ireland) meinte, man könne weiter reisen und sehr viel schlechter dran sein. Geschichten von unglücklichen Erfahrungen in dieser Hinsicht wurden ausgetauscht – feuchte Betten, zum Verzehr nicht geeignetes Essen, Probleme mit dem Abfluss. Seiner Erinnerung nach habe es im Badezimmer von Nummer 4 noch nie an Seife gefehlt, erklärte der Mann von Horton's. Und als er hinzufügte, er hätte noch nie erlebt, dass die Ersatzrolle Klopapier fehlte, gab es allgemeines Kopfnicken.

Jeder der Männer schenkte sich Tee ein und reichte die metallene Teekanne um den Tisch herum. Zwischen einem Bissen und dem nächsten klopfte der Mann von Horton's eine Zigarette aus seiner Schachtel Gold Flake und legte sie zusammen mit Streichhölzern vor sich aufs Tischtuch, damit er sie anzünden konnte, sobald er aufgegessen hatte. Er nehme in erster Linie Hemdenbestellungen entgegen, vertraute er dem Neuankömmling an; im Allgemeinen aber sei sein Aufgabenbereich Herrenbekleidung jedweder Art. Der Neue erklärte, er handle mit Zement.

In der Küche fand sich pünktlich wie immer die Haushaltshilfe ein. Die Tür schlug zu. Das war, wie Miss Connulty wusste, Joseph Paul, der von der Messe zurückkam. In letzter Zeit hatte er die Glasmalerei zwar nicht wieder erwähnt, doch sie wusste, dass er bestimmt wenige Minuten zuvor die rußigen Kirchenfenster betrachtet hatte, die ersetzt werden sollten. Wahrscheinlich hatte er sich wieder einmal über Father Millanes Vorschlag einer Verkündigungsszene gefreut. Im Lauf der Zeit würde eine dort angebrachte Messingtafel zu Gebeten für die Seele Eileen Brigid Connultys einladen.

Inzwischen war Miss Connulty das alles herzlich egal. Sollten sie tun, was sie wollten: Ein köstlicher Tod hatte ihr reichere Entschädigung geboten, als sie sich je erträumt hatte. Sie hatte das Sagen, und heute trug sie die Perlen.

»Kümmere dich um den Hausherrn«, trug sie der Hilfe auf und ging nach oben, um endlich die Füße hochzulegen. Seit sechs Uhr war sie auf den Beinen. Sie setzte sich ins große Vorderzimmer und fühlte die Augen Daniel O'Connells auf sich ruhen. Einen Moment lang überlegte sie, was für ein Mann er wohl gewesen mochte, kam aber zu keinem Schluss. Obwohl sie gar nicht die Absicht gehabt hatte, nickte sie ein und wachte erst wieder auf, als die Männer mit dröhnenden Schritten die Treppe hinauf zu ihren Zimmern gingen und der Mann von Horton's sagte, nach so einem Frühstück sei man doch erst wieder Mensch.

An ihrem Schreibtisch stellte sie Rechnungen aus, dann ging sie nach unten und legte sie in das Regal neben der Haustür. Das war zweckdienlicher als auf der Garderobe, wo sie zu Lebzeiten ihrer Mutter abgelegt worden waren. Jeder der Männer würde die für ihn bestimmte Rechnung an sich nehmen und mit der kleinen Glocke klingeln, die sie von der Garderobe ins Regal geräumt hatte, und wenn sie das Glockenzeichen hörte, würde sie zur Tür eilen.

»Hast du mit ihm gesprochen?«, fragte sie ihren Bruder im Speisesaal, nachdem die Haushaltshilfe ihm das Frühstück gebracht hatte.

Joseph Paul häufte sich Ei, Speck und ein Eckchen seines gebratenen Brots auf die Gabel und schlang das Ganze hinunter, bevor er antwortete.

»Ich habe ihn für November bestellt«, sagte er.

»Verstehe ich nicht.«

»Bernadette O'Keeffe hat Dempsey für November vorgemerkt.«

»Vorgemerkt? Was heißt hier vorgemerkt? Ich hab dich nicht nach Dempsey gefragt.«

»Du hast gesagt, wir sollten ihn für die hinteren Schlafzimmer kommen lassen.«

»Ich rede nicht von den hinteren Schlafzimmern. Du weißt ganz genau, wovon ich rede.«

»Bernadette O'Keeffe hat Dempsey für die hinteren Schlafzimmer gebucht.« Joseph Paul sprach betont langsam. »Für den Monat November«, sagte er. »Am ersten Montag fängt er an. Anscheinend ist er bis dahin völlig ausgebucht.«

»Ich rede von Ellie Dillahan.«

»Was ist mit Ellie Dillahan?«

»Du weißt genau, was mit ihr ist.«

»Was das betrifft, phantasieren sich die Leute allerlei zusammen.«

»Himmel noch mal, so nimm doch Vernunft an!«

»Ellie Dillahan ist eine verheiratete Frau, warum sollte sie mit einem Fotografen gehen? Dillahan hat uns früher den Torf auf den Hof gebracht. Ich kenne ihn gut. Nie und nimmer würde er so etwas zulassen.«

»Dillahan weiß doch gar nichts davon, wie sollte er auch? Seine Frau wird von einem Mistkerl belästigt, auf den man keinen Pfifferling geben würde. Bei ihrem momentanen Zustand kriegt man kaum ein Wort aus ihr heraus. Was der für eine Figur abgibt, mit seinem Fahrrad und seinem Hut. Er ist Stadtgespräch, und du behauptest einfach, dass es ihn gar nicht gibt.«

Das war schon ziemlich außergewöhnlich, dachte Joseph Paul, dessen Frühstück kalt wurde. Es hätte ihre Mutter sein können, die da sprach und Ausdrücke verwendete, welche er seit den Scherereien damals nicht mehr zu Ohren bekommen hatte. Hoch auf ihren Wangen zeigten sich die beiden roten Flecken, an die er sich noch aus seiner Kindheit erinnerte. Sie hatte immer eine Handvoll Kohlengrus aufgehoben und ihn damit beworfen.

»Ellie habe ich schon darauf angesprochen«, sagte sie. »Mir blieb keine andere Wahl.«

»Was hast du dem armen Mädchen denn gesagt?«

»Was gesagt werden musste, nicht mehr und nicht weniger. Was würde es schaden, wenn du ihm das Gleiche sagst? Haben wir von den Dillahans nicht schon Eier bezogen, als sie noch auf dem Pferdewagen angekarrt wurden? Und dann ist da auch noch der Torf.«

»Du willst, dass ich diesen Mann mitten auf der Straße anspreche?«

»Könntest du nicht sagen, dass das Waisenkind uns wie eine Tochter ist?«

Mit der Überlegung, dass der Einfluss und die Hartnäckigkeit seiner Mutter nicht ganz aus dem Haus gewichen waren, hatte das Gespräch für Joseph Paul etwas von seiner Langeweile verloren, aber er war doch ziemlich verblüfft über die Vorstellung, dass ein Mädchen, an das er noch nie ein Wort gerichtet hatte, seine Tochter sein sollte.

»Was ist eigentlich mit dir los?« Er schlug einen raueren Ton an, als er beabsichtigt hatte. Es wäre schrecklich – und daran hatte er schon oft denken müssen –, wenn sich die Eigenheiten seiner Schwester, die sich mit den Jahren eingestellt hatten, als schleichende Demenz erweisen sollten. Gelegentlich hörte man von diesem beklagenswerten Gebrechen, die Leute erwähnten hier und da einen Angehörigen. Vielleicht war die alleinige Führung des Gästehauses zu viel für sie. Vielleicht hatte ihre Wahnvorstellung, Leute würden in die Ruine des Lichtspielhauses eindringen, damit zu tun, dass ihrer beider Vater dort am Abend der Brandkatastrophe vergessen worden war. Sie war der Liebling des Vaters gewesen, er der seiner Mutter. Das hatten sie beide nie bestritten, und es musste sie sehr mitgenommen haben, in welcher Verfassung der Vater nach den Scherereien gewesen war, wenn er Nacht für Nacht nach Hause gewankt kam – die Augen blutunterlaufen, Kragen und Krawatte in die Hosentasche gestopft –, wie er in der Diele dümmlich zu pfeifen begann, auf der Treppe strauchelte und hinfiel, seiner Brieftasche Geld entnahm und es ihnen als Zeichen seiner Reue hinhielt. Vor den Scherereien hatte er nicht mehr als ein, zwei Glas angerührt.

Seine Schwester stand noch immer am Frühstückstisch, und Joseph Paul schlug ihr vor, sich hinzusetzen.

»Soll ich dir Wasser bringen?«

»Wozu brauche ich Wasser?«

»Ich dachte nur.«

»Frag ihn, wer er ist. Sag ihm, dass es Gerede gibt. Was soll aus dem Mädchen werden, wenn Dillahan nicht länger für sie verantwortlich sein will? Wo soll sie sich hinwenden? Soll sie etwa auf der Landstraße umherziehen wie der arme Orpen Wren? Wenn ein Kind kommt, was dann? Geh schonend mit ihm um, beleidige ihn nicht, sonst schlägt er dich womöglich noch. Ich will doch nur, dass du ihm erklärst, dass wir ein Interesse an dem Mädchen haben wegen der Verbindung unserer Familien. Ich will doch nur, dass du ihn geradeheraus fragst, was er sich eigentlich denkt. Ich habe Ellie immer gemocht.«

»In der hinteren Schankstube redet niemand davon, dass irgendetwas Unschickliches vor sich geht.«

»Wer von denen, die in die hintere Schankstube kommen, weiß schon Bescheid? Sind die Priester nicht ans Beichtgeheimnis gebunden? Ich sage dir, jemand, der die Beisetzung eines anderen stört, mit dem muss man reden, ganz zu schweigen davon, dass er sich für ein Lichtspielhaus intereressiert, in dem sich eine Tragödie ereignet hat, ganz zu schweigen davon, dass er hinter einem jungen katholischen Mädchen von den Hügeln her ist.«

Sie fuhr mit ihrem Redeschwall fort und wiederholte alles, was sie bereits gesagt hatte. Das Fett auf Joseph Pauls Teller begann zu gerinnen, auf dem Dotter seines Spiegeleis hatte sich eine Haut gebildet. Die Haushaltshilfe kam herein, um den Tisch abzuräumen.

»Ich werde ein paar Erkundigungen einziehen«, sagte er.

Damit endete das Gespräch; später jedoch, auf seinem Weg zu seinen Geschäftsräumen, dachte Joseph Paul darüber nach, dass er seit der Unruhe, die das törichte Benehmen seiner Schwester ins Haus gebracht hatte, immer wieder Zeuge gewesen war, wie sie aus dem einen oder anderen Vorderfenster hinausgeschaut hatte. Ihm war klar gewesen, wonach sie Ausschau hielt. Er hatte gesehen, wie sie über Nacht die Schuhe putzte, und vermutet, dass jedes Paar für sie die Form von Arthur Tetlows verzierten schwarzen Herrenhalbschuhen annahm – vielleicht die letzte Phantasie, die ihr geblieben war und die sie nun durch die Vorgänge, die sie sich einbildete, gefährdet sah.

Er schloss die Tür zum Pub auf. Dabei hing er weiter seinen Gedanken nach und war immer mehr davon überzeugt, die Gehässigkeit, die seine Schwester einem Fremden auf einem Fahrrad entgegenbrachte, müsse ihren Ursprung darin haben, dass sie einst von einem Handlungsreisenden für veterinärmedizinischen Bedarf betrogen worden war. Als er durch die langgestreckte vordere Schankstube ging, bekräftigte er bei sich, dass er die Angelegenheit richtig einschätzte. Für einen Augenblick tat seine Schwester ihm sogar leid, ganz so wie früher.

Miss Connulty deutete den Zwischenfall am Frühstückstisch ganz anders. Sie war damit beschäftigt, die Laken zu wechseln, und bedauerte ihren Wutausbruch keineswegs. Sie fragte sich auch nicht, weshalb sie so hartnäckig auf ihrem Standpunkt beharrt hatte. Ihre Überlegungen waren praktischer Natur und trafen ins Schwarze. Sie fühlte sich besser, weil sie ihre Meinung gesagt hatte. Hätte sie die Gedanken ihres Bruders während des Wortwechsels lesen können, so hätte sie ihm entgegengehalten, dass unter den Umständen Demenz ein allzu bequemer Anwurf war. Sie litt durchaus nicht unter Demenz, und sie fasste es als natürlichen Gang der Dinge auf, dass sie

Interesse am Wohlergehen eines Mädchens entwickelte, das ihr die Eier lieferte. Mehr gab es dazu nicht zu sagen.

Sie beendete ihre Arbeit in einem der Gästezimmer und machte sich ans nächste, zog erst das obere Laken ab, dann das untere und entfernte die Kopfkissenbezüge. Sie hatte genau gewusst, was sie tat, als sie sich Arthur Tetlow hingegeben hatte. Sie bereute lediglich, dass sie in einem Haus geblieben war, in dem sie nicht hätte bleiben sollen. Mit lauter, fester Stimme wiederholte sie abermals, dass sie Ellie Dillahan zu beschützen gedachte, komme, was wolle. Sie sammelte die schmutzigen Laken auf und klopfte aus dem Aschenbecher neben dem Bett vier Zigarettenstummel. Dann schob sie Keile unter die Schiebefenster und zog das Rollo ein wenig herab, damit der Spitzenbesatz besser zur Geltung kam.

Später am Morgen, als Bernadette mit den Briefen und Schecks in der hinteren Schankstube gewesen war, kam Joseph Paul der Gedanke, dass das wunderliche Benehmen seiner Schwester vielleicht auch noch einen anderen Aspekt hatte. Falls sie tatsächlich glaubte, dass sich zwischen Ellie Dillahan und dem Mann aus Castledrummond etwas anbahnte, konnte sie sich in einen Zustand gereizter Eifersucht hineingesteigert haben. Ihre Zeiten waren vorbei; sie musste sich damit begnügen, die Schuhe anderer Männer zu putzen.

Die mögliche Wahrheit dieser Überlegung traf Joseph Paul im Verlauf des Vormittags schwer, und zum ersten Mal seit vielen Jahren empfand er für seine Schwester, die einst seine Gefährtin gewesen war, ehrliches Bedauern. Und als sei wieder jene Telepathie im Spiel, die es schon lange nicht mehr zwischen den beiden gab, fragte sich auch Miss Connulty auf ihrem Weg nach unten, ob sie vielleicht eifersüchtig sei. Doch noch ehe der Gedanke in ihr reifen konnte, hatte sie ihn auch schon als lächerlich verworfen.

15

Eines Morgens traf Florians Reisepass ein. Das Foto, das er von sich gemacht hatte, war eingeklebt, seine Unterschrift stand darunter, die Angaben zur Person waren eingetragen. *Florian Kilderry. Geburtsort: Co. Tipperary. Augenfarbe: blau. Wohnort: Irland.*

Gezeichnet war der Pass von einem gewissen Kevin McDonald, und er fragte sich, wer das wohl war. Der Pass war für alle Länder gültig. Ein wertvolles Dokument. Dem grünen Einband war eine goldene Harfe aufgeprägt, und auf jeder Seite stand *Éire, Ireland, Irlande.* Der Pass verkündete deutlich seine eigene Wichtigkeit und ersuchte darum, den Träger ungehindert passieren zu lassen und ihm jeden erforderlichen Beistand und Schutz zu gewähren.

Florian legte den Pass auf den Kaminsims in seinem Schlafzimmer, wo er ihn sehen konnte und ihn nicht vergessen würde. Er wischte den Schimmel von dem kleinsten Koffer, den er hatte finden können, wusch ihn gründlich ab und stellte ihn draußen vor die Hintertür, wo er in der Sonne trocknen konnte.

Am Nachmittag kamen zwei Vertreterinnen eines Wohlfahrtsverbandes, um die Kleidungsstücke abzuholen. Beide Todesfälle lägen schon etwas zurück, erklärte Florian – nicht, dass sie das Thema angeschnitten hätten. Aber er hatte das Gefühl, ein Gespräch anfangen zu müssen.

»Leben Sie allein?«, fragte die Frau mit der Brille auf dem Weg nach oben.

»Es ist friedlich hier«, bemerkte die andere. Ihr Gesicht kam ihm bekannt vor, aber er wusste nicht, woher.

»Ja, es ist friedlich.«

Er spürte, dass sie es jammerschade fanden, wie sehr das Haus heruntergekommen war. Er öffnete den Kleiderschrank, den seine Eltern sich geteilt hatten, und überlegte, ob er ihnen erklären sollte, es sei gar nicht so abwegig, wie es scheine, dass er ihre Kleidungsstücke so lange aufbewahrt habe. Aber er bezweifelte, es ihnen auseinandersetzen zu können, weshalb er nichts sagte.

»Die Schuhe und die Schuhspanner auch?«, erkundigte sich die Frau mit der Brille. Sie war die Ältere der beiden, mit dünnem grauem Haar, groß und sehr aufrecht, als hätte sie sich eingeschärft, auf ihre Körperhaltung zu achten, weil sie wusste, dass sie mit etwas Anstrengung dazu in der Lage wäre, sie zu bewahren.

»Auch die Kleiderbügel?«, fragte die andere Frau.

»Alles, wenn es Ihnen nichts ausmacht.«

»Natürlich nicht. Räumen Sie das Haus?«

»Es steht zum Verkauf.«

Weitere potenzielle Käufer hatten sich gefunden, und inzwischen hatte das Interesse an dem Haus so zugenommen, dass der Grundstücksmakler immer zuversichtlicher wurde: Es werde bald zu einem Angebot kommen. Die Schar der Gläubiger war bereits mit großem Optimismus beschwichtigt und ein Termin mit einem Händler verabredet worden, der das verbliebene Mobiliar begutachten wollte, für den Fall, dass sich noch etwas Wertvolles darunter befand. Vor der Eingangstür hatte man einen Container auf den Kies gesenkt, der bereits halb voll war.

Jedes bisschen helfe, sagten die Vertreterinnen des Wohlfahrtsverbandes und bedankten sich bei ihm, bevor sie aufbrachen. Sie erwähnten die Wohlfahrtseinrichtungen, die sie im Sinn hatten, aber natürlich seien auch die Armen des Ortes zu bedenken. Mit einem Kopfnicken deutete Florian an, dass er die Verwendungszwecke guthieß, und stellte sich vor, wie andere Menschen die Kleider seiner Mutter, die Anzüge seines Vaters und ihrer beider Schuhwerk trügen. Als der Wagen davonfuhr, winkte er ihm nach, und die beiden Frauen winkten zurück.

Es war mehr als vierzehn Tage her, dass er auf dem Platz von Rathmoye das Verkehrte gesagt hatte. Seine Unbeholfenheit machte ihm noch immer zu schaffen, wenn er sich die Szene in Erinnerung rief, seine Grobheit, seine Gedankenlosigkeit. Wie unachtsam von ihm, den Ehering nicht bemerkt zu haben, der doch für alle Welt sichtbar war. Er war einfach zu leichtfertig gewesen, am Ende sogar ein Ärgernis, und seine Reue löste ein Bedürfnis nach Vergebung in ihm aus, ein Bedürfnis, sich bei ihr zu entschuldigen.

Er trug Tennisschläger und Regenschirme zum Container, hievte einen Petroleumofen hoch und warf löchrige Eimer, Farbtöpfe, Kohlenzangen hinein. Dann breitete er auf dem Küchentisch eine der alten Generalstabskarten seines Vater aus, die er eigentlich hatte verbrennen wollen, und fand darauf die Crilly Hills und die Gemarkung Cnocrea. Er fand Lisquin, die beiden Auffahrten und das Pförtnerhäuschen auf der Kilaney Road.

Dillahan wusch sich die Hände in der Spüle und schrubbte den Schmutz des Tages ab. Ein Riss in der Haut neben einem seiner Daumennägel schmerzte, als Seife hineinkam, aber er ließ es sich nicht anmerken. Vor Jahren hatte seine Mutter eine Wundsalbe dafür gehabt, aber er konnte sich nicht mehr auf den Namen besinnen.

Er fragte Ellie, ob sie nach Rathmoye geradelt sei. Er fragte nach den Federhaken bei English's. Es eile nicht, sagte er, sie brauche nicht eigens deswegen hin.

»Sie haben sie geordert«, antwortete sie.

Er nickte. Er fragte, ob ein Fuchs herumschleiche, und sie sagte, ja, immer noch derselbe.

»Die Hunde haben heute Morgen in den Ausläufen herumgeschnüffelt. Es ist kein Tier eingedrungen.«

»Du hast Sorgen, Ellie.«

»Nein, nein.«

Er erwähnte Dr. Riordan, doch sie schüttelte den Kopf. Er war von Natur aus kein hartnäckig nachfragender Mann, und normalerweise sprach er nicht darüber, wenn ihn etwas verwirrte, sondern nahm seine Verwirrung fraglos hin. Aber es kam ihm doch in den Sinn – zum ersten Mal überhaupt –, dass Ellie sich langweilen könnte, dass ihre Tage auf dem Hof etwas Einsames hatten, dass der Haushalt und die Eier, der blitzblanke Melkstall und die frischgekalkten Torfschuppen nicht ausreichten. Und doch hatte sie nie etwas anderes verlangt.

»Es ist zu still hier für dich«, sagte er.

»Es ist in Ordnung. Wirklich, es ist in Ordnung.«

»Ich fahr dich, wann immer du willst, nach Templeross, zu den Nonnen. Warum machen wir das nicht einfach?«

Der Lavendel war nicht beschnitten, das Gras nicht umgeknickt. Während Florian vor dem Pförtnerhäuschen von Lisquin wartete, las er in *Die Brüder Karamasow.* Er las fast den ganzen Vormittag über, aber es zeigte sich niemand; und als er auf dem Rückweg zu seinem nunmehr fast leeren Haus wieder durch Rathmoye kam, las er weiter, auf der Bank neben dem Standbild auf dem Platz. Er trödelte im Supermarkt. Er radelte umher und besah sich die Schaufenster. Beinahe hätte er aufgegeben, da wurde er von Orpen Wren behelligt, der mitten auf einer Straße die Hand hob.

»Von den alten Schultern ist eine Last abgefallen, Sir.«

Hastig stieg Florian ab.

»Was ist, Mr Wren?«

»Sie haben die Unterlagen wieder dorthin gebracht, wo sie hingehören, Sir. Ein Akt der Freundlichkeit, Sir.«

Florian war im Begriff, den alten Mann daran zu erinnern,

dass er die Dokumente, die ihm bei ihrer ersten Begegnung gezeigt worden waren, gar nicht entgegengenommen hatte, doch stattdessen sagte er nur:

»In der Schublade des kleinen Tisches.«

»Jetzt kann ich nachts wieder ruhig schlafen, Sir, jetzt, wo sie wieder in ihrer Schublade liegen. Wirklich, Sir. Ruhig schlafen.«

So heftig fielen seine Beteuerungen aus, so hell leuchteten die müden Augen, aus denen alle Müdigkeit verschwunden war, dass Florians höfliche Lüge ebenso gut eine von tiefstem Mitgefühl eingeflößte Behauptung hätte sein können.

»Es gibt in der Bibliothek nicht ein einziges Buch, das in den Papieren nicht aufgeführt wäre, Sir. Zwei Jahre habe ich dazu gebraucht, ich weiß es noch genau, und die Arbeit war zur Hälfte getan, als der Bischof von Limerick in seinem Salat ein winziges Insekt fand. Der Bischof hat kein Wort gesagt, Sir. Er hat es auf seinem Teller zur Seite gelegt und sich nicht weiter darum gekümmert, auch keine Aufmerksamkeit darauf gelenkt, überhaupt nichts dergleichen. Am Esstisch habe ich niemals das Wort ergriffen, es stand mir nicht an, zur Konversation beizutragen. Als Mrs Colonel Palfrey kam, war sie nicht sie selbst, der Colonel war besorgt um sie. Die Misses Uniake wollten am Tisch nicht getrennt voneinander sitzen. Dem jungen Cavendish musste das Fleisch klein geschnitten werden. Aber bei Tisch wahrte ich stets Schweigen.«

Ohne ihn zu unterbrechen, nickte Florian zur Bestätigung jedes Mal, wenn eine Mitteilung erfolgt war.

»Der Butler damals war Standleby, Sir, ein Engländer aus Norfolk. In der Küche wurde gemunkelt, dass die Polizei von Norfolk nach ihm fahndete, aber dem habe ich keinen Glauben geschenkt. In der Küche war man verärgert über Mr Standlebys Benehmen. Sein Gehabe nannten sie aufgeblasen, aber ein Butler kann sich ein solches Gehabe leisten, sagte ich mir, als der Spülküchenchef Teague dauernd davon redete. Schließlich wurde Mr Standleby ersetzt, und es kam Franklin, der zuvor in den Diensten der Villiers-Stuarts gestanden hatte.«

»Verstehe.«

»Er war der Trunksucht ergeben, Mr Standleby, Sir. Sie müssen es mitbekommen haben. Ein angenehmes Gemüt wie nur irgendeiner, aber in der Vorratskammer sprach er gern dem Alkohol zu.«

»Ja.«

»Es gibt kein Haus von der Größe Lisquins, wo es nicht zu Verstimmungen kommt. Das hat mir die erste der Hauslehrerinnen, die ich kannte, anvertraut. Sie kam in den langen Saal der Bibliothek, um sich Macauleys *Essays* auszuleihen, und ich führte sie zu dem Standort der Bücher, da zog sie mich ins Vertrauen.«

»Verstehe.«

»Oben von der Hurley Lane aus, Sir, können Sie den Rauch sehen, der von den Kaminen von Lisquin aufsteigt. Wenn Sie keinen Rauch sehen, wissen Sie gleich, dass keine Kohlen geliefert wurden, Sir.«

»Ja.«

»Jetzt ist wieder Rauch zu sehen, Sir.«

»Ja, natürlich.«

In diesem Augenblick kam Ellie Dillahan in ihrer Nähe vorbei. Sie überquerte die Straße, in der sie standen. Ein Lieferwagen mit Fleischhälften verstellte Florian den Weg, und er sah sie nicht.

Sie aber sah Florian. Sie beobachtete, wie er zuhörte, wie er dann seine Hand ausstreckte und wie Orpen Wren demütig das Ende der Begegnung akzeptierte. Sie liebte Florian Kilderry – das sagte sie sich stumm und sagte es sich erneut, als er davonfuhr, den Platz hinter sich ließ und zur Straße nach Castledrummond radelte.

16

Innerhalb der wenigen Mauern, die noch standen, wucherten Brennnesseln. In einer Ecke breitete sich Dornengestrüpp aus, Sauerampfer gedieh, und Löwenzahn verlieh dem Ganzen Farbe. Ein Türrahmen war fast ganz verrottet, die Deckenbalken bogen sich durch. Eine Treppe hatte es im Pförtnerhäuschen von Lisquin nie gegeben.

Draußen lehnte eine teilweise vom Rost zerfressene Platte Wellblech gegen eine Wasserpumpe. Das hohe Tor, das auf eine unbefestigte Nebenstraße ging, war mit einer Kette verhängt; quer über eine Auffahrt, die sich durch Weideland mit grasenden Kühen schlängelte, verlief ein Viehgitter.

Mittlerweile kam Florian oft hierher, doch jedes Mal war der Lavendel noch immer nicht beschnitten, das Gras, außer an den Stellen, wo er es betreten hatte, noch immer nicht umgeknickt. Ein Angebot für das Haus war akzeptiert worden, und es kam niemand mehr, um es zu besichtigen. Er hatte viel Zeit zur Verfügung.

Einmal fuhr er nach Cnocrea und kam an dem schmucken, weißgetünchten Gehöft vorbei. Es war niemand da. Er schätzte, dass es die richtige Adresse war, da er aber befürchtete, abermals lästig zu werden, fuhr er weiter und kehrte auf Umwegen wieder zu dem Pförtnerhäuschen zurück. War es wirklich zu viel verlangt, sich bei ihr entschuldigen zu wollen, ehe er Irland für immer den Rücken kehrte? Doch jeden Tag machte er sich weniger Hoffnungen als am Tag zuvor. Er fand ein Stück Eisen und grub, so gut er konnte, den Efeu aus, der den Lavendel erstickte. Er überlegte, ob sie, wenn er gegangen wäre, wohl erraten würde, dass er es war, der das getan hatte, aber wie sollte sie darauf kommen?

Dann aber, eines Morgen, als er länger als gewöhnlich gewartet und bereits beschlossen hatte, nicht mehr wiederzukommen, durchbrach ein Geräusch auf der Straße die Stille. Es hatte noch nie ein Geräusch gegeben. Es hatte noch nie einen Menschen oder sonst etwas gegeben.

Die Männer klatschten in die Hände, während die Frau tanzte. Die Frau lachte und warf die Arme von sich, ihr scharlachroter Rock flog beim Tanzen um sie herum, und ihr blondes Haar war aufgewühlt: Das Buch lag mit den Seiten nach unten auf dem stoppeligen Gras, in der Sonne glänzte der farbige Umschlag. Er kniete neben dem Buch, dort, wo der Lavendel stand. Er hatte den Hut auf, den er schon beim letzten Mal getragen hatte.

»Hallo«, sagte er.

Ellie schob ihr Rad durch die Lücke, in der sich früher ein kleines Tor befunden hatte. Er nahm es ihr ab und legte es neben seines auf den Boden.

»Ihr Lavendel geht ein, wussten Sie das?«

»Nein, das wusste ich nicht.«

»Ich habe versucht, ihn vom Unkraut zu befreien.«

Sie trug ein anderes, grün gestreiftes Kleid. In dem Korb, der an der Lenkstange ihres Fahrrads befestigt war, lag eine schwarze Handtasche, die ihren Glanz teilweise eingebüßt hatte. Auf dem Nasenrücken hatte sie Sommersprossen, ein paar auch auf der Stirn. Die waren ihm vorher gar nicht aufgefallen.

»Ich wollte Sie damals nicht unglücklich machen«, sagte er. »Ich bin schon ein paar Mal hierhergekommen. Um mich zu entschuldigen, falls ich Sie je antreffen würde.«

»Ich hätte nicht einfach so davonrennen sollen.«

»Das macht nichts.«

»Aber ich hätte es nicht tun sollen, so ganz ohne ein Wort.«

Noch während sie sprach, merkte Florian, dass Ellie Dillahan ihn liebte, und er zögerte. Shelhanagh House war so gut wie verkauft, sein Reisepass lag auf dem Kaminsims, ein Koffer wollte gepackt werden. Er suchte nach Worten, um ihr zu sagen, es sei wohl besser, zu beenden, was noch gar nicht recht begonnen hatte. Aber es fehlten ihm die Worte, und es war Isabella – ihr Lächeln, ihre Stimme und sie selbst an verschiedenen Orten –, die seine Gedanken in Anspruch nahm, nicht dieses Mädchen, das sich jetzt erbot, ihm die Überreste des Hauses zu zeigen, von dem der alte Mann ihm erzählt hatte. Wieder zögerte er, und das Schweigen fühlte sich länger an, als es in Wahrheit war.

»Wenn Sie Zeit dafür haben«, sagte er schließlich.

Sie ließen ihre Fahrräder liegen, wo sie waren. Ja, sie habe Zeit, sagte Ellie, als sie sich von ihnen entfernten, genug Zeit. Es war nicht wie in den Straßen von Rathmoye, unter Menschen, wo sie ängstlich wurde. Hier herrschte eine Stille, der sie sich zugehörig fühlte, als wäre sie ganz allein.

Als sie durch den Stacheldrahtzaun kroch, hielt er die Drähte für sie auseinander und half ihr auch über einen Baumstamm hinweg, der auf die Einfahrt gefallen war. Dazu reichte er ihr die Hand, und als sie sie ergriff, war es die erste körperliche Berührung. Aber die Ruhe wich nicht.

»Haben Sie schon immer in den Hügeln gewohnt?«, fragte er. »Auch schon, bevor Sie auf den Hof gekommen sind?«

»Ich bin als Dienstmagd auf den Bauernhof gekommen.« Von Cloonhill, sagte sie, einem Heim.

»Sind Sie ein Waisenkind?«

»Man nannte uns Findelkinder. In Cloonhill waren wir das alle. Irgendwo gefunden.«

Sie ließen sich an einer Stelle nieder, wo es in dem Drahtzaun entlang der Auffahrt ein Tor gab, und lehnten sich mit dem Rücken gegen die Gitterstäbe des Tores. Die Rinder auf den Weiden zu beiden Seiten der Auffahrt waren neugierig, sie stupsten mit den Köpfen gegen den Draht, bevor sie weitertrotteten. Florian suchte Zigaretten, doch in der Schachtel, die er fand, waren keine mehr.

»War es schrecklich in dem Heim? Haben Sie es gehasst?«

»Wir waren doch schon immer da. Die Nonnen haben so getan, als wüssten sie unsere Geburtstage, sie haben uns unsere Namen gegeben. Sie haben auch nicht mehr über uns gewusst als wir selbst. Nein, es war nicht schrecklich, ich habe es nicht gehasst.«

Cloonhill war der Wohnsitz eines Pferdehändlers gewesen, der ihn zu wohltätigen Zwecken testamentarisch dem Kloster in Templeross überlassen hatte. Die Betonfassade wirkte durch die Strenge des Heimes noch hässlicher, die unteren Scheiben der vorhanglosen Fenster waren weiß angestrichen. Der Ballsaal des Pferdehändlers hieß noch immer so, und an Winterabenden drängten sich die Findelkinder dieses oder jenes Jahrgangs um den Holzofen, oder sie saßen zu zweit an Pulten, die dem Heim gespendet worden waren, wenn sie anderswo als zu abgenutzt und schmutzig galten. Auch die Matratzen im Obergeschoss waren dem Heim vermacht worden, ebenso der lange Tisch aus Kiefernholz, der im Speisesaal stand, die Kleidungsstücke und die zerschlissenen Schulbücher.

Florian betrat diese abgeschiedene Welt: Schritte, die die nackten Treppenstufen hinauf- und hinabpolterten, der Katechismus und die hingemurmelten Gebete, ohne die kein neuer Tag begann, der beißende Geruch nach angebranntem Haferbrei, der in der Luft hing. Fünfzehn ausgesetzte Mädchen, so viele das Haus eben aufnehmen konnte, stellten sich ernst, gehorsam und schweigend an, die gewaschenen Hände ausgestreckt, das Haar kurz geschnitten, die Kleider schlecht sitzend. Und wenn wieder ein Tag zu Ende war, kniete jedes der Mädchen neben einem Metallbett. Auf dem Fußboden war ein Streifen gemusterten Linoleums befestigt, den einzigen Waschtisch mussten sie sich teilen. Ihr Privatleben bestand aus einem Nachthemd, das übergestreift wurde, bevor das letzte Stück ihrer Kleidung ausgezogen war.

Im Obstgarten des Pferdehändlers wurden Äpfel gepflückt, auf den Wiesen Brombeeren. Man baute Kartoffeln an, und als milde Gabe wurde von einem Bauernhof Milch zur Verfügung gestellt. In Cloonhill wurde kein männliches Wesen beschäftigt; nur wenn der Generator versagte, wenn die Schornsteine gefegt werden mussten, wenn im Winter die Wasserleitungen einfroren oder im Sommer die Wespen ihre Nester bauten, flehte man einen Mann um Beistand an.

Im Frühjahr besuchte die Mutter Oberin das Heim; dann gab es noch den Ausflug im August, und in der geheiligten Atmosphäre von Holycross wurde der Rosenkranz gebetet. Die Nonne, die die Tischlerarbeiten versah, fand man tot in ihrem Schuppen auf. Sie hatte nicht einmal das einundachtzigste Lebensjahr erreicht, in einem Schraubstock klemmte noch ein Bilderrahmen, der entzweigegangen war. Man wurde bestraft, wenn man schlimme Wörter verwendete. Man wurde bestraft, wenn man mit dem Lieferanten sprach oder wenn man *You are my Sunshine* oder *Besame Mucho* flüsterte. Man wurde bestraft, wenn man im Ballsaal tanzte. Man nahm es hin. Man hatte Glück gehabt.

Am Ende der Auffahrt bedeckte eine Moosschicht eine eintönige Weite, auf der hin und wieder Klee wuchs. Hinter einer Tür mit Drehkreuz gab es einen Pfad, der sich unter Bäumen verlor, ein weiterer Zugang zu dem abgerissenen Haus. Eine zweite, noch stärker überwucherte Auffahrt verlor sich langsam ins Nichts. Da gingen sie wieder zurück.

»Danke, dass Sie es mir gezeigt haben«, sagte Florian, bevor sie sich trennten.

Er sah ihr nach, wie sie davonfuhr. Wo die Reifen des Fahrrads die ausgetrocknete Straße aufwühlten, stiegen Staubwolken auf. Sie sah sich nicht um, wie sie es hätte tun können. Das war nicht ihre Art; so viel wusste er bereits. Die enge Seitenstraße verengte sich noch mehr, und dann war sie nicht mehr zu sehen.

17

Das Pförtnerhäuschen von Lisquin wurde zu ihrem Treffpunkt. Hinter einem lockeren Mauerstein gab es einen Hohlraum, in dem sie eine Notiz hinterlegen konnten, falls ein verabredetes Rendezvous doch nicht möglich war. Im Sonnenschein lagerten sie neben ihren Fahrrädern, die keine gewöhnlichen Räder mehr waren, sondern die Grundlage ihres Miteinanders. Wieder schlenderten sie die Auffahrt entlang, die ins Nichts führte, wagten sich aber nie über jenes Ödland hinaus, denn wenn sie in diese Richtung weitergegangen wären, hätten sie irgendwann auf der Straße gestanden, auf der Autos und Traktoren vorüberfuhren und wo die Bungalows begannen, die den Stadtrand von Rathmoye markierten. Auf dieser Auffahrt, nahe den umgestürzten Bäumen, geschah es, dass sie sich zum ersten Mal umarmten.

Im Lauf der Zeit entdeckten sie den Irrgarten von Mount Olery Gardens und ein Café, das für Touristen gedacht war und von den Einheimischen nicht frequentiert wurde. Auf unbefestigten Nebenstraßen radelten sie nach Enagh mit seinem keltischen Hochkreuz, einer weiteren Sehenswürdigkeit. Sie gingen in den Wäldern von Lyre spazieren, besuchten die Mönchsgräber von Ballyhayes und kletterten hinauf zu den Menhiren von Gortalassa. In Rathmoye wurden sie nie wieder zusammen gesichtet.

Obwohl sie damit rechneten, dass früher oder später Orpen Wren in Lisquin auftauchen würde, ließ dieser sich ebenso wenig blicken wie sonst jemand, und so wurde Lisquin ihre heimliche Zufluchtsstätte, an der sie das Gefühl hatten, sich in ungestörtem Frieden verlieren zu können. Und Ellies Erinnerungsstrom, der nun von nichts mehr unterbrochen wurde, erwachte zu neuem Leben.

»Da gibt's nicht viel zu erzählen«, wandte sie ein, als er sie fragte, wie sie auf den Bauernhof gekommen sei.

»Erzähl's mir trotzdem.«

»Wenn wir weggegeben wurden, lief es für alle immer gleich ab.«

Die Nonnen zogen Erkundigungen ein, und dann trafen sie die Vorkehrungen. Wenn der Tag herangerückt war, versammelten sich die Mädchen in der Eingangshalle und verabschiedeten sich von derjenigen, die an der Reihe war. Ein Mädchen, das eine Stelle gefunden hatte, durfte sich glücklich schätzen.

»Das wurde uns so oft eingebläut, dass wir alle mit dem Ort einverstanden waren, den man für uns ausgesucht hatte. Keine wollte bleiben. Wenn alles geregelt war, waren wir ganz aufgeregt und machten uns große Hoffnungen. Wir rätselten, wo wir wohl landen würden, alle wollten in eine Stadt. Ich selbst am liebsten nach Waterford, wegen des Klanges, aber die Nonnen sagten, es sei ein Bauernhof.«

Je ausführlicher er sie nach ihrer Kindheit in Cloonhill befragte, desto mehr liebte Ellie ihren Fragesteller. Einerlei, wie fremd er ihr mitunter noch immer vorkam, sie hatte das Gefühl, ihn schon ihr ganzes Leben zu kennen. Die Vergangenheit, von der er ihr erzählte, wurde zu einem Bestandteil ihrer selbst: die Spiele, die er allein für sich gespielt hatte, die unordentlichen Zimmer in dem Haus, das er beschrieb, die Gesellschaften, die gegeben wurden, die Gemälde, die entstanden waren. Mit ihm in den Wäldern von Lyre spazieren zu gehen, wo die Luft kühl war und die Bäume ein schwermütiges Dunkel verbreiteten, mit ihm zwischen den Mönchsgräbern umherzuschlendern oder überhaupt mit ihm zusammen zu sein, ihm zu erzählen und ihm zuzuhören – es übertraf alles, was Ellie an Freundschaft, ja an Leben jemals zuteilgeworden war.

»Ein Bauernhof«, nannte er ihr im Café von Mount Olery das Stichwort, und sie sagte, Sister Ambrose habe ihr mitgeteilt, sie werde zu einem Witwer in Dienst gehen.

»Sie sagte, die Mädchen sollten sich in der Eingangshalle einfinden, um halb fünf oder sechs werde das Auto eintreffen. So warteten wir also in der Eingangshalle, der Regen peitschte gegen die Fenster und gegen die Lünette über der Tür, und jemand schaute hinaus und sah den Wagen vorfahren, und dann klapperte wie immer der Klingelzug, noch ehe der Klingelton zu hören war. Sister Clare eilte herbei, um die Eingangstür zu öffnen, und eine Frau trat ein, von der Regenwasser herabtropfte. ›Sie steht für Sie bereit‹, sagte Sister Clare und forderte mich auf, vorzutreten. ›Du bist also das Mädchen?‹, fragte mich die Frau, und Sister Clare sagte zu mir: ›Sprich laut und deutlich!‹ Die Kiste, in der sich meine Habseligkeiten befanden, müsse zurückgegeben werden, ermahnte sie die Frau, und die Frau versprach, sie vorbeizubringen, wenn sie das nächste Mal in der Nähe sei. ›Tragt Ellies Kiste zum Auto‹, wies Sister Clare die Mädchen an, denn so war es immer, wenn eine von uns das Heim verließ, und an diesem Abend mussten Rose und Philomena die Kiste hinaustragen. ›Ach, du wirst dich bestimmt gut eingewöhnen‹, sagte die Frau im Auto, während sich die Scheibenwischer hin und her bewegten. Sie war eine der Schwestern des Mannes; eine andere wartete auf dem Bauernhof auf mich, um mich in Augenschein zu nehmen. Der Mann trug die Kiste nach oben, und als seine Schwestern wieder abfuhren, nahmen sie die leere Kiste wieder mit. Ich wusste von dem Unfall auf dem Bauernhof, Sister Ambrose hatte mir davon erzählt. Ein Mädchen müsse so etwas wissen, hatte sie gesagt. Schon deshalb, weil der Mann davon gezeichnet sein könne. Einen Glücksfall dürfe man es nicht nennen, wenn ein Mann zum Witwer werde, sagte sie, aber sei nicht trotzdem etwas Gutes daran, so wie die Sache jetzt stünde? Ich hatte nichts gegen einen Bauernhof, hatte ich noch nie. Am Ende gewöhnt man sich daran, wie es auf einem Hof zugeht.«

»Was war das denn für ein Unfall?«

»Der Anhänger war so hoch beladen, dass er nicht über die Ladung hinwegsehen konnte. Der Sicherungsbolzen der hinteren Ladeklappe hatte sich gelockert, und sie versuchte ihn hineinzudrücken, während sie das Baby im Arm hielt.«

Beinahe hätte er den Hof verkauft, hatte Sister Ambrose gesagt, und vielleicht werde er den Unfall von sich aus nie erwähnen, wie es dazu gekommen sei oder andere Einzelheiten. Der Unfall quäle ihn so sehr, dass er womöglich kein Wort darüber verlieren würde.

»Und? Hat er ihn erwähnt?«

»Gleich am ersten Abend.«

Er könne nicht anders, hatte er gesagt, ohne zu wissen, dass die Nonnen ihr bereits davon erzählt hatten. Mit der Taschenlampe hatte er aus dem Küchenfenster auf die Stelle auf dem Beton geleuchtet, wo noch immer ein dunkler Fleck zu sehen war. Er mache immer einen Bogen darum, sagte er. Er zeigte ihr, wo alles im Haus hingehörte – die Krüge und Tassen an ihre Haken, der Old Moore's Almanac dorthin, wo die Versicherungsprämie verwahrt wurde, die Schlüssel an die Nägel bei der Treppe. Er zeigte ihr das Obergeschoss, das vordere Wohnzimmer, das Schlafzimmer, in dem sie schlafen würde, den Inhalt der Schrankschubladen. Er fragte sie, ob sie kochen könne.

Einige Jahre vergingen, erzählte Ellie, und sie lebten nebeneinanderher, nur zu zweit im Haus. Dann fragte er sie, ob sie ihn heiraten würde. Er bat sie, es zu überdenken, bat sie, sich Zeit zu lassen.

»Ich wollte Sister Ambrose bei der Hochzeit dabeihaben, und Sister Clare. Aber sie konnten nicht kommen, wegen der Exerzitien in Fermoy.«

Florian behielt für sich, was er empfand: dass all dies niemals hätte geschehen dürfen, dass sie nicht in die Dienste eines vom Schicksal geschlagenen Mannes hätte gegeben werden dürfen. Er dachte es und fragte sich, ob sie es ihm wohl ansah, auch wenn er sich bemühte, sich nichts anmerken zu lassen.

»Es ist kein schlimmer Ort«, sagte Ellie, als wüsste sie, was ihm durch den Kopf ging. »Es ist nur, dass sich dort einmal etwas zugetragen hat.«

18

Im August kamen die Hundstage, in Rathmoye war es ruhig. Kleinere Zwischenfälle ereigneten sich, wurden besprochen und wieder vergessen. Wenn in der Nähe Pferderennen stattfanden, übernachteten die Buchmacher in der Nummer 4 – J. P. Ferris, Gangly, McGregor aus Clonmel. Die Priester der Gemeinde sorgten für die Gläubigen, nahmen Sündenbekenntnisse ab, erteilten die Absolution, boten die Hostie dar; die kleine Gemeinde der Church of Ireland versammelte sich beharrlich zum wöchentlichen Gottesdienst. Von ihren Wohnwagen und Zelten auf dem Brachland brachten die Kesselflickerinnen ihre Säuglinge in die Straßen. In Rathmoye war im Verlauf des Sommers bislang kein schweres Verbrechen verübt worden; auch jetzt kam es nicht dazu. Insgesamt waren einundzwanzig Kinder geboren worden.

In der Kirche zum Heiligsten Erlöser maßen zwei Facharbeiter eines Ateliers für Glasmalerei in Dublin die Fenster aus, die ersetzt werden sollten, und legten danach Skizzen für eine Verkündigungsszene vor, die im Pfarrhaus bewundert und später vom Bischof gebilligt wurden. Die Pflastersteine zu beiden Seiten der Magennis Street sollten Ende Oktober erneuert werden. Das Radio- und Fernsehgeschäft in der Irish Street, über dem Bernadette O'Keeffe wohnte, erlangte die Genehmigung für eine Neonreklame. Es wurde vereinbart, das Erdbeerfest im kommenden Jahr um eine Woche vorzuverlegen.

Mit ihrer Bemerkung, Florian Kilderry habe in der Stadt Aufsehen erregt, hatte Miss Connulty recht gehabt, unrecht dagegen mit der Vermutung, es sei über ihn geklatscht worden. Der Klatsch ging ganz allein von ihr aus, und ihr einziger Zuhörer war ihr Bruder. »Ehrlich gesagt«, beschwerte er sich in der hinteren Schankstube bei Bernadette O'Keeffe, »treibt sie mich damit noch in den Wahnsinn.« Schließlich hatte er den Mann, gegen den seine Schwester Vorbehalte anmeldete, mit eigenen Augen gesehen und Bernadette O'Keeffe mit der Aufgabe betraut, so viel wie möglich über ihn in Erfahrung zu bringen. Erfreut über diesen Auftrag, war sie mit Eifer bei der Sache und erfuhr regelmäßig Einzelheiten über weitere Wortwechsel in der Nummer 4. »So wie sie es mir gegenüber formuliert«, vertraute ihr Arbeitgeber ihr an, »dürfte der Kerl überhaupt nicht frei herumlaufen.«

Das unerwartete Mitgefühl, das er noch am Morgen ihres ersten Schlagabtauschs über Ellie Dillahan für seine Schwester empfunden hatte, war längst verflogen und schließlich neuerlichem Verdruss gewichen, der mit den hinteren Gästezimmern zu tun hatte. Bernadette war in dieses besondere emotionale Wechselspiel innerhalb der Familie nicht eingeweiht gewesen; ihrer Ansicht nach hatte sich in der Nummer 4 nichts verändert, außer dass in Rathmoye ein Unbekannter auf der Bildfläche erschienen war. Im Lichte dessen schien es ihr wichtig, ihrem Arbeitgeber mitzuteilen, dass Orpen Wren den Mann als Angehörigen der Familie St. John identifiziert hatte, und das sagte sie ihm dann auch.

»Nicht, dass es sehr wahrscheinlich ist«, fügte sie hinzu.

Ihr Arbeitgeber, der ihr bereits die übliche 7-Up eingeschenkt hatte, schob das Glas etwas näher an sie heran. Er zeigte weder Verärgerung noch Besorgnis darüber, dass die Angelegenheit, über die seine Schwester Aufschluss wünschte, verwickelter geworden war – ein Umstand, den sie in ihrer Halsstarrigkeit sicherlich ausschlachten würde.

»Es ist wohl das Beste, wenn wir ihr diese Information vorenthalten«, beschloss er nach kurzem Nachdenken. »Gestern Abend habe ich sie gefragt, ob sie die ganze Sache nicht vergessen könne, Ob sie sich nicht vielleicht mit etwas Neuem befassen wolle – mit Lederarbeiten oder einem kleinen Blumengarten hinterm Haus.«

»Ein Blumengarten wäre wirklich sehr schön für Miss Connulty.«

»Genauso gut könnte ich mit der Katze reden.«

Miss O'Keeffe nickte. Sie hätte liebend gern einen Schuss John Jameson in ihrer bittersüßen Limonade gehabt, sprach ihren Wunsch aber nicht aus. Sie breitete die noch nicht unterschriebenen Schecks aus und schob sie über den Tisch. Seit dem Hinscheiden seiner Mutter war er einsam, das konnte man jeden Tag von neuem sehen. Wenn er abends auf der Nenagh Road einen Spaziergang machte, führte der ihn am Ende immer wieder auf den Friedhof. An den Wochenenden ebenso.

»Ich habe die Verbindung mit den St. Johns nur erwähnt, falls es sich irgendwie ins Bild einfügt.«

»Das war ganz richtig, Miss O'Keeffe. Ist der Scheck von McCaffrey gekommen?«

»Nein, noch nicht.«

»Wir gewähren ihnen noch ein oder zwei Tage Aufschub. Finden Sie nicht auch?«

Er fragte sie stets nach ihrer Meinung. Dieser Tage werde er geringschätziger behandelt als ein Übernachtungsgast, hatte sie sagen hören, die Haushaltshilfe springe sehr salopp mit ihm um. Oft fragte sie sich, ob er gut schlief.

Sie sammelte ihre Papiere ein, zählte die Schecks und verstaute sie in einem Schnellhefter. Sie werde noch bis Donnerstag abwarten, pflichtete sie ihm bei, dann werde sie McCaffrey eine Mahnung schicken.

Mit der Zeit trugen Bernadettes Erkundigungen Früchte, und Miss Connulty erfuhr, dass der Mann, gegen den sie eine solche Abneigung verspürte, deswegen Fahrrad fuhr, weil er nach allem, was man wusste, nicht Auto fahren konnte, dass er keine erkennbaren Einkünfte bezog, gegenwärtig ein Haus zu verkaufen suchte, das er geerbt hatte, und sich mit Auswanderungsplänen trug. Seine Identität wurde ermittelt, sein Name an sie weitergereicht, seine Verbindung zur Familie St. John als Unsinn abgetan. In Castledrummond meide er jede Gesellschaft, hieß es.

»Aber nicht in Rathmoye«, entgegnete Miss Connulty messerscharf. »Hier nun wirklich nicht.«

»Ich sage dir doch nur, was berichtet wird.«

Das Gespräch fand im großen Vorderzimmer statt. Joseph Paul saß, die zur Lektüre aufgeschlagene Zeitung auf den Knien, in einem Sessel, seine Schwester stand am Kaminsims.

»Hast du schon mit ihm gesprochen?«, fragte sie.

»Ich habe nicht die Absicht, auf irgendeine Weise an diesen Mann heranzutreten. Es gibt nicht die geringste Veranlassung, einen Mann zu kränken, den ich nicht kenne, nur weil er auf seinem Fahrrad durch die Stadt fährt.«

»Er versucht, sich an Ellie Dillahan heranzumachen. Man merkt es ihr an.«

»Was Miss O'Keeffe herausgefunden hat, liefert keinerlei Anhaltspunkte dafür, dass dieser Bursche hinter irgendeiner Frau her ist.«

»Das Mädchen ist nicht von ungefähr in diesem Zustand.«

»Wir wissen überhaupt nicht, in welchem Zustand Ellie Dillahan sich befindet. Du wirfst in dieser Angelegenheit aber auch alles durcheinander. Dieser Bursche ist eine Sache für sich, ganz und gar unabhängig von Ellie Dillahan.«

»Hast du denn überhaupt kein Mitleid im Leib? Hast du kein Mitleid mit Dillahan, nach allem, was er durchgemacht hat? Sie hat bei ihm ein Zuhause gefunden, in ihrem Unglück passten die beiden so gut zueinander, und dann kommt dieser Eindringling, der nur Böses im Schilde führt.«

Miss Connulty hörte nicht zu, als ihr Bruder auch diese

Anschuldigung widerlegte und mit beiden Händen gestikulierend etwas erklärte, wovon sie nichts wissen wollte. Man konnte ihm keinen Vorwurf daraus machen, er begriff einfach nicht. Seit seiner Geburt war er geschont und verhätschelt, war die Welt von ihm ferngehalten worden. Dillahan würde von der Verliebtheit seiner jungen Frau erfahren, und wer wollte ihn tadeln, wenn er darauf reagierte?

»Falls Dillahan sie vor die Tür setzt, kann sie hierherkommen«, versprach Miss Connulty mit jäher, wilder Entschlossenheit. »Ellie Dillahan wird in diesem Haus wohnen und den Kopf hochhalten.«

19

Eine der Hoftüren hatte sich aus dem oberen der beiden Scharniere gelöst, und Dillahan hob sie heraus, setzte sie auf zwei Holzscheite und lehnte sie gegen einen Balken.

Die Schrauben ließen sich mühelos herausdrehen. Mit einer flachen Ahle markierte er die neue Position des Scharniers am Türpfosten und bohrte das Holz an, damit die Schrauben ausreichend Halt fanden, bevor er sie festschraubte.

»Im November werden wir das Holz wieder mit Kreosot behandeln. Haben wir das letztes Jahr überhaupt gemacht? Ich glaube nicht.« Er schwang die Tür hin und her. »Na bitte, geht doch.«

Doch Ellie, die im Hof gestanden hatte, war bereits wieder ins Haus gegangen. Sie stand seitlich vom Küchenfenster und sah zu, wie ihr Mann die Scheite, die er verwendet hatte, in den Holzschuppen zurückbrachte und anschließend sein Werkzeug zusammenklaubte. Sie wollte, dass er sich beeilte, endlich fertig wurde, verschwand. Die Ungeduld ließ sie am Fenster verharren, wo sie seinen Blicken verborgen blieb, weil sie dicht an der Wand stand. Es dauere nicht lange, hatte er gesagt, und dann hatte er eine geschlagene Stunde gebraucht. Auf dem Traktor lagen schon seine belegten Brote bereit, seine gefüllte Thermosflasche. Er werde sich den ganzen Tag auf den Feldern aufhalten, hatte er gesagt, Dornengestrüpp beseitigen und das Ackerland umpflügen.

Er kam in die Küche, obwohl dazu überhaupt keine Veranlassung bestand. »Es ist schon alles auf dem Traktor«, sagte Ellie, und als sie sich so sprechen hörte, dachte sie, dass sie noch nie so schroff geklungen hatte, aber ihm schien nichts weiter aufzufallen. Er vertrödelte weitere zehn Minuten, während er in einer der Schrankschubladen nach etwas suchte, das er nicht fand. Er wiederholte, was er über das Dornengestrüpp und das Ackerland gesagt hatte.

Vom Fenster aus beobachtete sie, wie er den Einachsschlepper aus dem Schuppen holte und ihn an den Traktor kuppelte. Als er endlich losfuhr, die Hunde hinterdrein, war ihre Ungeduld noch immer nicht verflogen. Die Empfindung war ihr zuwider, und sie verabscheute sich dafür.

Florian hatte ihr nicht verraten, dass Shelhanagh zum Verkauf bestimmt und nunmehr verkauft war; ebenso wenig, dass er, sobald das Haus ihm nicht länger gehörte, Irland den Rücken kehren würde. Jedes Mal, wenn sie zwischen den Mönchsgräbern umherschlenderten, die Auffahrt nach Lisquin entlangspazierten, im Café saßen oder nach Enagh radelten, hatte er sich vorgenommen, ihr endlich zu sagen, was gesagt werden musste. Und dann hatte er es doch nicht getan. War sein Schweigen von dem Widerstreben bestimmt, ihr wehzutun? Oder von dem Widerstreben, ein Verhältnis, das ganz unerwartet zu einem Vergnügen geworden war, so abrupt zu beenden? Oder hatte, wie so oft in der Vergangenheit, seine Vorliebe für Heimlichtuerei die Oberhand gewonnen? Er wusste es nicht. Wenn er zauderte, schien es das einzig Richtige zu sein, und doch wusste er, dass das, was er ihr oder sich selbst versagte, gar nicht in seinem Ermessen lag und ohnedies geschehen, ihn beiseitefegen würde.

Als er an diesem Morgen auf den niederen Hängen von Gortalassa an der roten Scheune wartete, wo sie sich verabredet hatten, wurde er sich dessen immer deutlicher bewusst, und Ellies Verspätung rief ihm die Vorherrschaft der Zeit in Erinnerung: Ihm blieb weniger Zeit, als er sich gedacht hatte.

Als er so wartete, erblickte er sie in der Ferne. Wie gut er sie schon kannte, dachte er. Ihre graublauen Augen, ihre weichen Lippen, ihr Lächeln, ihre ruhige Schüchternheit. Welches Kleid würde sie heute wohl tragen? Diese Frage stellte er sich vor jeder Zusammenkunft, so auch jetzt wieder. Das blaue, das grüne, das mit dem Geißblattmuster? Wie gut er den Armreif kannte, der die Hochzeitsgabe ihres Mannes gewesen war, die Brosche von Woolworth's, die die Nonnen ihr geschenkt hatten, ihre zerbeulte Handtasche. Wie gut er die Unschuld und die Sanftmut kannte, die seine Zuneigung überhaupt erst geweckt hatten und sie noch immer nährten.

Sie schoben ihre Fahrräder auf den Pfad, der neben der Scheune begann. Heute würden sie höher klettern als bei ihren letzten Besuchen des Gortalassa. Sie hofften, bis zu den Gletscherseen zu kommen.

Sie ließen ihre Räder an der Stelle zurück, wo sich der Pfad verlor, und kletterten zu dem Steinkreis hinauf. Als sie Rast machten, schenkte er ihr reinen Wein ein.

»Aber warum?«, fragte sie. »Warum gehst du fort?«

»Wenn das Haus verkauft ist, habe ich in Irland keine Bleibe mehr.«

»Ich wusste gar nicht, dass dein Haus zum Verkauf stand.«

»Es müssen Schulden bezahlt werden.« Er hielt einen Augenblick inne. »Es hätte uns den Sommer verdorben, wenn ich es dir früher gesagt hätte.«

Sie sah weg, und er wusste, dass sie Angst hatte, ihn zu fragen, wie viel Zeit ihnen noch blieb.

»Der Rest des Sommers«, antwortete er, als hätte sie ihn gefragt. »Dann wird die Zeit gekommen sein. Ach, noch eine Ewigkeit hin. Vielleicht erst im Oktober.«

»Du wirst fortgehen?«

»Ja.«

Er sah zu, wie ein Düsenflugzeug am blassen Himmel sein weißes Band hinter sich herzog. Er sah zu, wie das Weiß verdunstete und die letzten Kondensstreifen zerfielen.

»Wirst du für immer fortgehen?«

»Für immer.«

»Wie die St. Johns?«

»Ja, ich glaube schon.«

Die Lerchen huschten von einem Menhir zum anderen. Am Himmel stand ein Bussard, unter ihm ein Aas, das noch nicht zerfleddert war. Weiter oben am Hang bewegte sich gemächlich ein einzelnes Schaf.

»Sei nicht unglücklich, Ellie.«

Sie schüttelte den Kopf und erwiderte nichts.

»Ich musste es dir sagen.«

»Ich weiß. Ich weiß.«

Sie bahnten sich einen Weg durch Farne und Johanniswurz. Das Torfmoor war trocken. Um den Aufstieg abzukürzen, kletterten sie an einem Steilabbruch entlang. In der Stille konnten sie das Angelusläuten hören, das schwach aus der Ferne erklang.

Er würde fortgehen, und jeden Morgen wäre ihr erster Gedanke, dass er fort sei, so wie ihr erster Gedanke sich jetzt darum drehte, dass er hier war. Sie würde die Augen aufschlagen und dieselben rosagestrichenen Wände vor sich sehen, die sie jetzt vor sich sah, das Herz-Jesu-Bild über dem leeren Kamin, ihre Kleider auf dem Stuhl am Fenster. Er wäre fort, so wie die Toten fort sind, und diese Erkenntnis würde sie den ganzen Tag begleiten, in der Küche und im Hof, wenn sie die Anthrazitkohle für den Rayburn hereinholte, wenn sie die Butterfässer scheuerte, wenn sie die Hühner fütterte und die Torfsoden schichtete. Sie würde auf den Feldern nicht weichen, auch dann nicht, wenn sie mit ihren Eiern vor dem Pfarrhaus stünde und darauf wartete, dass die Haustür aufging, wenn Miss Connulty ihr die Münzen hinzählte und der Mann mit dem Hörgerät nach Isolierblechen oder Euterschützern kramte. Und sie würde sie auch dann nicht verlassen, wenn sie sich zu dem Mann legte, den sie geheiratet hatte, wenn sie ihm sein Essen kochte und sein Brot aufschnitt oder wenn die alte Tanzmusik spielte.

»Willst du denn fort?«, fragte sie.

»Ich glaube, ich muss. In Irland ist für mich jetzt alles zu Ende.«

»Ich wünschte, du würdest nicht gehen.«

Sie kamen zu den Gletscherseen. Der Sommer, den sie gemeinsam verlebt hätten und jetzt noch verlebten, sagte Florian, werde für immer ihnen gehören – die dunklen Wälder von Lyre, der Irrgarten von Olery, der Lavendel, die Schmetterlinge. Ihm würde Cloonhill gehören, was immer er daraus gemacht hatte, ihr Shelhanagh. »All das«, sagte er. Die Erinnerung lasse nicht los.

Er wusste, dass ihr dies kein Trost war, aber etwas Besseres fiel ihm nicht ein. Verzweiflung konnte nicht mit Worten weggeblasen werden, und obwohl er es nicht wollte, fiel ihm seine eigene Verzweiflung ein, als er mit dem herausgeplatzt war, was er so lange geheim gehalten hatte. Sie hatten im Garten gelesen, und danach hatten sie weitergelesen, und Isabella hatte nichts gesagt.

Die kahle Felswand oberhalb der drei kleinen Seen, die kaum größer als Tümpel waren, fiel steil ab. Das Wasser, auf das nie ein einziger Strahl Sonne fiel, war dunkel und eisig, unbewegt. Es gab keine Vögel, kein anderes Leben, keinen Laut. Ein Ort, den er hätte aufsuchen können, als er sich noch mit Fotografieren abgab, dachte Florian. Aber in seinem Gedächtnis wäre er eindrücklicher verwahrt.

Ihre kalten Gesichter berührten sich für einen Moment, bevor sie sich verabschiedeten. Wohin er gehen wolle, fragte sie.

»Vielleicht nach Skandinavien«, antwortete er.

Auf dem Rückweg nach Shelhanagh kehrte Florian bei Dano Mahoney ein. An der Theke unterbrachen zwei Trinker ihr Gespräch über Windhunde und blickten kurz auf. Der Wirt, der früher einmal Berufsboxer gewesen war, nickte ihm einen knappen Gruß zu. Florian brachte sein Glas zu dem Ecktisch, an dem er am Tag von Mrs Connultys Beerdigung gesessen hatte.

Das erste Mal hatte ihn sein Vater mit hierhergenommen, der Wirt war ein anderer, freundlicherer Mann gewesen, den sein Vater offenbar gut kannte. Das war wenige Tage nach dem Tod seiner Mutter gewesen, in einer Zeit, als sein Vater immer wieder sagte, er brauche einen Schluck Alkohol. Und sein Vater hatte in Erinnerungen geschwelgt: an Italien, an die Liebe, daran, wie sie das Haus gefunden hatten, als sie nach Irland durchgebrannt waren, dass sie das Gefühl gehabt hatten, sie würden dafür bezahlt, sich von der Familie fernzuhalten, damit sie die Verdecchias nicht in Verlegenheit brächten. »Aber ich habe die Verdecchias immer gemocht«, hatte sein Vater gestanden. »Vermutlich, weil es ihre Angehörigen waren.«

Florians Mutter, die als Katholikin aufgewachsen, aber vom Glauben abgefallen war, lag in dem kleinen protestantischen Kirchhof in Castledrummond begraben, damit sie und sein Vater, wenn die Zeit gekommen wäre, nicht voneinander getrennt würden. »Wir haben immer gern alles im Voraus arrangiert«, hatte sein Vater gesagt, als sie zusammen in der Dano Mahoney Bar tranken. »Das hat uns Spaß gemacht.« Isabella war zu keinem der beiden Begräbnisse gekommen. Florian hatte mit ihrem Erscheinen gerechnet.

Er sei der weniger begabte Maler gewesen, hatte sein Vater immer behauptet, aber Florian konnte nicht unterscheiden, wer von den beiden welche der verbliebenen Aquarelle gemalt hatte. Bisweilen konnte er seine Eltern nicht einmal als Personen unterscheiden, hatten sie sich doch im Lauf der

Jahre einander immer mehr angeglichen, obwohl sie beteuerten, früher so unterschiedlich gewesen zu sein, dass es zu Streitereien kam.

»Der will ’nen Tausender für sein Tier.« Die Stimme eines der Trinker drang von der Theke herüber. Dann verstummte der Mann wieder. Ein weiterer Mann trat ein. Er bat darum, das Telefon benutzen zu dürfen, da ein Stier in eine Felsspalte gerutscht sei.

Florian trank seinen Wein aus und rauchte seine Zigarette zu Ende, dann radelte er weiter. Vor seiner Abreise würde er sich um das Grab kümmern müssen, und er fragte sich, wer die Aufgabe wohl übernehmen würde, wenn er tatsächlich fortging.

Er hatte Hunger und fuhr zu dem Pub in Glenanne, an den ein Geschäft angeschlossen war, um Brot und Schweinesteak einzukaufen. Außerdem wollte er Mrs Carley bitten, den Haustürschlüssel in Verwahrung zu nehmen, wenn es so weit wäre. Als er nach Shelhanagh weiterradelte, merkte er, dass die wehmütigen Betrachtungen, die ihn in der Bar an der Landstraße überkommen hatten, der Versuch waren, einen unbehaglichen Tag aus dem Gedächtnis zu verbannen. Es war die reine Wahrheit, dass er sich bemüht hatte, eine Freundschaft in die Länge zu ziehen, aus der der Sommer geradezu ein Idyll gemacht hatte. Aber er hatte nicht vorausgesehen, welch tiefe Enttäuschung das unvermeidliche Ende dieser Freundschaft bereiten würde. Er hatte zugelassen, dass etwas Einfaches kompliziert wurde. Er hatte das Gefühl geliebt, geliebt zu werden, und zu spät begriffen, dass bloße Zärtlichkeit als Gegenleistung nicht ausreichend war. »Lieber Flor, was bist du doch wirr im Kopf!« Isabellas Lieblingswendung für ihn, die sie oft mit der Zuneigung einer Cousine wiederholt hatte, sei es auf Italienisch oder auf Englisch. Damals hatte der Ausdruck ihm gefallen; jetzt mochte er ihn nicht mehr.

In dieser Nacht weinte Ellie im Schlaf. Sie versuchte aufzuwachen, damit ihre Schluchzer nicht gehört wurden. Sie selbst konnte sie hören, doch als es ihr endlich gelang, sich aus dem Schlaf zu reißen, stellte sie fest, dass ihr Mann tief und fest schlief. Ihr Kopfkissen war nass, und sie drehte es um. Am Morgen waren ihre Tränen verschwunden, als hätte sie sie sich nur eingebildet, doch sie wusste, dass es anders war.

20

Ein paar Tage nachdem Florian ihr eröffnet hatte, dass er im Begriff war, Irland den Rücken zu kehren, fand er unter einem Stapel Fischkörben aus Stroh, die in der früheren Vorratskammer standen, ein ledergebundenes Berichtsheft, das er vor Jahren dort verborgen hatte. Als er die verschimmelten Körbe aufhob, um sie zu seinem Gartenfeuer hinauszutragen, sah er wieder die schöngeprägten Lettern: *Handbuch für Jäger.* Er hatte es versteckt, sich dann aber nicht mehr an das Versteck erinnert. Etliche Male hatte er das ganze Haus durchstöbert, bevor er die Suche schließlich aufgab.

Er blätterte Seiten um, die ihm vertraut waren. Auf jeder Seite befand sich säuberlich umrandet ein gedruckter Text, gelegentlich auch eine Illustration, die Eigenschaften und den Lebensraum verschiedener wilder Tiere, ihre Erhaltung oder Ausrottung betreffend. Die einzige Handschrift, auf schwachen grauen Linien, war seine eigene.

Er schleuderte die Fischkörbe auf sein Feuer, und während er zusah, wie das Stroh in Flammen aufging, erinnerte er sich wieder daran, wie er sich geschämt hatte, Isabella davon zu erzählen, dass er das Versteck des *Handbuchs* vergessen hatte, als sie im folgenden Sommer nach Shelhanagh zurückgekehrt war. Stattdessen hatte er behauptet, es weggeworfen zu haben. Bei alledem war Isabella nicht ganz schuldlos gewesen. Am Ende ihrer alljährlichen Besuche im Juli musste immer alles ganz schnell gehen. Zu jener Zeit stand ihr Gepäck schon in der Diele bereit, als ihr plötzlich einfiel, dass sie das *Handbuch* auf ihrem Bett offen liegengelassen hatte. Aufgeregt flüsterte sie Florian zu, es zu verstecken. Das war wichtig, zumindest schien es damals so, da Geheimnistuerei bei vielen von Isabellas und Florians Unternehmungen eine große Rolle spielte.

In der Küche schüttelte er den Staub von den Seiten und wischte den Ledereinband mit einem feuchten Tuch ab. Seine Handschrift hatte sich im Lauf der Zeit nicht verändert. Fest und gerade, in gestochen scharfer schwarzer Tinte – so war sie noch immer. Sieben Jahre war es her, rechnete Florian nach und wollte gerade lesen, womit er die leere Seite oberhalb einer Information über die Ernährungsgewohnheiten von Karpfen gefüllt hatte, als die Türglocke ertönte, begleitet von einem energischen Klopfen.

»Hier sind wir!« Ein hochgewachsener Mann lächelte und verbeugte sich, als Florian die Tür öffnete. Neben ihm stand eine in hellen Farben gekleidete Frau.

»Ja, hier sind wir!«, rief sie aus. »Und der arme Mr Kilderry kennt uns überhaupt nicht!«

Sie nannten ihre Namen nicht, aber Florian erinnerte sich daran, ein paar Wochen zuvor ihren schwarzen Kombi gesehen zu haben.

»Ich glaube, Sie waren hier, um das Haus zu besichtigen«, sagte er.

»Ach, es kommt noch viel besser«, berichtigte ihn der hochgewachsene Mann. »Wir haben es gekauft.«

Er reichte ihm die Hand. Die Frau, wahrscheinlich seine Gattin, drückte ihm die Tragetüte eines Weinhändlers in die Hand – sie enthalte etwas Erfrischendes.

»Ob wir vielleicht ein bisschen herumschnüffeln dürften«, murmelte sie mit silberheller Stimme.

»Aber selbstverständlich. Tut mir leid, dass ich Sie nicht sofort erkannt habe. Es waren eine Menge Leute hier.« Vermutlich handelte es sich bei dem Geschenk um Champagner. Er bedankte sich, obwohl er Champagner gar nicht mochte.

»Welch ein glücklicher Tag!«, rief die Frau aus. Sie lächelte

Florian neckisch an. »Verzeihen Sie, dass wir solche Langweiler sind!«

»Diese herrlichen Szenen!«, mischte der Mann sich in die Unterhaltung ein. Er meinte die ungerahmten Aquarelle im Salon. »Unvergesslich!« Dabei faltete er ein maschinenbeschriebenes Blatt auseinander.

»Welch ein *überaus* glücklicher Tag!«, rief seine Gattin erneut begeistert aus, und Florian fragte sich, ob sie womöglich betrunken war.

Er erlaubte ihnen, sich nach Belieben umzuschauen und die Zimmer auszumessen. Darauf widmete er sich nicht mehr dem wiederentdeckten *Handbuch*, sondern fuhr fort, sämtliche brennbaren Gegenstände, die nicht in den Container passten, aufs Feuer zu werfen. Er stieß auf das Fernglas seines Vaters, das ebenfalls abhandengekommen war, und auf einen Regenschirm, den jemand vergessen und nie abgeholt hatte. Er fand den Schlüssel, mit dem die Uhr in der Diele aufgezogen wurde – etwas, das schon seit Jahren nicht mehr geschehen war. In einer Streichholzschachtel entdeckte er die Perlen einer Halskette.

An dem Nachmittag, als er das *Handbuch* verstecken sollte, war er damit die Hintertreppe heruntergekommen, hatte es aber nicht in sein Schlafzimmer bringen können, weil dafür nicht genug Zeit war, denn Isabella würde ihren Zug verpassen, wenn sich nicht alle beeilten. Die Tür des winzigen Raumes, der damals als Vorratskammer diente, stand offen. All das kam ihm jetzt wieder deutlich in den Sinn, als wäre es nie aus seinem Gedächtnis gelöscht gewesen.

Das *Handbuch* hatte er ursprünglich an sich genommen, als es aus einem Stapel mit Ausgaben des *National Geographic* in der Garage herausgefallen war. Für die Einzelheiten der Tierwelt hatte er sich nicht sonderlich interessiert, doch die schwachlinierten Seiten hatten es ihm ebenso angetan wie der Ledereinband, und mit der Zeit fand er Verwendung dafür. Isabella, die oft in seinen Habseligkeiten herumwühlte, hatte sich von dem Geschriebenen überrascht gezeigt. »*Bizzaro!*«, hatte sie ausgerufen.

Auf dem Weg zur Küche kamen die Frauen an Miss Dunlop vorbei, beide grinsten anzüglich. Der Oberstleutnant näherte sich Miss Dunlop und flüsterte ihr einige Liebesworte ins Ohr. Miss Dunlop errötete, denn der Oberstleutnant hatte seine sinnlichen Gelüste auf Mrs Meade in Worte gefasst. Er stellte sich vor, dass es Mrs Meade war, der er etwas ins Ohr flüsterte, und er stellte sich vor, dass er am Ohrläppchen der Bäuerin knabberte und ihr grobes Haar auf seiner Wange verspürte.

»Das ist ja alles schön und gut«, protestierte Miss Dunlop, als sie endlich merkte, dass etwas nicht stimmte. In der Tasche ihres Kostüms fand sie eine Zigarette und zündete sie an.

»Du bedeutest mir die Welt!«, murmelte der Oberstleutnant und griff erneut nach ihr.

Außer Isabella hatte nie jemand von seinen Ergüssen in dem *Handbuch* gewusst oder auch nur geahnt, dass es das *Handbuch* überhaupt noch gab. Florian selbst hielt seine literarischen Fragmente für bloße Erzeugnisse des Müßiggangs. Nichts war vollständig: hier ein paar Figuren, dort ein paar Begebenheiten, und jetzt fiel ihm auf, dass seine schriftstellerischen Versuche streckenweise unsicher wirkten, dass die Hervorbringungen des Halbwüchsigen oftmals geradezu affektiert wirkten. Madame Rochas, eine alte Schullehrerin, war von Schritten verfolgt, unaufhörlich in der Nacht. Yu Zhang war von *Der rote Schatten* so entzückt, dass er an keinem Kino vorbeigehen konnte, in dem der Film lief, ohne ihn sich noch einmal anzusehen. Die Sonntagsbesucher von Anna Andrejew unterhielten sich über St. Petersburg und Lermontow. Emmanuel Quin war nicht mehr als ein Name, ebenso Johnny Adelaide und Vidler. Der Reverend Unmack stibitzte von Ladentheken und kannte sich nicht wieder.

»Mr Kilderry!«

Florian ging nach oben.

»Ihr Wäschetrockenschrank«, sagte der hochgewachsene Mann.

»Der Wäschetrockenschrank?«

»Er scheint etwas feucht zu sein.«

»Ja, das ist er.«

»Vielleicht eine undichte Stelle?«

»Ich fürchte, ja. Es tut mir leid.«

»Mein lieber Freund!«

Florian lächelte und nickte und ging dann davon. »Was hat er dazu gesagt?«, hörte er die Frau fragen, als er auf dem Weg nach unten war. »Es ist ihm vollkommen egal«, berichtete der Mann.

Sie blieben den ganzen Nachmittag da, machten ihn aber nicht noch einmal auf Mängel aufmerksam, die ihnen ins Auge fielen. Schließlich riefen sie ihm zu, ihr Besuch sei beendet, und als sie sich verabschiedeten, waren sie überschwänglich in ihrer Dankbarkeit. Dann fuhren sie in ihrem großen schwarzen Kombi davon, und Florian wandte sich wieder den Seiten des *Handbuchs* zu. Das meiste, was er da las, war ihm längst entfallen.

Zuerst bemerkten Willie John und Nason den Jungen auf Madoles Brachland nicht. Dann sah ihn Willie John.

»Was will denn der Knirps?«, fragte er.

»Nur zuschauen«, antwortete Nason.

Die Sky Wasp stotterte und glitt wieder auf sie zu, der Motor abgewürgt, weil das Feuerzeugbenzin ausgegangen war.

»Wir könnten dem Knirps Eintrittsgeld abknöpfen.« Willie John lachte, seine große Kinnlade stand offen, und die Sommersprossen um seine Augen verschmolzen miteinander, als seine Haut sich runzelte. Er war rothaarig und linkisch. Nason war dünn, klein, stets ordentlich gekleidet und hatte eine schwarze Haartolle, die ihm in die Stirn hing. Er war um einige Monate jünger.

»Ich will dir was sagen«, erklärte Nason. »Der Knirps kommt von den Kiesgruben. Der ist den Fahrenden ausgebüxt. Bei den Gruben gibt's unterirdische Orte. Der Knirps wühlt zusammen mit den Kaninchen nach Nahrung.«

Florian hatte es gar nicht gefallen, dass Isabella seine Notizen las. Aber nun hatte sie sie gelesen und wollte wissen, wer die Figuren seien und wo sie herstammten, wieso Florian häufig mitten im Satz oder Wort abbrach, weshalb manchmal eine Seite nur halb beschrieben war.

An der Euston Station entschied Michael, dass dies am besten war: geradeheraus zu fragen und Antwort zu erhalten, alles war besser als die Sinnlosigkeit einer überflüssigen Reise.

»Clione?«, sagte er, als das Rufzeichen verstummte und die Stimme seiner Schwester erklang.

»Wirst du kommen, Michael? Er fragt schon die ganze Zeit nach dir.«

Aber wem wäre damit geholfen? So oder so, wem wäre geholfen? Die lange Fahrt mit dem Nachtzug, die Ankunft frühmorgens auf dem tristen Bahnhof, Pyjama und Rasierer in einer Tragetasche, weil er keinen Koffer besaß? Und in diese Einfahrt einzubiegen! Das war ihm am meisten verhasst, in diese Einfahrt einzubiegen.

»Er liegt im Sterben«, sagte seine Schwester.

Doch in Euston Station warteten Leute darauf, endlich die Telefonzelle benutzen zu können. Michael hängte ein.

Isabella beharrte darauf, dass Florian zu schnell, zu leicht, ja oft leichtfertig aufgab. Im Streit darüber war sie kühl und gelassen, Florian dagegen unduldsam und im Nachteil, da er sich geschmeichelt fühlte, weil sie so großen Anteil nahm. Voller Bewunderung zitierte sie, was er geschrieben hatte. Über Städte, in denen er noch nie gewesen war, über Missgeschicke, die er niemals erlebt hatte. Über Ablehnung und Verzweiflung. Über Olivia, die ganz London nach einem Mann durchkämmte, den sie liebte und der sich davongestohlen hatte.

Vielleicht war er nach Spanien gefahren. Er war schon einmal nach Spanien gegangen, ohne ein Wort zu sagen. Jemand, den er kannte, besaß in Spanien ein Haus oder mietete sich eins, sie war sich nicht sicher. Andererseits verließ er London hin und wieder, um bei Leuten in verschiedenen Teilen des Landes zu wohnen. »Hat sich nicht blicken lassen«, sagte der Barkellner im George. Olivia befragte andere Leute dort, und sie antworteten, sie hätten ihn nicht gesehen. Sie beschwichtigte sie, bestimmt sei alles in Ordnung. Er war wohl in Spanien, und er würde zurückkommen. Auch im Coach and Four war er nicht. Ebenso wenig im Queen and Knave.

Ein Mädchen schlug den Zinzara Club vor, und sie gingen mit einer schlaksigen Frau, einer Bekannten des Mädchens, und mit einem Mann mit Frackschleife dorthin. Heute Abend stand Derek an der Tür, er hatte einen anderen Haarschnitt, und als Olivia die Frau hinter dem Tresen fragte, schüttelte diese den Kopf, und Olivia ging zum Grape, und da war er. Er stand an derselben Stelle, an der er an dem Abend gestanden hatte, als sie ihn zum ersten Mal gesehen hatte. Wie damals stand er bei einer Gruppe von Leuten, die sie nicht kannte. Sie sah, dass er sie sah, aber er rührte sich nicht, und dann starrten die Leute, bei denen er stand, sie an, und keiner sagte ein Wort.

Daraus, bedrängte ihn Isabella, könnte er doch bestimmt etwas machen, er habe ja schon ein bisschen was daraus gemacht. »Ach, bitte, warum nicht?«, bettelte sie. »Ach, bitte.«

Aber er wusste, dass er es nicht konnte.

Während Jessie durch das Schilf raschelte, rauchte Florian eine Zigarette und sah zu, wie die Nacht hereinbrach. Er wünschte, Isabella wüsste, dass das *Handbuch für Jäger* nicht etwa weggeworfen worden, sondern wiederauferstanden war. Er wünschte, sie könnte hier sein, wie sie es so oft gewesen war, hier am See, da sich die Dunkelheit einschlich und mehr Heimlichkeit vortäuschte, als nottat. Er fragte sich, ob sie Signor Canepaci oder einen anderen geheiratet hatte, ob sie glücklich war. Er hatte sie immer zur Verzweiflung gebracht, weil er keine Antwort auf die Frage wusste, wer Olivia, wer Miss Dunlop oder irgendeine der anderen Figuren sei. »Sind die auf Partys gegangen?«, hatte sie gefragt. Waren Nason und Willie John Schuljungen? War Madoles Brachland ein Ort, den sie besichtigen konnten?

In dieser Nacht versuchte Florian gar nicht erst, Schlaf zu finden. Er ging nicht zu Bett, und wovon er in seinem stillen Haus so lange getrennt gewesen war, heute Nacht kam es ihm vor, als wäre es mehr als das, was er niedergeschrieben hatte: Miss Dunlops Bluse war rosa, ein Hauch von Henna verwandelte ihr Haar. Das blasse, gedehnte Gesicht Yu Zhangs verlor seinen Ernst in einem Lächeln. Der Oberstleutnant hatte einen Haftaufenthalt hinter sich. Auf der Stirn des Jungen von den Kiesgruben klaffte eine noch nicht verheilte Wunde. Die nächtlichen Schritte der alten Lehrerin waren die Schritte eines Kindes, über dessen Schicksal sie nicht nachzudenken wagte. Das Leben ist nicht lebenswert, flüsterte Olivia.

Als sich Florian die Fragmente immer wieder durchlas, folgerte er nicht etwa, dass ihm die Zeit, einfach indem sie verstrichen war, zu Erkenntnissen verholfen hatte, sondern lediglich, dass seine Neugier von den Schatten und Halbschatten erregt wurde, die ihm seine Imaginationskraft damals eingegeben hatte, von dem Unausgesprochenen und von dem, was nach wie vor unbekannt war. Er fügte dem Geschriebenen nichts hinzu, sondern murmelte nur gelegentlich eine Zeile oder ein Wort vor sich hin, das einen Akzent setzen oder eine Passage erhellen mochte.

Am frühen Morgen jedoch, als er am Seeufer stand und den Himmel vergebens nach dem Vogel absuchte, der nicht mehr kam, fühlte er sich belebt, als sei ihm etwas widerfahren, dessen er sich nicht recht oder auch gar nicht bewusst war. Als er zum Haus zurückkehrte, war das Gefühl noch immer da. Er machte sich Kaffee, toastete Brot und setzte seiner Hündin ihr Futter vor. Das Gefühl war da, als er sich später am Morgen schlafen legte. Er schlief den ganzen Tag, und als er aufwachte, war es noch immer da.

21

Seit dem Vortag ihres gemeinsamen Aufstiegs zu den Gletscherseen von Gortalassa war Ellie nicht mehr am Pförtnerhäuschen gewesen. Es war eine arbeitsreiche Jahreszeit, zumal sie Corrigan bei der Ernte helfen musste. Insofern konnte sie nicht so leicht weg wie sonst.

Ihre gedrückte Stimmung hatte sich seit Gortalassa nur vorübergehend leicht gehoben, als sie nämlich hinter dem losen Stein im Gemäuer der Ruine einen Zettel fand, der ihr den Weg zum Shelhanagh House beschrieb. *Komm, wann immer du kannst. Egal zu welcher Zeit,* lautete die Nachricht auf der Rückseite einer Lageskizze, in einer ihr unbekannten Handschrift. Die Ungezwungenheit, mit der all dies geschah – die handschriftliche Notiz, die Wegbeschreibung, die gezeichnete Karte, sein Wunsch, dass sie ihn in dem Haus besuchte, von dem er ihr so oft erzählt hatte –, machte Ellie mehr als Hoffnung, es gab ihr wenigstens etwas von dem zurück, was ihr auf den Hängen von Gortalassa genommen worden war. Bis dahin hatte er ihr noch nie vorgeschlagen, ihn zu besuchen, und sie fragte sich, ob vielleicht alles mit einem Mal ganz anders sein würde. Ob der Verkauf des Hauses misslungen war. Ob die Käufer kalte Füße bekommen hatten oder, als sie nachrechneten, nicht über genügend Geld verfügten. Ob möglicherweise alles wieder von vorn beginnen konnte. Monate würden vergehen, vielleicht ein ganzes Jahr, und das unverkaufte Haus würde ihn in Irland halten. Sie hatte geglaubt, nie wieder von ihm zu hören. Aber sie hatte von ihm gehört, und er wollte, dass sie zu ihm kam.

Komme Donnerstag. Der Nachmittag passt mir besser.

Sie hinterlegte ihre Mitteilung dort, wo sie seine gefunden hatte.

Dillahan stattete Rathmoye einen seiner seltenen Besuche ab, um das Darlehen auszuhandeln, mit dem er Gahagans Feld zu kaufen hoffte. In Mr Hassetts kleinem Privatbüro legte er die Fakten auf den Tisch, und Mr Hassett sagte, er glaube nicht, dass viertausend Pfund die Bank sprengen würden. Unter seinem kleinen Schnurrbart zeigte sich flüchtig jenes Lächeln, das Kreditnehmern zuteilwurde, wenn er ihnen ein Darlehen bewilligte. Dillahan nickte dankbar.

»Wäre doch ein Jammer, sich die Gelegenheit entgehen zu lassen«, sagte er.

»Es ist immer ein Jammer, sich gutes Land entgehen zu lassen, Mr Dillahan.«

»Der Haken dabei ist nur, dass er an einem Tag über Verkaufsangebote redet und am nächsten darüber, dass das Feld gerodet und entwässert werden muss.«

»Hat er das Feld vernachlässigt?«

»Ja, schon.«

»Je älter ein Mann ist, desto schwerer fällt es ihm, sich von seinem Besitz zu trennen. Und desto mehr Gründe hat er, genau das zu tun. Nicht, dass der Verkauf von Grund und Boden nicht jedem Mann schwerfällt, ganz gleich, wie alt er ist.«

»Gahagan hat noch ein paar Jährchen vor sich.«

Dillahan erhob sich. Auf dem Schreibtisch stand ein Golfpokal, und Mr Hassett sah, dass er ihn musterte. Ein kleiner Glücksfall, sagte er, der Rathmoye Bankers' Prize. Er hielt die Tür seines kleinen Privatbüros auf. Die Männer schüttelten sich die Hand, und Dillahan ging durch die Büroräume und trat auf den sonnenbeschienenen Platz hinaus. Er sah sich um, ob Ellie bereits von ihren Einkäufen zurück war. Eine der Hecktüren des Vauxhall stand offen, auf dem Boden lagen ein Korb und zwei Tragetüten. Daneben stand Ellie. Der verrückte alte Protestant unterhielt sich mit ihr.

»Deswegen sind sie fortgegangen«, sagte Orpen Wren. »Die St. Johns konnten ihre Söhne nicht im Zaum halten.«

Ellie nickte. Sie überprüfte noch einmal ihre Einkaufsliste, um sicherzugehen, dass sie nichts vergessen hatte.

»Der letzte Gutsverwalter, den sie in Lisquin hatten, war Mr Boyle, und die Hausherrin hatte ihn und mich in ihr kleines Zimmer bestellt. ›Schließen Sie die Tür‹, sagte sie, und ich folgte ihrer Aufforderung. Mr Boyle sagte kein Wort. Männer würden ins Haus kommen, um nach ihren weiblichen Angehörigen zu suchen. Nach Ehefrauen oder Töchtern, ganz gleich. Die Wüstlinge aus Mallow seien nicht beteiligt, sagte sie. ›Ach, schlimmer‹, sagte sie. ›Viel schlimmer.‹

Der Hausherr habe sich vor lauter Scham im Bett verkrochen, und dann rückte sie mit der Sprache heraus: Elador sei mit einer Frau durchgebrannt. ›Ich verstehe mich nur auf die Haushaltsführung‹, sagte sie. ›Ich bin nicht in der Lage, irgendwelche Manöver zu ersinnen.‹ Ihre beiden kleinen Töchter seien ein paar Jahre alt, Jack vielleicht vierzehn. Wozu sie, abgesehen davon, noch tauge?, fragte sie uns, und Mr Boyle versprach ihr, ganz Irland zu durchkämmen. Er werde einen Stallburschen mitnehmen, und sie würden jedes Gasthaus und jedes Hotel abklappern. Sie würden die beiden finden, und wenn es sechs Monate dauerte. Er werde Elador nicht schonen, das verspreche er ihr. Er werde ihm gegenüber kein Blatt vor den Mund nehmen und die Frau ihren Angehörigen zurückgeben. Mr Boyle sagte zur Hausherrin: ›Ma'am, vielleicht werde ich es aus Elador herausprügeln müssen.‹ Er brauche nicht nur ihre Erlaubnis, sich an ihrem Jungen vergreifen zu dürfen, sondern auch die des Hausherrn, denn er habe Angst vor der Polizei. Sie wiederholte, ihr Mann liege im Bett. Sie war außer sich. Anscheinend hatte sie vergessen, dass sie uns das bereits mitgeteilt hatte. ›Mr Wren wird es aufschreiben‹, sagte Mr Boyle. ›Mr Wren wird aufschreiben, dass Elador gezüchtigt nach Lisquin zurückgekehrt ist. Mr Wren wird ein Datum daruntersetzen. Und hinzufügen, dass man uns die Erlaubnis dazu erteilt hat.‹«

Ellie versuchte, am Gang ihres Mannes abzulesen, ob ihm das Darlehen bewilligt worden war, was ihr jedoch nicht gelang. Eine Frau mit einem Schultertuch streckte einen Arm aus, und er griff in seine Hosentasche und drückte ihr eine Münze in die Hand.

»Es brach ihr das Herz – wegen Lisquin, sagte Mr Boyle. Es brach ihr das Herz, dass einer ihrer Söhne die St. Johns in Verruf gebracht hatte. ›Das war in dieser Familie schon immer so‹, beklagte sie, und ihr standen Tränen in den Augen. Immer sei es so gewesen, wiederholte sie, Generation um Generation. ›Schicken Sie mich los, Ma'am‹, flehte Boyle sie an. ›Erlauben Sie dem Stallburschen und mir, der Unwürdigkeit der ganzen Sache ein Ende zu bereiten.‹ Wenn man sich die Geschichte später erzählte, sagte Mr Boyle, wenn die Kinder der St. Johns, ehe sie zu Männern wurden, erführen, dass man Elador St. John in Letterkenny oder Arklow oder an einem Straßenrand in der Grafschaft Clare verprügelt hatte, dass er und diese Frau zur Strecke gebracht worden waren wie zwei wilde Tiere von Jagdhunden – wenn den Kindern diese Geschichte erzählt würde, wäre die Sache ein für alle Mal erledigt. Und als er und der Stallbursche loszogen, fanden sie die beiden in Portumna am Fluss, in einer Unterkunft, wo Tunichtgute und Tagelöhner vom Straßenbau übernachteten. Sie übergaben die Frau ihrem rechtmäßigen Ehemann, und Elador St. John musste Irland verlassen. Aber eines Nachts, viele Jahre später, kam ein Bauer mit einem Gewehr nach Lisquin, das man ihm entreißen musste, sonst hätte er Jack niedergeschossen. Am nächsten Tag gab es niemanden im Haushalt, der nicht wusste, dass die St. Johns wegziehen würden.«

Seine Augen wurden stählern und durchdringend. Mit einer Hand umklammerte er den geöffneten Schlag des Wagens. Während seines langen Monologs hatte Ellie den Eindruck gewonnen, dass er eigentlich etwas ganz anderes sagen wollte und es nur deswegen nicht zustande brachte, weil er nicht die richtigen Worte fand. Er fragte sie, ob sie verstehe.

»Lisquin gehört nun schon so lange zur Vergangenheit, Mr Wren«, sagte sie. »Und mit ihm die St. Johns.«

»›Wir sind Kummer gewohnt, Sir‹, habe ich zu George Anthony gesagt, gleich am Tag seiner Ankunft. Was die Familie zu Fall gebracht hat, meine Dame, das war der Kummer. Nur wurde das nie ausgesprochen, es sei denn innerhalb der Mauern von Lisquin. So ist es bis auf den heutigen Tag, meine Dame.«

»Ja.«

»Die Papiere sind wieder dort, wo sie hingehören. Es war sehr freundlich von ihm, sie mir abzunehmen. Ein altes Gespenst, würden sie sagen, wenn ich selbst mit den Papieren ankäme. Ich bilde mir keineswegs ein, dass ich im Haus willkommen bin. Aber George Anthony hat mich eines Besseren belehrt.«

»Die Person, von der Sie reden, ist kein St. John, Mr Wren.«

»Da kommt ja Ihr Mann, meine Dame. Ihren Mann kenne ich gut.«

Dillahan ließ ein Auto passieren, ehe er langsam den Platz überquerte. Dann wurde er von Fennerty, dem Viehauktionator, aufgehalten, der ihm mitteilte, Con Hannington sei gestorben. »Gestern Abend«, sagte er.

»Ich habe davon gehört.«

Sie unterhielten sich ein paar Minuten. Der arme Con sei lange krank gewesen, erzählte Fennerty, und Dillahan nickte unablässig, während er sich aus dem Gespräch wegzustehlen versuchte. Er kam nicht gern nach Rathmoye, weil er immer noch das Mitleid der Bewohner spürte, und da er sich nach wie vor die Schuld an dem Unfall gab, schien es ihm naheliegend, dass ihm auch andere, trotz ihres Mitgefühls, die Schuld daran gaben. Sonntags ging er immer zur Frühmesse, da diese nicht so überfüllt war.

Er sagte, er werde bei Fennerty vorbeischauen. Als er zum Vauxhall kam, war Ellie wieder allein.

»Das wäre erledigt«, sagte er. »Hast du alles?«

»Ja.«

»Dann können wir ja fahren.«

Behutsam steuerte er den Vauxhall zwischen den anderen Autos auf dem Platz hindurch und fuhr über die Magennis Street in die Cashel Street.

»Was wollte der Alte denn?«

Er rede nur wirres Zeug, antwortete Ellie, man wisse nie, worauf er hinauswolle.

»Nicht gerade lustig, wenn einem im Kopf alles durcheinandergerät.« An der Kreuzung ließ er eine Frau mit einem Kinderwagen passieren. »Der arme Teufel.«

»Ja.«

Sie kamen an den beiden Kirchen vorbei, dann ließen sie die Stadt hinter sich. An einer Stelle, wo die Straße aufgerissen war, mussten sie vor einer behelfsmäßigen Ampel warten.

»Wer ist das?«, fragte Dillahan, als sie einen Radfahrer überholten.

Sie wollte sagen, das sei Florian Kilderry und sie sei in ihn verliebt. Sie wollte seinen Namen aussprechen und erklären, dass er auf dem Weg zum hinteren Pförtnerhäuschen von Lisquin House sei, wo sie sich oft trafen. Sie wollte sagen, dass er einen Zettel von ihr vorfinden werde, da sie heute nicht selbst dort sein könne.

»Ich weiß nicht, wer das ist«, hörte sie sich sagen, und wieder verspürte sie den Drang, von ihm zu reden. Sie habe ihn schon einmal gesehen, sagte sie. Er heiße Florian Kilderry, habe sie gehört. Er komme aus der Nähe von Castledrummond.

Die Ampel sprang um. Sie mussten einen Lastwagen abwarten, der ihnen langsam entgegenkam. Dillahan sagte, beim Grafschaftsrat habe es einmal einen Vorarbeiter namens Kilderry gegeben, an der rechten Hand hätten ihm zwei Finger gefehlt. Bei einem Konkursverkauf in Castledrummond habe sein Vater einmal einen Vertikulierer erstanden.

»Ich weiß noch, wie ich von der Schule nach Hause kam und er auf dem Hof stand.« Er selbst sei noch nie in Castledrummond gewesen.

»Nein.«

»War viel los heute, nicht wahr?«

»Für einen Dienstag schon.«

»Ich habe Plakate gesehen von irgendeinem alten Zirkus.«

»Die hängen schon eine Weile da.«

»Aber nicht Duffy's, oder?«

»Nein, nicht Duffy's.«

»Ich bin immer zu Duffy's mitgenommen worden.«

Davon hatte er ihr schon erzählt, als sie das erste Mal auf den Bauernhof gekommen war: wie ungeduldig er immer darauf gewartet hatte, dass die Elefanten drankamen, wie ein Clown eine seiner Schwestern dazu überredet hatte, ihm einen Kuss zu geben. Er hatte ihr von Piper's Entertainments erzählt, wenn in Rathmoye Rummel war, von den Karussells und den Autoskootern, von dem Ringwurfstand, an dem er ein Kaninchen aus Porzellan gewonnen hatte.

»Freitag ist Con Hanningtons Beerdigung«, sagte er. Er fuhr in die Straßenmitte, um nach rechts abzubiegen, und wartete darauf, dass ein entgegenkommender Traktor passierte. Er grüßte den Fahrer.

»Con hat mir mal fünfzig Pfund geliehen«, sagte er. »Die Gerste war missraten, und ich war in Nöten.«

Er habe ihm das Geld zurückgezahlt, jeden Penny davon, Con Hannington habe gewusst, dass er sich auf ihn verlassen könne. Die Bank wolle wegen des Darlehens kein Risiko eingehen, aber auch die Bank wisse, dass man sich auf ihn verlassen könne.

»Ich werde zur Beerdigung gehen«, sagte er.

Es war das erste Mal, dass sie einander Zettel hinterlassen hatten. Inzwischen musste er angekommen sein, überrascht, dass sie nicht da war, und dann würde er den Stein herausheben. Bestimmt hatte er nicht gemerkt, wer ihn da überholt hatte. Er kannte ihr Auto nicht.

Sie fuhren an Gahagans Tor neben dem alten, halb verfallenen Gestell für die Milchkannen vorbei. Dann kam die Abzweigung zu dem Sträßchen, das zu den Hügeln hinaufführte und das im Winter, wenn sich eine Flut herabwälzte, nur schwer passierbar war.

Sie mussten rechtzeitig zurück sein, wegen des Postautos. Da kam es ihnen auch schon entgegen. Der junge, neue Postbote kurbelte sein Fenster herunter und händigte Dillahan die Rechnung für den Kunstdünger aus, der wenige Wochen zuvor geliefert worden war.

»Ein anständiger Kerl«, sagte ihr Mann.

Schon aus mehr als einem halben Kilometer Entfernung hörten die Hunde den Wagen herannahen und begannen zu bellen. Wie gut, dass sie hinter dem Stein nachgeschaut hatte; wie gut, dass er heute gekommen war, um ebenfalls dort nachzuschauen. Sein Fahrrad hieß Golden Eagle, unterhalb der Lenkstange war ein Adler auf einem Felsen abgebildet. Ein Fahrrad dieses Namens hatte sie noch nie gesehen.

»Ich muss noch die letzten Kartoffeln lesen«, sagte ihr Mann, »bevor der Regen einsetzt. Nur ein Dutzend Reihen oder so.«

»Dann helfe ich dir dabei.«

»Ach nein, du hast genug zu tun.«

»Es macht mir nichts aus.«

»Ach, nicht doch.« Er widersprach ihr sanft und schüttelte dabei den Kopf, wie er es so oft tat, wenn sie ihm ihre Hilfe bei einer Tätigkeit anbot, die er nicht mehr als ihre betrachtete.

Er bog in den Hof ein. Die Hunde kamen herbeigelaufen, um sie zu begrüßen.

22

Shelhanagh House sah anders aus, als Ellie es sich vorgestellt hatte. Die weiße Eingangstür hatte einen wässrigen Stich ins Grüne, an verschiedenen Stellen war die Farbe ganz abgeblättert. Auf dem Kies vor dem Haus stand ein Container, der überzulaufen drohte, vollgestopft mit ramponierten, von Mäusen angenagten Koffern, verrosteten Farbtöpfen, einem Bügelbrett, Waagen, einer Schreibmaschine, Elektroöfchen, einem Kamingitter, einer Hosenmangel. Die Fliesen in der Diele waren nicht mit Teppichen belegt, im Speisezimmer standen keine Möbel, der Salon war kein Salon.

»Ich hätte dich warnen sollen«, sagte er.

Er ging ihr voraus nach oben, an leeren Zimmern vorbei zu den hohen Dachkammern, wie er sie nannte, und zu einer schmalen Treppe. Diese verengte sich zu einer Leiter, die ins Dachgestühl und aufs Dach führte. Sie standen auf dem warmen Blei einer Regenrinne zwischen zwei mit Schiefer gedeckten Schrägen und blickten auf den Garten, auf den dahinterliegenden See, von dem Florian ihr erzählt hatte, über Ackerland hinweg bis zu den fernen Bergen. Auf einem Feld tuckerte langsam ein Traktor auf und ab. Dort, wo sie standen, war kein Geräusch zu hören.

»Hier oben hat es mir schon immer gefallen«, sagte er, wies auf bestimmte Stellen hin und gab ihnen Namen – Greenane Crossroads, eine Brücke kurz dahinter, auf dem Weg nach Castledrummond, Gehöfte und Häuser. »Hier oben habe ich immer gelesen. Stundenlang, weißt du, jedenfalls im Sommer.«

»Es ist wunderschön. Überall.«

Als sie wieder unten waren, folgte ihnen ein Hund. »Das ist Jessie«, sagte er, und in der Küche nahm er ein Buch vom Tisch. Vor langer Zeit habe er es verloren und es erst gestern wiedergefunden. Er verliere nur ungern Dinge, sagte er.

»Steht das Haus immer noch zum Verkauf?«, fragte Ellie, als sie in einem kopfsteingepflasterten Hof standen, und streckte die Hand aus, um der Hündin den Kopf zu kraulen.

»Die arme alte Jessie wird langsam alt«, sagte er. »Shelhanagh ist verkauft.«

Sie hatte sich vorgenommen, zur Beichte zu gehen, falls der Verkauf ins Wasser gefallen sein sollte. Sie hatte Sühne gelobt und Gehorsam; für den Rest ihres Lebens würde sie sich zu jeder Stunde jedes Tages von Gehorsam leiten lassen.

»Nächsten Monat, am siebzehnten«, sagte er.

Ach, noch eine Ewigkeit hin, hatte er beim letzten Mal gesagt, da noch so viele Formalitäten zu erledigen seien. Vielleicht im Oktober, und sie hatte sich die kahlen Herbstbäume vorgestellt, die heranziehenden Novembernebel, während er immer noch da sein würde. Der siebzehnte September war in weniger als drei Wochen!

»An demselben Nachmittag, als ich das Notizbuch fand, sind die Leute vorbeigekommen, die Shelhanagh gekauft haben. Ein leicht überdrehtes Paar«, sagte er.

»Ich habe gedacht, es könnte vielleicht etwas schiefgegangen sein.«

»Nein, es ist nichts schiefgegangen.«

Als er die klapprigen Türen einer Garage auf dem Hof öffnen wollte, musste er sie regelrecht aus den Angeln heben. Es sei lange her, dass der Wagen auf der Straße gewesen sei, erklärte er. Er nannte das Automobil einen Morris Cowley und klappte hinten den Notsitz hoch, wie er ihn nannte.

Im Garten deutete er auf das hohe Gras, das im Sonnenschein schimmerte und sanft in einer Brise schwankte. »Früher war da der Tennisplatz.«

Eine Weile habe er einen Lehrer gehabt, sagte er, der immer in gewöhnlichen Straßenschuhen auf den Platz gekommen sei. Sein Vater habe das ganz und gar unangebracht gefunden. Trotz seines schlimmen Beins habe sein Vater im Tennis immer gewonnen.

Jeden Sommer sei ein Mann gekommen, um Kaninchen zu schießen, die toten Tiere habe er mitgenommen, aber immer wieder seien welche nachgerückt. Im Rhododendrongebüsch gebe es einen geheimen Ort, manchmal kämen Kaninchen herausgehoppelt, als diene er auch ihnen als geheimer Ort.

»Dort hatte ich eingebildete Freunde, und einmal habe ich so getan, als hätte der Kaninchenjäger aus Versehen einen von ihnen erschossen. Ich hielt ein richtiges Begräbnis ab, mit Kränzen aus Rhododendron.«

Rauchfahnen wehten umher. Neben einem Haufen schwelender Asche standen Pappkartons mit verschiedenen Papierbündeln, die von Gummibändern zusammengehalten wurden, es gab Kontrollabschnitte von Schecks, Briefe in Kuverts und aufgespießte Quittungen. Ellie sah zu, wie eine Flamme aufloderte, und ihr fiel wieder der Brief ein, den sie an Sister Ambrose geschrieben und im Ofen verbrannt hatte. Das war vor mehr als drei Wochen gewesen, die sich eher wie Monate anfühlten. Drei Wochen waren nichts.

Er warf noch mehr Papier aufs Feuer, danach die Kartons. Er zeigte auf das Hausdach, eine andere Stelle als die, wo sie gestanden hatten: Dort seien Partygäste hinaufgeklettert, und einer von ihnen, ein Opernsänger, habe da oben ein Lied gesungen.

»Steht das Datum wirklich fest?«, fragte sie. »Der siebzehnte September?«

»Ja, es steht fest.«

Wilde Gartenwicken standen in Blüte, weiße und blasse Schattierungen von Mauve und Pink. An den Bäumen, an denen sie auf dem Weg zum See vorbeikamen, hingen Äpfel. Als die Hündin im Uferschilf herumschnupperte, scheuchte sie Ratten auf, die ins Wasser huschten.

»Ein Donnerstag«, sagte sie. »Der siebzehnte September.«

Ihre Stimme klang ermattet. Er nahm es wahr und wünschte, Ellie wäre nicht hier, obwohl er zugleich das Gegenteil wollte. Ihr Hiersein machte für sie alles nur noch schlimmer, das spürte er und wusste doch, dass sie es nicht spüren konnte, weil sie es nicht spüren wollte. Er hatte sich völlig vertan, als er ihr vorgeschlagen hatte, zu kommen.

»Es ging nicht anders«, sagte er. »Es musste einfach verkauft werden. Ich hätte nicht gedacht, dass alles so glatt läuft.«

Fast jedes Wort, das er sagte, klang verkehrt, sobald es ihm über die Lippen kam, einen Moment lang hatte er das Gefühl, der von ihm selbst erfundenen Welt der Raubtiere anzugehören, eine Abart ihrer Grausamkeit zu sein. Er hatte sich genommen, was ihm dargeboten wurde, hatte wieder einmal sein nörgelndes Gespenst vertrieben. Und indem er dies tat, machte er trotz seiner Zärtlichkeit, trotz seiner Zuneigung einem Mädchen, das er kaum kannte, das Leben zur Hölle.

Sie sah, wie er nach einer Zigarette kramte und in einer Tasche eine lose fand. Sie sah, wie er die Tabakkrumen hineindrückte. Dann gingen sie den gleichen Weg zurück, den sie gekommen waren, zwischen den Apfelbäumen hindurch. Im Garten warf er einen Ball für seine Hündin. In der Küche zeigte er Ellie eine verblichene Kunstpostkarte, die auf einer Fensterbank lehnte. Eine Frau in altmodischen Kleidern hielt einen Federkiel in einer Hand und eine Art Untertasse in der anderen. Ein Mönch betete.

»Die heilige Lucia«, sagte er.

Aus dem Hals der Heiligen ragte der Griff eines Dolches und ein Teil der Klinge. Es floss kein Blut. Sie hatte einen Heiligenschein.

»Du siehst der heiligen Lucia ähnlich«, sagte er.

Sie schüttelte den Kopf. Sie hatte nicht gewusst, dass es eine Heilige namens Lucia gab, und ob es sie nun gegeben hatte oder nicht, war völlig nebensächlich. »Komm mit mir«, hatte sie ihn zu sagen genötigt, obwohl sie wusste, dass das nur ihrer Phantasie entsprang. »Komm mit mir«, und dann hatte er ihr von Skandinavien erzählt, so wie er ihr jetzt von seiner Kindheit erzählte. Und sie würde sich vom Bauernhof stehlen und die Tür zu der still gewordenen Küche schließen, zu dem ungedeckten Tisch, dem Herd, auf dem keine Töpfe siedeten. Die Leute würden mitbekommen, dass sie nicht mehr da war, die Corrigans und Gahagan, die Ladenbesitzer in Rathmoye, Mrs Hadden, Miss Connulty, die Priester, die Nonnen in Cloonhill. Es erschreckte sie, zu hören, wie sie geschmäht wurde, aber wenn sie es oft genug hörte, würde es sie vielleicht nicht länger erschrecken.

Er nahm ihr die Kunstpostkarte aus der Hand und stellte sie wieder auf die Fensterbank.

»Tut mir leid, dass es keinen Kuchen gibt.« Er schenkte den Tee ein, den er gebrüht hatte. An Konfitüre jedoch hatte er gedacht – Himbeerkonfitüre aus dem Pub mit Lebensmittelladen. Er sagte, das Brot sei frisch.

»Ich brauche nichts«, sagte sie, aß die Brotscheibe, die er abgeschnitten hatte, aber trotzdem, weil er sie abgeschnitten hatte, und trank von dem Tee. Hinterher, im Salon, erzählte er ihr, wie das Zimmer früher ausgesehen hatte, beschrieb die Möbel, die es nicht mehr gab. Er zog die Reißzwecken aus der Wand, mit denen eine Reihe von Bildern befestigt war. Er glättete jedes der zerknitterten Blätter und reichte ihr eins davon.

»Ihre Aquarelle sind das Einzige, was mir von meiner Mutter und meinem Vater geblieben ist«, sagte er.

Er sagte, den Namen des Strandes, wo die Leute Picknick machten, habe er früher einmal gewusst, inzwischen jedoch vergessen. Das Paar, das sich in einem leeren Theater unterhalte, seien Schauspieler, die seinerzeit berühmt gewesen seien. Der Regenschirm, unter dem Kümmelblättchen gespielt wurde, befinde sich in einer Dubliner Straße, der Tulpenbaum stehe in einem Dubliner Garten. »Sie ist oft hierhergekommen«, sagte er von einem Mädchen in einem elfenbeinfarbenen Kleid, das sich auf einem umgedrehten Boot am See rekelte, die langen Beine lässig gespreizt, um den Hals ein rotes Tuch geknotet.

»Die sind für dich«, sagte er. »Bitte nimm sie.«

Sie schüttelte den Kopf. Die Annahme des Geschenks hätte bedeutet, dass sie blieb und er ging, dass die Gabe und deren Entgegennehmen eine Geste des Abschieds, eine Bekräftigung des Abschieds waren. Früher hätte sie es nicht vermocht, jetzt aber war sie in der Lage, nein zu sagen.

Er drängte sie nicht, und bald darauf radelte sie zurück nach Rathmoye. Bei Hearn's musste sie Fleisch einkaufen und im Cash & Carry ein paar Lebensmittel. Bei Hogan's, wo sie oft ein neues Schreibheft für die Rechnungsführung besorgen musste, wollte sie mehr über Skandinavien in Erfahrung bringen. Es wurden auch Schulbücher verkauft, und in einem Atlas fand sie Skandinavien. Als sie die auf einer Seite zerklüfteten Umrisse sah, erinnerte sie sich an die prächtige Karte, die einmal an der Schultafel gehangen hatte. In einem Buch, das sie vom Regal nahm, war nachzulesen, dass sich die norwegischen Fjorde tief ins Inland einschnitten, dass Wald und Wasser und der Küste vorgelagerte Archipele den Schweden ihre grüblerische Natur verliehen. »Das kleine Land da ist Dänemark«, hatte die Nonne, die Geographie unterrichtete, gesagt, und sie erinnerte sich an die Meerjungfrau auf dem Granitstein.

Verschiedene Sprachen, kaum Städte, hieß es in dem Buch. Es wurde Getreide angebaut. In Kiruna wurde Eisenerz gewonnen. Die Ortsnamen waren unaussprechlich. *Gudbrandsdalen,* las Ellie, *Hennestrand, Sundsfjord, Kittelfjall.* Da waren *Göteborg* und *Malmö*, *Leksand* und *Finse* schon leichter auszusprechen.

Die Wikinger kamen aus Skandinavien, stand säuberlich mit Kreide an der Tafel geschrieben – das fiel ihr wieder ein. Die Geographielehrerin war Sister Agnes gewesen.

23

Orpen Wren ging von Geschäft zu Geschäft. Er wartete am Bahnhof und versuchte sich darauf zu besinnen, wen er treffen wollte, wem er eine Botschaft zu überbringen hatte. *Die Wüstlinge von Mallow* – das fiel ihm wieder ein, der Liedtitel war in der Bibliothek genannt worden, allerdings wusste er nicht, weshalb er ihm ausgerechnet jetzt einfiel. »Die Wüstlinge aus Mallow sind nicht beteiligt.« Als sie den Satz sagte, hatte ihre Stimme gestockt, wie die Stimme einer jeden Mutter es tun würde, und dann hatte sie geweint. Ob ihr Sohn in Portumna tot sei?, hatte sie Mr Boyle gefragt, und Mr Boyle hatte geantwortet: Nur gelähmt, und sie hatte gesagt: Gott sei Dank. Der Kutscher hatte die ganze Zeit über geschwiegen.

Erst umhüllte Dämmerlicht, dann Dunkelheit Orpen Wrens Erinnerungen: ein dichter werdender Nebel, verzerrte Töne und Gesichter, und schließlich kamen sie ihm ganz abhanden. Der Nebel würde sich lichten, heute irgendwann, morgen. Oder überhaupt nicht.

Die Papiere waren wieder an ihrem Platz. Die Frau hatte die Kohlenlieferung in die Wege geleitet. Die ersten Kaminfeuer würden entzündet werden, Klavierspiel wäre zu hören. Im Hof würde man die Pferde wiehern hören, die Hunde, die menschlichen Stimmen. »Wir werden wegziehen«, hatte der Hausherr von seinem Bett aus gesagt.

Thomas John Kinsella, lautete die Gedenkinschrift auf dem Sockel. *Gestorben für Irland, 1776–1798.* Es stand noch mehr dort geschrieben, kleinere gemeißelte Buchstaben; doch der Name und die Lebensdaten reichten vollkommen. Orpen sah zu dem jungen, knochigen Gesicht auf, zu dem offenen Hemd und den bloßen Unterarmen, und der Held, der so früh gestorben war, tat ihm leid. Das sagte er oft, wenn er hier auf dem Platz saß und Thomas Kinsellas Gesellschaft genoss: Du tust mir leid. Er mochte Kinsella.

Wieder ging er zum Bahnhof. Im Eckladen in der Hurley Lane kaufte er sich eine Dosensuppe. Dann sah er den Kindern beim Himmel-und-Hölle-Spiel zu.

Thomas John Kinsella, las er abermals, als er zum Platz zurückkam. Er schlief eine Weile und wachte schließlich durch sein eigenes Kopfschütteln auf, als er sich gerade dafür rügte, dass er seinen Vorsatz vergessen hatte. Jetzt fiel er ihm wieder ein: Er wollte jemandem eine Botschaft ausrichten.

Sofort brach er auf, doch nach einer Weile erschien ihm die Entfernung zu groß, und er wusste, dass er einen geeigneteren Tag abwarten musste.

24

Dillahan baute den Pferch ab, den er jedes Jahr für die Schafschur errichtete. Wie immer um diese arbeitsintensive Jahreszeit hatte er den Abbau länger hinausgeschoben, als er beabsichtigte. Ganze Wochen waren vergangen, und jeden Tag sagte er sich, dass sich das Gewirr aus alten Gattern und Wellblech, grellroten Schnüren und verstreuten Wollknäueln hässlich ausnahm.

Sobald er die Schnüre gelöst hatte, sammelte Ellie sie ein und zupfte die Knoten auseinander. Sie harkte die Wolle zusammen, kämmte sie aus dem Gras heraus. Sie hatte den Düngemittelsack vom Vorjahr mitgebracht, um die Wolle darin wegzuschaffen.

»Nächstes Mal fangen wir lieber früher damit an«, sagte ihr Mann, während er die verrosteten Gatter auf dem Anhänger stapelte.

Um sie herum war die Natur am Verdorren: die Brennnesseln, die in den Hecken gegrünt hatten, die Fingerhüte, die die Köpfe hängen ließen, und der Wiesenkerbel. Wo die Schafe sich aneinandergedrängt hatten, war die Erde hart und trocken, das Gras hatte sich gelb verfärbt. Doch die Septemberluft war kühl und frisch, angenehmer als die dreiste Hitze des August.

Ellie nahm von alldem fast nichts wahr, wusste aber aus vergangenen Jahren, was gerade ablief. Sie versuchte es sich ins Gedächtnis zu rufen: wie sie zum ersten Mal die Wolle zusammengeharkt hatte, wie sie mit der Weide vertraut geworden war, wie sie im Holzapfelgarten zum ersten Mal die Eier eingesammelt und nachts Hasen gesehen hatte. Doch sosehr sie sich auch abzulenken versuchte, immer wieder drängte sich ihr Shelhanagh House auf: die schäbigen, verlassenen Zimmer, der Tennisplatz, die ruhige alte Hündin, die sich im Gras ausruhte, die Kunstpostkarte mit der heiligen Lucia. Auch Skandinavien drängte sich ihr auf, und in Gedanken weilte sie dort, in der Fremde.

»Na ja, zum Glück hat sich das Wetter gehalten. Ich kann mich nicht erinnern, dass wir jemals eine solche Trockenheit hatten. Braves Mädchen«, zollte er ihr Lob, und in seinem Tonfall schwang Mitgefühl mit, denn ihre Arbeit war mühsam.

Er ließ den Traktor an, und sie hörte das Rumpeln des Anhängers, bis es langsam verhallte und schließlich ganz erstarb. Sie band die Schnüre zu einem Bündel zusammen und legte es beiseite. Die Wolle, die sie zusammengeharkt hatte, füllte sie in den Düngemittelsack. Den ganzen Vormittag hielt sie sich auf der Weide auf.

Der kleine Kirchhof war schattig und wies ein ganz eigenes Zwielicht auf. Er war mit Ahornbäumen und Eichen überhangen, dazwischen standen wie Schildwachen düstere Eiben, alte Grabsteine hatten sich gesenkt oder waren umgestürzt. Wie willkürlich doch die zufälligen Lebensumstände der Menschen waren, dachte Florian, als er das Gras musterte, das den Grabhügel seiner Eltern überwucherte. Welch ein Zufall, dass Natalia Verdecchia, ein Kind Genuas, jetzt in gerade diesem Flecken Erde lag, weil sie einen *soldato di ventura* geliebt hatte. Die beiden Namen waren in ungeschliffenen Kalkstein gemeißelt. Den Steinmetz, der damit beauftragt worden war, hatte man ihm wegen seiner sicheren Hand empfohlen. Darauf war es ihm angekommen – dass sie beisammenlagen, dass handwerkliches Geschick und Talent ihre letzte Ruhestätte prägten, so wie ihre tiefe Zuneigung füreinander und die Begabung, die sie teilten, ihr Leben geprägt hatten. Es fiel ihm schwer, zu glauben, dass sie schweigend dort lagen, gemeinsam und doch jenseits aller Berührung.

Ein Mann machte sich mit einer Hacke an den Kiespfaden zu schaffen, und Florian lieh sich eine Gartenschere von ihm aus. Er schnitt das Gras auf dem Grab, zog das Dornengestrüpp heraus, das sich noch nicht ganz festgesetzt hatte. Am Tag vor seinem Tod hatte sein Vater sich für etwas entschuldigt, das seine Eltern ebenfalls geteilt zu haben schienen: die Enttäuschung darüber, dass sie nur ein Kind gehabt hatten. Er hatte beteuert, eine derartige Enttäuschung nie empfunden zu haben, und Florian hatte mitgespielt.

Er gab die Gartenschere zurück und schlenderte zwischen den Gräbern umher, bevor er zu der gesäuberten Grabstelle zurückkehrte. Wie sehr sie einander geliebt hatten!, dachte er, als er den Zeigefinger über die beiden Namen auf dem Grabstein gleiten ließ. Wie gut sie es verstanden hatten, zu leben, wie wenig sie das Leben anderer gestört hatten. Er hoffte, es würde ihm schwerfallen, Ellie Dillahan zu vergessen, wenigstens das.

Er stellte sein Fahrrad am Friedhofstor ab. Die Kette war abgerutscht, und er nahm sie mit, um sie straffen zu lassen, da er nach Dublin radeln wollte, wenn er das Land verließ. Wenn er abends aufbräche, würde er die ganze Nacht dafür brauchen. »Lass dein Fahrrad in Dublin nie auf der Straße stehen«, hatte ihn sein Vater immer beschworen, aber genau das würde er tun, und wer immer es haben wollte, durfte es haben.

Er suchte die Anwaltskanzlei auf, die die Eigentumsübertragung für Shelhanagh House aufgesetzt hatte, und bat darum, den Geldbetrag, der ihm nach Abzug der zahlreichen Gebühren zustand, bei der Filiale der Bank of Ireland in Castledrummond zu hinterlegen. In der Bank traf er die notwendigen Vorkehrungen, damit die Barmittel ihm zur Verfügung stünden, sobald er im Ausland wäre. Er kaufte sich eine Fahrradlampe; bis dahin hatte er keine besessen.

Ellie wählte Kleidungsstücke aus, faltete sie zusammen und legte sie separat in eine Schublade. Sie kaufte Lebensmittel ein: Konservendosen, damit im Haus wenigstens etwas vorrätig war, Three-Counties-Käse, eine Schwarte Speck, die sich halten würde. Es war nur recht, dass es für eine Zeitlang genügend Lebensmittel gab, und ein Dosenvorrat konnte nie schaden.

Der Reißverschluss der roten Reisetasche, die sie vor Jahren nach Lahinch mitgenommen hatte, war verklemmt, und sie bekam ihn nicht auf. Sie hatte die Tasche in einem Secondhandshop erstanden, und damals war es ihr gleichgültig gewesen, dass der Reißverschluss klemmte, jetzt hingegen war es ihr durchaus nicht gleichgültig, und sie schaute bei Corbally's vorbei, um zu sehen, was sie dort im Angebot hatten. Sie kaufte nichts, da sie wusste, dass sie jederzeit wiederkommen konnte, um eine der Reisetaschen zu erstehen, die man ihr gezeigt hatte. Wenn es so weit wäre, würde sie noch mehr Konservendosen besorgen sowie Gemüse, das eine Weile frisch blieb. Sie würde ihm Frühstücksspeck und Eier hinstellen, damit er für den Anfang zurechtkam. Sie war sich bewusst, dass sie mit ihren Vorbereitungen zu viele Erwartungen verband, dass das, was als bloße Phantasie begonnen hatte, mit jedem Tag an Realität gewann. Sie versuchte sich daran zu hindern, aber es gelang ihr nicht.

25

Die Kellnerin in Olery war gesprächig. Sie stand mit dem karierten Tuch vor ihnen, das sie stets bei sich trug, um die Tische abzuwischen. »Wo ist nur die Zeit geblieben«, sagte sie. Seit Ostern arbeite sie nun schon in dem Café. Man glaube nicht, wie schnell die Tage vergingen. In wenigen Wochen werde sie schon ihren Winterjob antreten, in Dublin, wo sie herstamme. In The Log Cabin, Phibsborough. Dort, in der Leitrim Street, habe sie schon einmal einen Winter lang gearbeitet.

»Falls Sie je vorbeikommen sollten«, sagte sie ermunternd.

Florian nickte. Während er ihren Ausführungen zuhörte, hatte er hin und wieder gelächelt. Ellie war still. Sie trug einen marineblauen Anorak, den er noch nie an ihr gesehen hatte.

»Ich bringe Ihnen gleich Ihren Tee«, sagte die Kellnerin und fügte hinzu, sie stamme selbst aus Phibsborough. »In den letzten paar Monaten habe ich Sie richtig kennengelernt«, sagte sie zu den beiden, bevor sie davonging.

Sie waren die einzigen Gäste im Café. Draußen stutzte ein Mann den Irrgarten mit einer elektrischen Heckenschere. Die Verlängerungsschnur schleifte hinterher. Als sie zuvor an dem Irrgarten vorbeigekommen waren, hatten sie ein Schild gesehen, auf dem stand, er sei heute geschlossen. Von ihren Sitzplätzen aus konnten sie das Brummen der Heckenschere hören.

In ein Gespräch vertieft, kamen zwei ältliche Frauen herein. Florian sah, wie sie sich setzten. Dann besannen sie sich und gingen zu einem anderen Tisch. Dabei kicherten sie leise.

»Aber Ellie«, begann er und kam wieder auf das Thema zurück, bei dem die Kellnerin sie unterbrochen hatte, als sie von sich erzählte. »Ellie –«

»Ich würde mit dir gehen. Egal, wohin.«

Von dem Tisch, an dem die beiden Frauen sich unterhielten und köstlich amüsierten, drang verhaltenes Gelächter herüber, ein angenehmes Geräusch. Ihre üppige Teemahlzeit wurde auf einem papiernen Tischtuch serviert, und die Kellnerin, das leere Tablett flach unter einen Arm geklemmt, musste ihnen Fragen nach den Zutaten in den Scones und den glasierten Törtchen beantworten, offenbar galt es Diät zu halten.

Florian hörte zu. Er sträubte sich, auf den Vorschlag einzugehen, der ihm da aufgedrängt wurde. Inzwischen wusste er, dass er, allein an einem neuen, fremden Ort, die zusammenhanglosen Bruchstücke seiner Phantasie verwerten würde, aus ungestalteten Nichtigkeiten Ordnung schaffen, wieder und wieder von vorn beginnen würde: Wie konnte er ihr das vermitteln? Dass er sich ein Zimmer in einer ruhigen Kleinstadt mieten und arbeiten würde, dass er aus sicherer Entfernung versuchen würde, Isabella nicht ein Leben lang zu lieben? Wie konnte er auch nur ein einziges Wort eines solchen Geständnisses aussprechen, wenn sich stattdessen aus mitleidloser, unerbittlicher Wahrheit eine annehmbare Lüge zimmern ließe? Hätte es ihn zu viel gekostet, ihr zu sagen oder ihr jemals gesagt zu haben: »Ich liebe dich«?

Die Kellnerin kam wieder an ihren Tisch, und da sie ihr Schweigen im Herannahen zu deuten verstand, schrieb sie nur die Rechnung und legte sie ihnen auf den Tisch.

»Wir haben unseren Sommer gehabt, Ellie.«

Er sagte es sachte, so sanft er konnte. Er verwarf die Unwahrheit, da die Zeit ihr widersprechen würde, häufte Kränkung auf Kränkung, Schmerz auf Schmerz, Scham auf Scham. Die forschende Weisheit der Zeit würde sie beide strafen, erbarmungslos strafen.

Sie wandten sich zum Gehen. Als weitere Gäste hereinkamen, traten sie zurück, um sie vorbeizulassen.

»Ohne dich gibt es nichts«, sagte Ellie.

Der Mann nahm gerade das Schild ab, das besagte, dass der Irrgarten geschlossen sei, die Verlängerungsschnur hatte er zusammengerollt. Er nickte ihnen zu, denn wie die Kellnerin kannte er sie längst.

Binsen waren aufgeschossen, und Dillahan wusste, dass sich der Erdboden in dieser Ecke mit Wasser vollgesogen hatte. Vermutlich beschädigte oder verstopfte Entwässerungskanäle, eher wohl beschädigte. Er trat zwei, drei Schritte vor und stand im Morast. Ansonsten aber war Gahagans Feld, bis auf die Umzäunung und die allgemeine Verwahrlosung, in Ordnung, und er hatte ja bereits geargwöhnt, dass es mit dieser Ecke nicht zum Besten stand. Er konnte sich vorstellen, wo der Entwässerungskanal verlief, wahrscheinlich nur ein einzelnes Rohr. Er würde es selbst ausgraben können. Er war bei dem Kauf gut weggekommen, das wusste er.

Er schritt die Grundstücksgrenze ab, überall Kaninchenhöhlen; was die Kaninchen betraf, so war es das schlimmste Jahr, das er je erlebt hatte. Er würde das alte hölzerne Gatter durch ein eisernes ersetzen, ebenso den Trog, wenn er schon einmal dabei war. In der Straßenhecke stand eine tote Ulme. Er taxierte sie und überlegte gerade, ob er sie wohl selbst fällen könnte, da hörte er, wie ein Fahrrad um die Kurve bog. Ellie radelte an ihm vorbei. Er hatte gedacht, dass sie ihn sehen würde, aber das war nicht der Fall. Er rief ihr nach, wollte ihr die sumpfige Ecke zeigen, aber sie hörte ihn nicht und fuhr weiter.

26

Keine Nachricht lud sie mehr ins Shelhanagh House ein. Er kam nicht, wenn sie an dem verfallenen Pförtnerhäuschen auf ihn wartete, wo er zu Beginn so viele Male selbst gewartet hatte. Das Stück Eisen, mit dem er den Efeu ausgegraben hatte, lag noch dort, wo er es im Gras liegen gelassen hatte.

Ellie fuhr davon und kam später noch einmal zurück. War er bereits weg, waren die Formalitäten schon vor dem Stichtag erledigt worden? War er schon in Hennestrand, in Finse oder Malmö? War sein Haus bereits mit den Möbeln anderer Menschen eingerichtet?

Wieder ließ sie das verfallene Pförtnerhäuschen hinter sich, um später erneut zurückzukehren.

Als Florian aufwachte, lag Jessie nicht wie sonst in der offenen Tür. Auch in der Küche war sie nicht, und er suchte sie im Garten. Daraufhin ging er zum See und rief dort nach ihr. Er hatte noch seinen Schlafanzug an. Die Hosenbeine, die durch das hohe Gras schleiften, waren durchnässt. Abermals durchkämmte er den Garten, dann ging er zurück zum Haus, in die Wirtschaftsküche, das unbenutzte Speisezimmer, den Salon und seine frühere Dunkelkammer. Jessie lag zusammengekauert in einer der leeren Dachkammern und versuchte, mit dem Schwanz zu wedeln.

»Arme Jess«, murmelte er.

In der Küche wärmte er Milch auf, doch als er sie ihr vorsetzte, rührte sie sie nicht an. Er wiegte sie in den Armen, aber sie wehrte sich schwach und wollte sich ihm dauernd entziehen. Er setzte sie wieder an der Stelle ab, die sie sich ausgesucht hatte, und hockte sich daneben.

»Arme Jess«, sagte er noch einmal, und sie unternahm eine weitere Anstrengung, mit dem Schwanz zu wedeln, mit ihm auf den Boden zu schlagen, wie es von ihr erwartet wurde. Sie betrachtete ihn aus einem Auge, verlangte nichts – ein zutrauliches Gesicht, dem er stets vertraut hatte. Müde hing ihr die Zunge aus dem Maul. Sie versuchte zu hecheln. Wenige Minuten später verendete sie.

In einem Winkel, wo sie immer gelegen hatte, wenn es zu heiß war, oder im Frühling, wenn sie nach Kaninchen Ausschau hielt, hob er ein Grab für sie aus. Sie war von einem wenige Kilometer entfernten Ort hergebracht worden, die Letzte im Wurf. Sein Vater war zu Fuß hingegangen und mit einem kleinen Bündel im Arm zurückgekommen. »Peko«, hatte sein Vater vorgeschlagen. »Jessie«, hatte seine Mutter dagegengehalten.

Florian trug sie nach unten und durch die Küche in den Garten. Er setzte sich ins Gras und schlang die Arme um sie. Allmählich wurde ihr noch warmer Körper steif. Dann begrub er sie.

Als er wieder ins Haus ging, war ihm unheimlich zumute, es war, als hätte er auf ihren Tod geradezu gewartet, ein weiterer Abschied bei einem Exodus, der nunmehr fast vollständig war. Es gelang ihm nicht, sich zu beruhigen, und er lief zur Greenane Crossroads, um die Haustürschlüssel einen Tag früher bei Mrs Carley zu hinterlegen.

»Die anderen Schlüssel befinden sich in einer leeren Politurdose in der Küche«, sagte er. »Könnten Sie ihnen bitte ausrichten, dass ich die Dose in einen der Geschirrschränke gestellt habe?«

»Selbstverständlich.«

»Heute Morgen ist Jessie gestorben.«

»Ach, die liebe, arme Jessie!«

»Ich hatte Sie fragen wollen, ob Sie sie nehmen würden. Für das bisschen Zeit, das ihr noch geblieben wäre.«

»Selbstverständlich hätte ich sie genommen. Selbstverständlich.«

»Andernfalls –«

»Ich weiß, ich weiß.«

Sie standen in dem Teil, in dem Alkohol ausgeschenkt wurde, und als Mrs Carley die Neuigkeit vernahm, hatte sie Florian sofort ein Glas Whiskey eingegossen.

»Das Tier musste man einfach mögen«, sagte sie und stellte die Flasche wieder ins Regal. »Genau wie die Kilderrys. Die Lebensart der Kilderrys werden wir hier in der Gegend vermissen.«

Mrs Carleys behäbige Art, voller Wohlwollen und Zärtlichkeit gegenüber der Menschheit, hatte sich in den Jahren, in denen Florian sie kannte, nicht verändert. Sie war das letzte der Dienstmädchen in Shelhanagh gewesen, bevor sie in den Pub eingeheiratet hatte, und sie hatte es den Kilderrys nie verübelt, dass sie ihren Lohn oft mit großer Verzögerung bekam, bis wieder ein Bild verkauft werden konnte. Später war sie gekommen, um den Leichenschmaus für die beiden Beerdigungen auszurichten – ein fürstliches Mahl, das sie selbst besorgt hatte, dabei war die Zahl der Trauergäste bei beiden Gelegenheiten eher klein gewesen.

Florian blieb noch eine Weile, sprach über den Schnee, der im Winter 1946 überraschend gefallen und so lange liegen geblieben war, über den Krieg, der ihnen erspart worden war, über Zeiten, an die er sich kaum erinnern konnte.

»Sie werden doch klarkommen?« Plötzlich schlich sich, fast schneidend, Sorge in Mrs Carleys unbeschwerten Tonfall ein.

»Aber ja. Natürlich.«

»Trotzdem, Sie sind sehr jung, um einfach so umherzuziehen.«

Sie wechselten abermals das Thema und wandten sich wieder der Vergangenheit zu, Mrs Carleys liebstem Gesprächsstoff. In Shelhanagh war sie Nellie genannt worden, doch ihr Dienstverhältnis war zum größten Teil in die Zeit vor Florians Geburt gefallen, insofern hielt er die Förmlichkeit ihres Ehenamens für geboten und redete sie stets mit Mrs Carley an.

»Sie werden es wieder instand setzen«, sagte er und meinte das Paar, das das Haus erworben hatte.

Noch während er sprach, trat jemand in den Lebensmittelladen, und Mrs Carley reichte ihm über den Tresen die Hand.

»Gott segne Sie«, sagte sie.

Nachdem Ellie zweimal den Glockenzug betätigt hatte, wartete sie kurz ab, dann trat sie ein. Bei ihrem letzten Besuch war die Eingangstür nicht verschlossen gewesen, und sie war es auch diesmal nicht.

Sie rief seinen Namen, spürte aber, dass er nicht da war. Sie schob ihr Rad in den Hof. Auch die Hintertür stand offen.

Sie lief ums Haus herum. Als sie nach oben ging, sah sie, dass sein Bett ungemacht war, und richtete es her. Auf dem Fußboden sah sie einen geöffneten Koffer, der darauf wartete, gepackt zu werden. Sein Reisepass lag auf dem Kaminsims.

Der wackelige Zeichentisch im Salon war verschwunden, doch die Aquarelle, die er ihr hatte schenken wollen, lagen noch immer in einem Stoß beisammen, inzwischen auf dem Fußboden. Auf dem Tisch in der Küche lag das Buch, von dessen Fund er ihr erzählt hatte, aber sie schlug es nicht auf.

Sie besorgte den Abwasch, dann nahm sie sich einen Stuhl mit in den Hof. Seine Hündin musste ihn wohl begleitet haben, dachte sie, und sie fragte sich, wohin.

Als Florian aus Greenane zurückkam, fiel ihm auf, dass sich einer der beiden verbliebenen Küchenstühle nicht mehr an seinem Platz befand. Er konnte sich nicht daran erinnern, ihn woandershin gestellt zu haben, und dann erblickte er das abgewaschene Geschirr auf dem Abtropfbrett. Als er aus dem Fenster schaute, sah er Ellie im Hof sitzen.

»Das tut mir wirklich leid«, sagte sie, als er ihr erzählte, dass Jessie gestorben sei.

Die Lehmklumpen, die er beim Ausheben der Grabstelle ins Gras geworfen hatte, waren noch nicht getrocknet. Als sie hingingen, flog eine Amsel auf.

»Ich dachte, du müsstest den Nachbarn bei der Ernte –«, setzte Florian an.

Ellie schüttelte den Kopf. Das sei alles erledigt, sagte sie.

»Ich musste einfach kommen. Ich musste.«

»Du hast ja geweint, Ellie.«

»Ich dachte, du wärst schon weg. Ich wusste, das würdest du nie und nimmer tun, aber trotzdem, in der Stille dachte ich, du wärst schon weg.«

»Nun, ich bin noch nicht weg. Ich bin noch hier.«

Sie hätten noch den ganzen Tag vor sich, sagte Florian, und auch morgen den ganzen Tag. Er legte die Arme um sie. Sie sagte, den Gedanken an morgen könne sie nicht ertragen.

»Ellie –«

»Bitte«, flüsterte sie. »Bitte. Ich bin zu dir gekommen.«

27

Er war müde. Er war schon länger niemandem mehr auf der Straße begegnet, niemandem, den er fragen konnte, keinen Wegweisern, da die Straßen so klein waren. Er musste sich verlaufen haben, das spürte er, und so ging er zu einem Haus, an dem er vorbeikam, einem dunklen Zementbau zwischen Bäumen.

»Ich kenne Sie«, begrüßte ihn das Kind, das ihm öffnete, und er sagte, er sei von Rathmoye aus losgegangen, sein Name sei Orpen Wren.

»Manchmal vergesse ich ihn. Man hat's nicht leicht, wenn man alt wird.«

»Ich habe Sie schon ein paar Mal gesehen«, erwiderte das Kind. »Wenn wir in Rathmoye sind, sehe ich Sie manchmal.«

Orpen fragte nach dem Weg. Er wolle nicht weitergehen, sagte er. Sobald er die Richtung wisse, werde er wieder nach Rathmoye zurücklaufen. Er war nun schon zum dritten Mal losgezogen, um den Ort zu suchen, den er nicht finden konnte, aber das sagte er nicht.

»Außer mir ist niemand hier«, sagte das Kind. »Sie sind auf der Arbeit.«

Er hatte das Kind für einen Jungen gehalten, doch jetzt sah er, dass es ein Mädchen war, das Hosen trug. Ihre Haare waren kurz geschnitten, aber nicht kürzer als die vieler Jungen. Ihre Augen waren hellblau.

»Haben Sie denn kein Auto?«, fragte sie.

»Ich hatte noch nie ein Auto.«

»Bis nach Rathmoye ist es aber ein ganz schöner Fußmarsch.«

»Ich habe schon mal ganz Irland durchwandert. Bin ich in der Nähe von Lisquin?«

»Nein, das sind Sie nicht.«

»Ich suche auch gar nicht Lisquin. Aber von Lisquin aus kann ich mich selbst zurechtfinden.«

»Gehen Sie weiter die Straße entlang, bis Sie zu einem schwarzgeteerten Gatter kommen. Gehen Sie an dem Gatter vorbei, bis Sie zu einer Kreuzung kommen. Biegen Sie links ab, und an der scharfen Biegung halten Sie sich rechts. Dann kommen Sie zur Hauptstraße, und auf dem Wegweiser steht Rathmoye. Soll ich's noch mal wiederholen?«

Orpen bat darum und bedankte sich bei dem Kind. Er fand das schwarze Gatter, doch als er weiterging, war ihm der Rest der Wegbeschreibung schon wieder entfallen, und er hätte sich von neuem verlaufen, wenn ihn nicht eine Frau auf einem Fahrrad bis zur Kreuzung begleitet hätte.

»Nach wem haben Sie denn gesucht so weit draußen?«, fragte sie ihn, und als er ihr antwortete, sagte sie, er sei ziemlich weit vom Weg abgekommen.

Von einem Paket riss sie ein Stück braunes Papier ab und zeichnete eine Karte. »Von Rathmoye aus gelangen Sie am besten so dorthin«, sagte sie. »Verlieren Sie sie aber nicht, fürs nächste Mal.«

Nachdem sie davongeradelt war, ruhte er sich erst einmal auf dem Grünstreifen aus. Dann ging er weiter, die Kesselflicker am Straßenrand wiesen ihm noch einmal die Richtung.

28

Als Ellie erwachte, wusste sie nicht, wo sie sich befand. Dann fiel es ihr wieder ein. Sie hörte ein Auto. Florian kam ins Zimmer und sagte:

»Die Männer, die den Morris Cowley abschleppen.«

Sie fragte ihn, wie spät es sei. Er antwortete, halb eins, oder doch fast.

»Sind sie wieder weg, die Männer?«

»Sie fahren gerade los.«

Sie schloss die Augen. Sie wollte nicht wach sein. Er war in Hemdsärmeln und hatte seine Tweedweste aufgeknöpft. Er sah zu ihr herab. »Sei nicht unglücklich«, sagte er.

Sonnenlicht und Schatten bildeten ein Muster auf den Dielenbrettern, auf den Kleidern, die sie auf den Fußboden geschleudert hatte, auf ihrem Armreif und dem Ring, die sie abgestreift hatte. Ihr blaues Kleid war zerknittert. Ein Schuh war umgekippt.

»Ich mache uns Tee«, sagte er.

Als er nach unten gegangen war, fand sie in einem Teil des Hauses, den sie noch nicht kannte, ein Badezimmer. Es war lange nicht benutzt worden, die kleine Wanne war abgestoßen und rostfleckig, von der Zimmerdecke war Putz hineingefallen. Doch als sie den einzigen Hahn im Handwaschbecken aufdrehte, floss Wasser heraus, und sie ließ es sich übers Gesicht laufen.

Das Wasser war kalt. Es gab keine Handtücher. Auch Seife gab es nicht. Auf dem Fensterbrett hatte sich ein Tuch zu einem Knäuel verhärtet. Sie hielt es unters Wasser und wusch sich am ganzen Körper.

Sie ließ sich Zeit. Sie wollte keinen Tee, sie wollte allein sein. Während sie sich wusch, bildete sich auf dem Fußboden eine Lache, die sie mit dem Tuch aufzuwischen versuchte.

Eine Nonne war zu einem Mann aus der Sägemühle von Templeross gegangen. Manchmal wurde sie Roseline genannt, nach der seligen Roseline, aber man wusste, dass der Name erdacht war, denn in Cloonhill war die Nonne namenlos, nur nebelhaft zugegen in geflüsterten Erzählungen, die von Generation zu Generation weitergegeben wurden. Der Mann kam im Winter, um Brennholz zu liefern, und sie ging zu ihm, ihre Tracht lag zusammengefaltet auf ihrem Bett, auch ihr Kruzifix, ihren Rosenkranz, ihr Messbuch, ihre Schuhe ließ sie zurück. All das wurde gesagt, obwohl es verboten war, irgendetwas zu sagen.

Ellie saß auf dem Rand der Badewanne und überlegte, womit sie sich abtrocknen könnte. Wenn sie sich bewegte, erblickte sie in dem verfärbten runden Spiegel über dem Waschbecken flüchtig ihren nackten Körper. Sie hatte es noch nie gemocht, ohne Kleider zu sein, und sah weg. Ihr war kalt.

Einige behaupteten, der Mann sei gar nicht da gewesen, als die Nonne zu ihm ging, vielmehr habe sie in den Straßen der Städte nach ihm gesucht, er sei nie wieder aufgetaucht. Andere raunten, sie bettle in den Straßen und alle Welt wisse, dass sie eine Nonne gewesen sei. Wieder andere erzählten, sie sei als alte Frau in Limerick im Fluss gefunden worden.

Zuerst wollte sich der Türriegel nicht zurückschieben lassen, doch als Ellie es noch einmal versuchte, ging er endlich auf. Sie lauschte, konnte aber nichts hören, weder Schritte noch Stimmen. Dann hörte sie, wie das Auto vom Grundstück geschleppt wurde.

Im Schlafzimmer trocknete sie sich mit einem Laken ab, das sie vom Bett nahm. *Éire, Ireland, Irlande* stand auf dem Reisepass, der auf dem Kaminsims aufgestellt war, so wie die Kunstpostkarte der Heiligen in der Küche. Auf dem grünen

Umschlag prangten weitere goldene Lettern: *Pas, Passport, Passeport.*

Nachdem sie sich angezogen hatte, steckte sie den Ring wieder an, sicherte die Schließe ihres Armreifs und ordnete ihr Haar, so gut sie konnte, mit den Fingern, da sich ihr Kamm in ihrer Handtasche in der Diele befand. Draußen vor dem offenen Fenster gurrte eine Taube, dann hörte sie, wie klappernd die Garagentüren geschlossen wurden. Sie hängte das Laken zum Trocknen an die Haken, die für die Vorhangstange bestimmt waren. Danach zog sie die Bettwäsche ab, um das Bett zu lüften. Sie wollte nicht nach unten gehen und tat es auch dann nicht, als er sie rief, erst als er sie ein zweites Mal rief, machte sie sich auf den Weg.

»Bleib doch noch ein bisschen«, sagte Florian. In diesem Augenblick bimmelte die Türglocke.

Bevor er zur Tür ging, um aufzumachen, schenkte er zwei Tassen Tee ein. »Die haben bestimmt was vergessen«, sagte er.

Es handelte sich um einen Schraubenschlüssel, den die Männer irgendwo abgelegt hatten, als sie an dem Morris Cowley herumschraubten. Er half den beiden Männern bei der Suche und fand ihn schließlich im Hof vor den Garagentüren.

»Hol's der Teufel«, sagte der eine Mann, als Florian ihm den Schraubenschlüssel überreichte. »Das Ding könnte sich in deiner Flanellhose verstecken, und du merkst es nicht.«

Als er zurückkam, trug er den Stuhl herein, den sie mit in den Hof hinausgenommen hatte.

Es wäre besser, zu gehen, dachte sie, ging aber nicht. »Dinge enden«, hatte er an dem Tag gesagt, als er ihr alles erklärt hatte, und sie hatte begriffen und es kurzzeitig akzeptiert.

Er hatte sich seine Krawatte umgebunden und sein Jackett übergezogen. Etwas von ihrem Tee war auf die Untertasse geschwappt, und er wischte die Flüssigkeit mit einem Tuch weg.

»Es tut mir leid.« Sie flüsterte, ohne sich zu hören. Sie wusste nicht, wofür sie sich entschuldigte, dann ging ihr auf, dass sie sich für alles entschuldigte. Dafür, dass sie ihm auf die Nerven ging mit ihrem Bedauern, das kein Bedauern war, für ihre Sehnsüchte und für ihre Tränen, da es ihr an Mut mangelte, dass sie heute gekommen war und alles nur noch schlimmer gemacht hatte.

»Auch mir tut es leid«, sagte er. »Ich lasse die Dinge einfach laufen. Ich kapiere alles immer viel zu spät.«

Sie schüttelte den Kopf und schlürfte den Tee, den er ihr eingeschenkt hatte. Er schmeckte nach nichts.

»So bin ich nun mal beschaffen«, sagte er. »Ich schweige, wenn ich nicht schweigen sollte.«

Die Türen der Geschirrschränke standen offen, ein gelbliches Grün, genau wie die Wände selbst. Die Fächer waren ebenso verwaist wie die in einer Reihe angebrachten Haken darüber. Die auf dem Fußboden ineinandergestellten Töpfe und das Porzellan, die beiden Stühle, der Tisch und was daraufstand, waren das Einzige, was in der Küche verblieben war.

Es wäre besser, zu gehen, dachte Ellie wieder, ging aber immer noch nicht.

»Es gab mal eine Nonne, über die wir immer gesprochen haben«, sagte sie.

Florian hörte zu, und die trostlose Aufzählung der Ereignisse rührte ihn an. Sie bedrückte ihn, aber eine Nonne, die durch Qualen der Leidenschaft ihrem Gelübde entrissen und deren Leiche elende Jahre später auf dem Wasser treibend gefunden wurde, schien nicht zu einer vorübergehenden Sommerfreundschaft zu passen, hatte dort bestimmt keinen Platz, selbst wenn Liebe mit hineinspielte.

»Ich musste an sie denken«, sagte Ellie. »Das ist alles.«

»Du bist keine Nonne, Ellie. Das ist doch etwas anderes. Etwas ganz anderes.«

»Manchmal sagte eines der Mädchen, die Nonne hätte ihr Schicksal verdient. Manchmal weinte eines der Mädchen, und ein anderes forderte uns auf, uns das Leiden der Nonne in Erinnerung zu rufen, wann immer wir lodernde Holzscheite sähen. Der Mann hieß immer nur der Holzhändler.«

»Ellie –«

»Wie kann es etwas anderes sein? Wie denn?«

Florian setzte zu einer Antwort an, stockte und sagte nichts. Begriff sie womöglich mehr als er, weil der Schmerz ihr gehörte, nicht ihm? Eine Novizin, die die Bürde des vollkommenen Glaubens akzeptierte, hatte mehr versprochen, als sie halten konnte; ein Mann, der Brennholz lieferte, hatte sie, weil ihm ihr Äußeres gefiel, vom Gebet fortgelockt. Konnte in der gewöhnlichen Begegnung, zu der es in diesem Sommer gekommen war und die jetzt enden musste, tatsächlich ein Echo des Elends anklingen, das jene Nonne vor so langer Zeit erlitten hatte? Wurde Verzweiflung, mit all ihrer Bitterkeit, weniger vom konkreten Inhalt eines Missgeschicks bestimmt als von einem ganz eigenen Gesetz?

»Wann wirst du morgen abreisen?«

Die Plötzlichkeit der Frage, der Stimmungswechsel bestürzten Florian, und einen Moment lang wusste er nicht, worauf sie hinauswollte. Als sie die Frage wiederholte, sagte er, er werde über Nacht nach Dublin radeln, so habe er es seit langem geplant.

»Komm morgen wieder, Ellie. Wenigstens, um auf Wiedersehen zu sagen.«

Auch sie antwortete nicht sofort. Als sie endlich den Mund öffnete, sagte sie, der Gedanke, am Tag seiner Abreise mit ihm zusammen zu sein, sei ihr unerträglich.

»Ich könnte es nicht.«

Florian spürte die Wahrheit in diesen Worten, spürte sie in ihrem ganzen Verhalten, hörte sie aus ihrem gemessenen Tonfall heraus. Sie sprach aus dem Zucken ihres Gesichts, als sie redete, und aus der Drehung ihres Kopfes, als sie wegsah.

»Ich könnte es nicht«, sagte sie abermals, aus dem Schweigen heraus.

Lange saßen sie so am Tisch. Die Zigarette, die Florian hervorgeholt hatte, blieb ungeraucht, der Tee, den er gemacht hatte, wurde kalt. Das würde er mitnehmen, dachte er. Das würde er zurücklassen. Säuberlich arrangiert, würden ihm diese Momente tagelang durch den Kopf gehen.

Er hatte den Säugling bemitleidet, der in einer Hofecke oder auf einer Klostertreppe abgelegt worden war, hatte das Kind bemitleidet, dem ein Platz unter den Unerwünschten zugewiesen wurde, das Mädchen, das zur Magd geworden war. Als sie sich angefreundet hatten, war ihre Einsamkeit zu der seinen geworden – davor hatte er in seiner Gier zu hohe Erwartungen an eine Freundschaft gestellt und sorglos zugelassen, dass sich eine trügerische Liebe entfalten konnte. Sie war zu ihm gekommen, und jetzt wurde sein Mitleid von noch größerer Schuld genährt, und Mitleid verlieh der Schuld einen Teil seiner Würde. Aufgrund der heutigen Ereignisse schien eine maßlose Selbsttäuschung weniger maßlos, ein hoffnungsloses Verlangen besser gewappnet gegen die Vernunft. Schweigend saßen sie da, und die Zeit schien nicht vergehen zu wollen.

Das Schweigen hielt an. Doch als sie im Garten spazieren gingen, flackerte ihr ersticktes Gespräch wieder auf. Die Lobelien, die Schmetterlingssträucher, der letzte Sommerdunst des Perückenstrauchs, Berberitzen, Becherkätzchen, Mahonien: Ellie lernte die Namen, die ihr bislang unbekannt gewesen waren. Und sie gingen zum See, um nachzuschauen, ob der Sommervogel zurückgekehrt sei, er war aber nirgends zu sehen. Und dann, hinter den Pflaumenbäumen, wo früher Himbeeren wuchsen, sprachen sie von Skandinavien.

29

Dillahan stellte den Motor des Traktors ab, weil er nicht hören konnte, was der Mann sagte.

»Was wollen Sie?«, fragte er noch einmal.

Der Mann war aus dem Nichts aufgetaucht. Eben noch war keine Spur von ihm zu sehen gewesen, dann hatte er plötzlich vor ihm gestanden. Er beantwortete die Frage nicht, die ihm gestellt worden war, und Dillahan betrachtete ihn eingehender. Er musste von dem Feld gekommen sein, das Gahagan gehört hatte. Dann ging ihm auf, dass es Orpen Wren war.

»Sind Sie Mr Dillahan, Sir?«

»Der bin ich.«

»Ich kenne Sie, Sir. Ich kenne Sie gut.«

»Ja.«

»Es geschieht nicht oft, dass ich mich so weit hinauswage, Sir. Es geschieht nicht oft, dass ich außerhalb der Stadt umherirre. In einer Stadt weiß man doch immer, wo man ist, Sir.«

»Was wollen Sie?«

»Nur auf ein Wort, Sir«, erwiderte Orpen Wren. »Mehr nicht, Sir.«

30

»Doch, doch, haben wir«, sagte der Verkäufer. »Warten Sie, ich suche Ihnen paar heraus.«

Der Mann war schon älter, sein Rücken leicht bucklig, gestärkter weißer Kragen und Manschetten, der dunkle Anzug eines Verkäufers. Ellie hatte ihn bei Corbally's noch nicht gesehen. In der Kofferabteilung hatte er nicht bedient, als sie sich vor etwa einer Woche nach Reisetaschen umgeschaut hatte.

»Bitte gedulden Sie sich einen Moment«, bat er sie jetzt.

Im Garten hatte sie sich wie in einem Traum gefühlt, auch später noch, als sie ins Haus zurückging, um ihre Handtasche zu holen. Florian hatte ihr Fahrrad aus dem Hof geschoben, vorn über den Kies bis zur Straße. Dort hatte er auf sie gewartet, sie hatte den klemmenden Reißverschluss ihrer Reisetasche erwähnt, und er hatte ihr geraten, sich eine neue zu kaufen. Sie konnte sich nicht mehr daran erinnern, ob sie sich umgedreht hatte, als sie davonradelte; falls dem so war, hatte sich in ihrem Gedächtnis kein Bild davon eingebrannt, wie er allein dastand. Sie erinnerte sich noch, dass sie im Vorbeifahren das Dano Mahoney wahrgenommen hatte, danach die Ford-Werbung und die Werbung für Raleigh-Fahrräder und die Aufforderung, langsam zu fahren. »Sei dir sicher, Ellie. Sei dir gewiss«, hatte er gesagt, als sie auf der Straße standen. Nur das, und dann hatte er ihr geraten, sich eine Reisetasche zu besorgen.

»Wir hätten diesen hier.« Der Verkäufer öffnete einen der Koffer, die er gebracht hatte. »Zweifarbig oder in Blau«, fügte er hinzu.

Sie hatte nach einer Reisetasche gefragt und noch einmal

beschrieben, was sie wollte – etwas, das sich zusammenfalten ließ, wenn es nicht gebraucht wurde, etwas, das man auf dem Gepräckträger eines Fahrrads festmachen konnte.

»Nun, ich denke, damit kann ich dienen.« Der Verkäufer verschwand und kam mit zwei Reisetaschen wieder. Auf dem Tresen zog er die Reißverschlüsse auf und lenkte Ellies Aufmerksamkeit auf die Innentaschen. »Die haben wir in Grün. Oder in Braun mit kunstlederner Zierleiste.«

Sie überlegte, ob er sie wohl kannte oder ob er sich nach ihr erkundigen würde, sobald sie den Laden verlassen hätte. Miss Burke oder der Mann, bei dem sie ihren Kleiderstoff kaufte, würde ihm sagen, wer sie war. Sie fragte sich, ob sie über sie reden würden: wozu sie sich eine Reisetasche kaufte, wohin sie wohl verreisen wollte.

»Ich nehme lieber die grüne«, sagte sie.

»Die ist besser als die mit dem Kunstleder«, erwiderte der Mann. »Kunstleder ist nicht mehr so gefragt wie früher.«

»Könnten Sie sie mir bitte einwickeln?«

»Aber selbstverständlich. Soll ich das Preisschild abschneiden, wo ich schon einmal dabei bin?«

»Das ist mir gleich.«

»Der neueste Schrei sind die kleinen Räder, die man jetzt an den größeren Koffern hat. Von denen führen wir ein oder zwei, falls Sie feststellen, dass die Reisetasche nicht geräumig genug ist.«

Sie entgegnete, sie sei bestimmt groß genug, und bat ihn um zusätzliche Kordel, um das Paket auf ihr Fahrrad zu schnüren.

»Aber selbstverständlich.«

Er reichte ihr mehr Kordel, als sie benötigte, und meinte, Kordel könne man immer brauchen. Dann fragte er sie, ob sie in den Zirkus gehen werde. Sie bezweifelte es. Er liebe den Zirkus, sagte er.

»Schauen Sie bei mir vorbei, wenn Sie das nächste Mal ins

Geschäft kommen«, sagte er, »damit ich weiß, ob Sie mit der Tasche zufrieden sind.«

Als sie von Shelhanagh House losgeradelt war, hatte sie immer noch das Gefühl gehabt, in einem Traum zu sein. Auch jetzt noch: ein ihr unbekannter Verkäufer, der sich mit ihr über den Zirkus unterhielt, der ihr Koffer brachte statt einer Reisetasche und ihr eine halbe Rolle Kordel schenkte, wo sie doch bloß um ein Stückchen gebeten hatte.

Als sie auf den Platz einbog, kam er ihr anders vor. Er war zwar nicht überfüllt, doch es stellte sich heraus, dass in der Magennis Street ein Lastwagen, der Bordsteine lieferte, den ganzen Verkehr aufhielt. Sie schob ihr Rad auf dem Bürgersteig um ihn herum.

Offenbar hatte Miss Connulty sie gegrüßt. Offenbar hatte sie etwas gesagt, denn sie nickte, als hätte sie etwas gesagt, und etwas war Ellie entgangen, als sie sie flüstern hörte, die Liebe sei ein Wahn.

Eine Hand legte sich auf die Lenkstange von Ellies Fahrrad und hielt es fest. Miss Connulty lächelte leicht, als wolle sie eine schroffe Äußerung abmildern. Als sich der Lastwagen langsam in Bewegung setzte, trat Miss Connulty beiseite, um zwei andere Frauen vorbeizulassen, und sagte nichts weiter.

31

Dillahan versuchte sich einen Reim auf das Ganze zu machen. Er saß im Hof auf dem Traktor, und nach einer Weile schlichen sich die Hütehunde davon, als hätte er sie mit seiner Grübelei angesteckt. Er ging alles noch einmal durch, jedes Wort, das gesprochen worden war, auch seine eigenen, seine Unterbrechungen, seine Bemühungen, das Gespräch auf Gebiete zu lenken, die ergiebig genug waren, um im Morast der Verwirrung den Realitätssinn zu stärken. Er rief sich andere Zeiten ins Gedächtnis, durchforschte sie nach einer Verbindung mit dem, was gesagt worden war, fädelte Tatsachen und Phantasien auf und fand in ihrer Verknüpfung die befleckte Wahrheit. Denn in dem Gespräch, das stattgefunden hatte, war alles befleckt gewesen, und bestenfalls war die Wahrheit selbst es auch.

Er kletterte vom Traktorsitz herunter und schritt langsam über den Hof zur Hintertür des Bauernhauses, sein Gang war gezeichnet von der Unruhe, die ihn seither begleitete. Die Hütehunde blieben, wo sie waren, streckten die Nasen vor und legten sie auf ihre Pfoten.

32

Spätnachmittags, kurz vor fünf, traf Ellie mit ihren Einkäufen – Corned-Beef-Dosen und grüner Reisetasche – auf dem Bauernhof ein. Als sie auf den Hof einbog, sah sie zu ihrer Überraschung den Traktor. Er war aufs Geratewohl abgestellt worden, schief, wie so manches andere Fahrzeug, das auf dem Hof vorfuhr. Ihr fiel ein, dass er gesagt hatte, er wolle die sechzehn Morgen pflügen, auf denen er dieses Jahr Raps angebaut hatte, und habe auch noch andere Arbeiten zu erledigen, falls er dazu komme. Zwischen zwölf und halb eins werde er hereinschauen, um einen Bissen zu essen, und sie hatte ihm Aufschnitt hingestellt. Er konnte doch nicht immer noch hier sein, dachte sie, und mit den sechzehn Morgen war er bestimmt auch noch nicht fertig. Ob der Traktor Probleme machte? Als die Hunde nicht auf sie zugelaufen kamen, ahnte sie, dass irgendetwas nicht stimmte.

Im Haus war es still, als halte er sich auch dort nicht auf. Aber sie wusste, dass er im Haus sein musste, weil die Hunde im Hof waren. Sie stellte ihr Fahrrad nicht weg. Sie versuchte, die Knoten der Kordel zu lösen, mit der sie das Paket auf ihrem Gepäckträger befestigt hatte. Aber die straffen Knoten bereiteten ihr Mühe, und als sie den letzten partout nicht aufbekam, riss sie das Paket mit Gewalt vom Gepäckträger. Sie stieß die Tür zu einem der Schuppen auf. In einer Ecke waren Zeltbahnen gestapelt, mit denen sie die Reisetasche zudeckte, so gut sie konnte.

Sie ließ ihr Fahrrad stehen und streifte die Tragetüten mit den eingekauften Konservendosen von der Lenkstange. Sie wollte nicht ins Haus. Einen Moment lang sah sie das Sonnenlicht vor sich, das die Dielenbretter tüpfelte, ihr Kleid, das sie zu Boden fallen gelassen hatte, und den umgekippten Schuh; sie hörte sich fragen, ob die Männer, die gekommen waren, schon wieder weg seien. Sobald er sie sähe, würde er Bescheid wissen, irgendwie würde er Bescheid wissen. Über den heutigen Tag, über jeden Tag.

Sie hob den Riegel der Hintertür an, aber die Tür war blockiert und ließ sich nicht wie sonst ungehindert öffnen. Bestimmt lag er dahinter, neben sich das Gewehr, mit dem er auf Tauben schoss, wenn sie sein Saatgut plünderten. In der Nähe von Donaghmore hatte es einen Bauern gegeben, der sich das Leben genommen hatte, und in Cloonhill hatten sie für ihn gebetet. Ein Mann, der sich vom Tod seiner Frau nie erholt habe, hatte Sister Mary Frances erklärt, ein Mann, den sie gekannt habe. Und erst kürzlich hatte man im Osten der Grafschaft Kerry einen anderen Bauern, der bankrottgegangen war, erhängt aufgefunden. Aber das Hindernis an der Tür war lediglich ein Gummistiefel, der umgefallen war.

»Was ist los?«, fragte sie, weil sie nicht wollte, dass er von sich aus sprach.

Er saß vor dem Herd. Obwohl es heute nicht kalt war, hatte er die Luftklappen herausgezogen. Der Teller mit Aufschnitt, den eine Wurstglocke vor Fliegen schützte, stand noch immer dort, wo sie ihn hingestellt hatte. Messer und Gabel lagen ebenfalls noch auf dem Tisch, das Brot war in dasselbe Geschirrtuch eingeschlagen, die Butter abgedeckt, die Teekanne unberührt.

»Was ist los?«, fragte sie erneut.

Er drehte sich nicht um. Zusammengekauert saß er da, die Hände gegeneinandergepresst.

»Was haben die Hunde nur?«, fragte sie.

Erst da wandte er den Kopf. Er habe die Hunde durcheinandergebracht, sagte er. Da er selbst ganz durcheinander sei, habe es sich auf die Hunde übertragen. Sie seien verwirrt, er werde hinausgehen und sie beruhigen.

»Warum bist du durcheinander?«

Er antwortete nicht – als hätte er sie nicht gehört oder als gäbe es zu viel zu sagen. Er ging hinaus auf den Hof, und sie hörte, wie der Traktor ansprang. Die Küchentür stand offen, aber sie brauchte nicht nachzuschauen. Selbst in seiner Verzweiflung war er ein ordentlicher Mann: Den Traktor würde er zu seinem üblichen Stellplatz fahren. Sie hörte, wie er zu den Hunden sprach, dann kam er wieder herein.

»Er hat mich auf der Straße angesprochen«, sagte er. »Der alte Orpen Wren.«

Ein Kältegefühl schlich in ihren Magen, ihre Arme wurden schwach. Orpen Wren war nicht ganz richtig im Kopf, man verstand nicht, wovon er redete. Niemand schenkte seinen unsinnigen Behauptungen Glauben. Aber das Kältegefühl war trotzdem da, und in Gedanken wünschte sie, dass er nicht auch Miss Connulty erwähnte oder jemand anderen, zu dem der Tratsch vorgedrungen war, jemand, von dem sie nicht wusste. In ihrer Verzweiflung purzelten ihr die erstbesten Worte über die Lippen, ihre stumme Bitte wurde formlos, war nicht mehr als ein Ausdruck der Angst.

»Der redet doch mit jedem.« Sie hörte ihre Stimme, als käme sie von ganz weit her, als wäre sie selbst gar nicht da, als gäbe es diesen Wortwechsel gar nicht. Sie versuchte, dafür zu beten, dass dem so war, aber die Worte kamen immer noch nicht richtig heraus.

»Ich war verwirrt über das, was er mir gesagt hat.«

Sie versuchte, nicht hinzuhören. Sie wollte, dass die Zeit verging, dass die leeren Minuten sich ansammelten. Die Einkäufe, die sie für ihn getätigt hatte, trug sie in die Wirtschaftsküche, obwohl nicht alles, was sie gekauft hatte, dort hingehörte. Er rief sie nicht zurück. Er blieb auf seinem Platz sitzen, und als sie wieder in die Wohnküche kam, sprach er erneut, allerdings hörte sie ihn anfangs nicht, und er musste seine Worte wiederholen. Orpen Wren habe die Hand gehoben, um ihn anzuhalten. Früher habe er ihn manchmal auf den Straßen außerhalb der Stadt gesehen, aber das sei schon lange her.

»Ich dachte, er hätte sich verlaufen«, sagte er.

Er verstummte, als gäbe es nichts mehr zu sagen. Er starrte zu Boden, die Schultern gekrümmt, die Hände gegeneinandergepresst wie zuvor. Er war so anders, dass er wie ein Fremder auf sie wirkte, und sie wusste, dass sie daran schuld war, nicht er.

»Du hast ja gar nichts gegessen«, sagte sie. »Ich hatte dir doch Aufschnitt hingestellt.«

»Ich konnte nichts essen.«

»Bist du seit heute Morgen hier?«

»Ich bin so gegen zehn vor zwölf nach Hause gekommen.«

»Ich mache uns was. Der Aufschnitt wird schon nicht verderben.«

Sie wandte sich ab. In der Hand hielt sie das Messer und die Gabel für das zweite Gedeck. Sie blickte ihren Mann nicht an, denn sie fürchtete, ihre Augen könnten sie verraten.

»Wird darüber geredet, dass ich sie hinter dem Anhänger sehen konnte? Wird darüber geredet, dass ich nicht sehen konnte, dass sie das Kind im Arm hielt?«, fragte er.

»Was?« Ihrem erschrockenen Ausruf, kaum eine Frage, kaum ein Wort, wohnte nichts als Erleichterung inne. »Was sagst du da?«

»In der Messe spüre ich manchmal, wie die Leute mich anschauen.«

»Das tun sie doch gar nicht.«

»Erzählt man sich in Rathmoye, dass sie mit einem von den St. Johns gegangen ist?«

»Natürlich nicht. Wie sollten sie denn auf so was kommen?«

»Er hat davon geredet, dass die St. Johns mit jeder Frau gehen würden, die ihnen zwischen die Finger kommt.«

»Damals, als sich im Hof der Unfall ereignete, waren die St. Johns doch schon längst von hier weggezogen. Schon längst.«

»Einer von ihnen ist zurückgekehrt. Orpen Wren hat sie mit ihm zusammen gesehen. Er hat die beiden ein paar Mal gesehen. Der alte Kummer, so hat er's genannt.«

»Der redet doch alles Mögliche daher. Und jedes Mal sagt er was anderes. Sinnloses Gefasel. Er ist nicht ganz bei Trost.«

»Er hatte Mitleid mit mir wegen des Kindes. Deswegen hat er mich auf der Straße angehalten. Als ich mit dem Traktor nicht aufgepasst habe, Ellie, auf meinem eigenen Hof, muss einer von den St. Johns zurückgekehrt sein.«

»Wohin soll er denn zurückgekommen sein? In dreißig Jahren hat es nichts gegeben, wohin man hätte zurückkehren können.«

»Ich wusste nicht, dass ein St. John zurückgekommen ist. Ich war der Einzige, der es nicht wusste. Er sagt auch nur das, was so gemunkelt wird.«

»In Rathmoye redet kein Mensch davon.«

»Ich hasse es, in die Stadt zu fahren. Seit dem Tag ist es mir verhasst.«

»Würde dir vielleicht ein Schluck Whiskey guttun? Soll ich die Flasche aus der Wirtschaftsküche holen?«

»Früher habe ich mich oft gefragt, ob die Leute vielleicht denken, ich hätte Whiskey getrunken, als ich mit dem Anhänger zurückgestoßen bin. Vielleicht sagen sie, ich hätte was intus gehabt? Womöglich sagen sie, ich hätte nicht rückwärtsfahren sollen, da ich die Sonne in den Augen hatte?«

»Das sagt niemand.«

»Lieber das, als was mir auf der Straße gesagt worden ist.«

»Hör nicht auf sein Geschwätz.«

»Ich hätte nie gedacht, dass die Leute sich erzählen, was mir auf der Straße gesagt worden ist.«

»Du musst es nicht glauben. Es ist nicht wahr.«

»Hast du es vielleicht selbst gehört, Ellie? Hat er es dir an dem Tag gesagt, als ich wegen des Darlehens zur Bank gegangen bin und er auf dem Platz mit dir gesprochen hat? Haben es dir andere Leute gesagt? Hast du deshalb Sorgen, Ellie?«

Sie erwiderte, niemand habe auch nur irgendetwas dergleichen zu ihr gesagt. Orpen Wren rede immer nur von der Vergangenheit, beteuerte sie.

»Die Vergangenheit hat ihn in ihrer Gewalt.«

»So ist es.«

»Als er hierherkam, hatte er sich weiter von der Stadt entfernt denn je zuvor. Auch das hat er mir gesagt. Ich war es, den er gesucht hat, Ellie.«

»Der redet doch mit jedem.«

Er schüttelte den Kopf und stand auf. Dann ging er aus dem Zimmer und kam mit der Flasche Whiskey und einer Tasse zurück.

»Wenn ich auf den Feldern bin, ist es nicht so schlimm«, sagte er. »Oder wenn ich bei dir im Haus bin. Es wäre auch nicht weiter schlimm, wenn ich in einer Stadt umherlaufen würde, wo mich niemand kennt.«

Sie sah zu, wie er sich etwas von dem Whiskey einschenkte, den sie im Haus hatten, um ihn seinen Verwandten anzubieten, die einmal im Jahr an einem Sonntagnachmittag aus Shinrone vorbeikamen. Sie hatte davon gekostet, aber er hatte ihr nicht geschmeckt. Wieder sagte sie, die Leute in Rathmoye würden nicht so reden, wie er befürchte; was ihm heute erzählt worden sei, entspringe einem verwirrten Geist, Orpen Wrens Geschwätz entspringe seiner ganz eigenen Vorstellungswelt. Er schüttelte den Kopf.

»Es braucht einen Verrückten, um es auszusprechen.«

»Es ist nicht wahr«, wiederholte sie.

»Sie stammte aus einer besseren Familie als ich. Aber das hat sie mir nie vorgehalten, sie hat mich genommen, wie ich war. Ich hätte nicht von ihr gesagt, dass sie eine flatterhafte Frau war, ich hätte nicht von ihr gesagt, dass sie die Sorte war, die sich mit einem anderen Mann einlässt. Falls aber doch, wer wollte den Leuten Vorwürfe machen, wenn sie glauben, was auf der Straße gesagt worden ist? Trotz seines Alters ist er kilometerweit gelaufen, um mir zu sagen, dass es ihm um das Kind leidtut. Es sei nicht gut, dass er es nicht schon viel früher gesagt habe, er sei so vergesslich. Das andere rutschte ihm nur so heraus, wie's halt so geht, wenn man seine fünf Sinne nicht beisammenhat. Ich hab doch gewusst, dass da etwas war. Ich hab doch gewusst, dass ich nicht mit erhobenem Kopf durch Rathmoye gehen kann.«

Er griff nach der Flasche, die auf dem Fußboden neben seinem Stuhl stand. Sie glaubte, er wolle sich mehr Whiskey einschenken, aber das tat er nicht. Wieder sagte er, damals, als er mit dem Traktor nicht aufgepasst habe, auf seinem eigenen Hof, sei einer von den St. Johns zurückgekehrt. Man könne den Leuten keinen Vorwurf daraus machen, was sie dächten oder sagten. Man könne den Leuten keinen Vorwurf daraus machen, dass sie sich etwas zusammenreimten. Auch Orpen Wren könne man keine Vorwürfe machen.

»Was er dir erzählt hat, ist der reinste Unsinn.«

Ellie hatte sich nicht gesetzt. Während des ganzen Gesprächs hatte sie, Messer und Gabel in der Hand, am Tisch gestanden. Sie sah zu, wie er die Küche durchquerte, um die Flasche Whiskey wieder aufs Regal in der Wirtschaftsküche zu stellen. Er trank nicht oft – das hatten schon die Nonnen herausgefunden und ihr mitgeteilt, bevor sie auf den Bauernhof gekommen war. Die Tasse wusch er in der Spüle aus.

»Ich mache uns etwas zu essen«, sagte sie noch einmal.

Sie legte das Messer und die Gabel auf den Tisch, wie sie beabsichtigt hatte. Sie war wie betäubt, alle Angst war von ihr abgefallen. Nichts von dem, was vorgefallen war, entsprach ihren Befürchtungen.

»Er hat mir die Hand geschüttelt, dann ist er auf und davon gegangen«, sagte ihr Mann.

Er wollte nichts essen, sie auch nicht. Er ging hinaus, und wieder hörte sie den Traktor, bevor er damit auf die Felder fuhr. In der stillen Küche kam ihr kalt zu Bewusstsein, dass die Tragödie des Mannes, der sie in sein Haus aufgenommen hatte, bei weitem entsetzlicher war, als der Liebe zu entsagen. Es war eine Klarheit inmitten der Verwirrung, eine Gewissheit: Es war zu spät. Und ebenso kalt kam ihr zu Bewusstsein, dass die Wahrheit, die sie ihm gestehen mochte, um seiner Qual den Stachel zu nehmen, mehr Leid auslösen würde, als sie ihm zufügen durfte, mehr, als ein Mann, der nichts Unrechtes getan hatte, verdiente.

33

Als Florian anderntags erwachte, wurde er sich als Erstes der Tatsache bewusst, dass sein Hund tot war, dann fiel ihm der ganze Vortag ein, ruckartig wie ein nachlässig projizierter Film. In der Nacht war er angsterfüllt aufgewacht, danach aber wieder eingeschlafen, und jetzt war er ruhiger. Was getan war, war getan, was geschehen würde, würde geschehen. Er wusch sich und zog sich an, machte Kaffee, erhitzte Milch. Er beeilte sich mit Nichtigkeiten.

Um acht Uhr kam ein Lieferwagen, um die Möbel und seine restliche Habe abzuholen, die noch im Haus verblieben war: sein Bett, sein Schlafzimmerschrank, zwei Frisiertische und eine Kommode, die die neuen Eigentümer von Shelhanagh hatten übernehmen wollen, ehe sie sich anders besannen. Die Musiktruhe hätte schon früher abgeholt werden sollen, aber es war zu einem Missverständnis gekommen, und sie stand noch immer da. Das Porzellan wurde in einen Umzugskarton gepackt, die Küchengeräte in einen anderen. Der Container würde noch bis zum Abend stehen bleiben, um alles andere aufzunehmen.

Das Haus wirkte trostlos, und als die Männer sich verabschiedet hatten, war die Leere vollständig. Der einzige Laut waren seine Schritte. Er packte den kleinen Koffer zu Ende, den er seit seiner Internatszeit nicht mehr benutzt hatte. Auf die Kleidungsstücke, die er mitnehmen wollte, legte er seinen wertvollsten Besitz, die mit Pappe geschützten Aquarelle. Als die Männer den schweren Küchentisch zum Möbelwagen getragen hatten, war eine Schublade herausgerutscht, und die Taschenuhr seines Vaters und der einzige juwelenbesetzte

Ring seiner Mutter waren zu Boden gefallen. Er fand ein Eckchen dafür.

Die Seiten des *Handbuchs* hatten ihren Dienst getan, und er warf sie auf das neuentfachte Gartenfeuer. Den Spaten, mit dem er das Grab ausgehoben hatte, stellte er zu den übrigen Gartengeräten, die vereinbarungsgemäß zurückbleiben sollten. Auf dem Hof glaubte er vom Garten her ein Geräusch zu hören, aber es war niemand zu sehen. Am See ditschte er Kieselsteine übers Wasser und fragte sich, ob er dieses einsame Spiel wohl je wieder irgendwo spielen würde.

Er vermisste das Rascheln der Binsen, die forthuschenden Wasserratten. Er lehnte sich an das umgedrehte Boot, lauschte auf die Reifen eines Fahrrads auf dem Kies und rauchte eine Zigarette.

Ellie ging nur aus dem Haus, um ihre Hühner zu füttern und unter den Zeltplanen im Torfschuppen das Paket hervorzuholen. Sie riss das Einschlagpapier ab und füllte die grüne Reisetasche mit Steinen aus der Mauer an der Flussweide, dann sah sie zu, wie sie im trüben Wasser versank.

Am Nachmittag fiel Regen, und Dillahan hackte das Holz für den Winter. Im Schuppen zog er die Äste heraus, die er dort aufgestapelt hatte, stutzte sie und hieb mit einem Beil überflüssige Zweige ab. Er hatte zwei Ulmenstämme, totes Holz, knochentrocken. Und schon seit Jahren hatte er einen Eichenstamm.

Die Riemen der Kreissäge hatten sich gelockert, an den Zahnrädern war das Öl eingetrocknet. Er bürstete Schmutz und Sägemehl ab, und die Feile knirschte, als er die Zähne der Säge schärfte. Er drehte die Zündkerzen heraus und säuberte sie. Der Motor stotterte, als er ihn anließ, dann gab es eine Fehlzündung, und Rauchwölkchen und Benzinschwaden durchzogen die Luft.

Er ließ den Motor weiterlaufen, während er das Werkzeug

wegräumte, das er benutzt hatte – Drahtbürste und Schraubenschlüssel, den Hammer, mit dem er die Motorzwinge gelockert hatte, den Schraubenzieher, seine Ölkanne.

Als die Säge aufkreischte, kam Ellie aus dem Haus, um ihm zu helfen, obwohl er immer darauf beharrte, dass er allein zurechtkam. Sie reichte ihm das jeweils nächste Stück Holz, kaum eins war zu schwer für sie. Sie brauchten den gesamten Nachmittag, und die Scheite fielen zu einem Haufen auf dem Boden.

Der Container schwankte ein wenig in der Luft, bevor er sich beruhigte und sich langsam auf den Lastwagen herabsenkte. Die Ketten, an denen er in die Höhe gehoben worden war, hingen durch, dann wurden sie vom Kran aufgewickelt. »Viel Glück!«, rief der Fahrer ihm zu, bevor er davonfuhr.

Florian hatte kein Buch zurückbehalten, und da er nichts weiter zu tun hatte, kletterte er aufs Dach, um ein letztes Mal die Aussicht zu genießen. Er erinnerte sich daran, wie er zum ersten Mal mit hinaufgenommen worden war; später hatte er dort oben ganz allein *Im Banne der Koralleninsel* gelesen. Einmal hatten Isabella und er versucht, auf dem Dach zu schlafen, aber das Blei, das zunächst so warm gewesen war, erkaltete rasch, und sie hatten sich wieder ins Haus gestohlen. Und eines Sommers, als Isabella wieder nach Italien zurückgefahren war, verfiel er hier oben den Kriminalromanen, die ein ganzes Leben lang das Suchtmittel seiner Mutter gewesen waren. Während einer Hitzewelle hatte er Tag für Tag gelesen: *Morde und Morde* und *Mord in Black Dudley, Das Bild im Spiegel, Der Tod und der tanzende Diener.*

Vom Dach aus sahen die fernen Berge unverändert aus, doch die üppigen Sommerfelder wirkten jetzt eins wie das andere: erdfarben, leer und ordentlich. In den Bäumen hauste der Herbst, im Garten wuchsen die hellen Beeren der Zwergmispel, emsige Eichhörnchen huschten umher.

Von hier aus konnte er die Straßen überblicken und würde sie sehen, sobald sie käme. Aber sie kam noch immer nicht, und bald setzten die vertrauten Schuldgefühle ein, diesmal unbegründet. Er wartete, bis sie wieder verflogen, und auf dem Weg nach unten ging er von Zimmer zu Zimmer und schloss nach dem Verlassen jede der Türen hinter sich. Am Ende der Treppe stand eine unschlüssige Gestalt in der Abenddämmerung. »Ich bin einfach reingekommen«, sagte ein Mann und erklärte, er wolle den Strom ablesen.

Während der Mann das tat und den Strom abstellte, bildete Florian sich wieder ein, draußen ein Geräusch gehört zu haben; er horchte, aber da war nichts. In der Diele bei der Eingangstür stand noch immer unbeachtet oder vergessen die Flasche Champagner auf dem Fußboden. »Wollen Sie die vielleicht haben?«, fragte er den Stromableser; und als verlange solche Großzügigkeit dem Mann ab, sich gesellig zu geben, blieb er länger als üblich und erzählte Anekdoten über Häuser, die den Besitzer wechselten. Einige Leute nähmen beim Auszug sogar die Glühbirnen mit, sagte er.

»Du hast es mir leichter gemacht«, sagte Dillahan plötzlich, nachdem eine Zeitlang keiner von beiden gesprochen hatte. Sie habe der Sache den Schrecken genommen; denn man könne erschrecken, sagte er, ohne zu wissen, warum, nur dass sich die Furcht aus dem Nichts einstelle. Das könne man bei Tieren beobachten.

Wenn nächsten Monat die Uhren zurückgestellt würden, sagte er, werde er sie nach Templeross fahren, und sie fragte sich, ob die Nonnen es ihr anmerken würden, selbst wenn sie vorher zur Beichte gegangen wäre. Eine Bußfertige habe ein ruhigeres Gewissen, hieß es in Cloonhill immer, und sie akzeptierte, dass es sich so verhielt. Trotzdem fragte sie sich, ob die Nonnen sie als die sehen würden, die sie gewesen war, oder als die, zu der sie geworden war.

In Shelhanagh House wurde das Dämmerlicht dunkler. Florian schüttete Wasser auf sein glühendes Gartenfeuer und stolperte in der leeren Küche umher. Die Blechdose, die er Mrs Carley gegenüber erwähnt hatte, stand bereits in einem der Wandschränke. Vor den Zimmern im Erdgeschoss zog er die Fensterläden zu. Als er die Eingangstür von außen abgeschlossen hatte, warf er den Schlüssel durch den Briefschlitz und hörte, wie er auf die Fliesen fiel. Im Licht der Fahrradlampe zurrte er seinen Koffer auf dem Gepäckträger fest.

In dieser Nacht konnte Ellie nicht schlafen. Auch in der vorherigen Nacht hatte sie nicht schlafen können. Im Dunkeln war sie aufgestanden, hatte ihre Kleidungsstücke vom Stuhl am Fenster geräumt, sich daraufgesetzt und in die Dunkelheit hinausgeblickt. Das tat sie auch jetzt wieder. Das Fenster stand einen Spaltbreit offen, wie sie beide es vorzogen, die Nachtluft war kühl.

Diesmal war es nicht so spät wie in der Nacht zuvor, aus dem Hof stahlen sich die letzten Strahlen zarten Mondlichts fort. Es war nur natürlich, dass einem Mann, der versehentlich seine Frau und sein Kind umgebracht hatte, vor jeglichem Argwohn grauste. Es war nur natürlich, dass eine gequälte Seele verwirrt war. Ebenso zufällig wie der Unfall selbst, war all das jetzt präsent.

An dem einen Tag, der vergangen war, hatte Ellie sich das immer wieder gesagt und sich vorgenommen, Miss Connulty, falls diese sie danach fragte, rundheraus zu antworten, der Mann, mit dem sie eine Weile befreundet gewesen sei, habe Irland verlassen. Sie würde nicht leugnen, dass sie mit ihm befreundet gewesen war. Sie würde seinen Namen nennen und sagen, wo er wohnte.

Sie begann zu frösteln, blieb aber trotzdem am Fenster sitzen. Ihr Mann, der wie so oft todmüde war, atmete schwer. Sein Schlaf war nicht unruhig. Seit sie in sein Haus gekommen sei, hatte er heute Abend gesagt, sei ihm leichter ums Herz geworden, seit sie ihn geheiratet habe, sei für ihn alles besser geworden. Es gebe nicht viele, die das begreifen würden, hatte er gesagt.

Irgendwo in der Ferne war ein Licht zu sehen. Sie beobachtete, wie es sich bewegte, und wusste, was es war. Rasch ging sie nach unten, denn die Hunde würden anschlagen. Von einem der Haken an der Hintertür nahm sie einen Mantel. Als sie auf den Hof trat, rappelten die beiden Hunde sich schläfrig auf, um sie zu begrüßen.

Auf der Straße war kein Laut zu hören. »Bei Fuß«, flüsterte sie, und der Hund, der gern die Gegend ausgekundschaftet hätte, gehorchte. Der andere war nicht von ihrer Seite gewichen.

Da war wieder das Licht, es kam von einer Senke in der Straße, noch immer weit entfernt. Manchmal, nicht oft, fuhr einer der jungen Corrigans nachts Fahrrad, aber die hielten es nicht für nötig, Licht einzuschalten.

34

Sie entfernten sich vom Haus. Er schob sein Fahrrad, die Hütehunde folgten ihnen.

»Ich dachte schon, er wäre tot«, sagte sie.

Sie erzählte ihm alles. Er besitze ein Gewehr für Kaninchen und Tauben. Überall habe Stille geherrscht, die Hunde seien mürrisch, der Traktor schief geparkt gewesen. Ein Bauer aus der Nähe von Donaghmore habe sich das Leben genommen, ebenso ein Bauer im Osten der Grafschaft Kerry.

»Heute habe ich den ganzen Tag versucht, an nichts zu denken«, sagte sie.

Sie hatten einander nicht umarmt und taten es auch jetzt nicht. Er bewegte sich neben ihr wie ein Schatten, kaum mehr als das.

»Weshalb bist du gekommen?«, fragte sie.

Sie spürte, wie er sie anstarrte, wie er versuchte, in der Dunkelheit ihr Gesicht auszumachen. Als sie ihn noch einmal fragte, weshalb er gekommen sei, antwortete er, sie müsse wissen, dass er gewartet habe.

»Ich werde nie vergessen, dass ich von dir geliebt wurde«, sagte er. »Hasse mich nicht, Ellie. Bitte hasse mich nicht.«

Er griff nach ihrer Hand, aber sie war nicht da.

Er hätte sie irgendwann zugrunde gerichtet, sagte er. Ohne es zu wollen, hätte er sie irgendwann zugrunde gerichtet. Er wisse es, wie man etwas weiß, das man nicht erklären kann.

»Menschen laufen davon, um allein zu sein«, sagte er. Einige Menschen müssten einfach allein sein.

»Das ist kein richtiges Lebewohl«, sagte er.

Es herrschte tiefes Schweigen zwischen ihnen. Im Unterholz war ein Rascheln zu hören, vielleicht der hastige Rückzug eines Fuchses. Sie schenkten ihm keine Beachtung.

»Er hat dich gerettet. Der alte Mann«, sagte er.

»Es ist kalt.«

Sie wandte sich um, und er begleitete sie, noch immer sein Fahrrad schiebend. Jeden Augenblick konnte im Haus ein Licht angehen, dachte sie. Jeden Augenblick konnte er ihren Namen rufen, die Hintertür aufstoßen. Das war wichtiger als Verständigung. Das war wichtiger als alles andere, war das einzig Wichtige. Sie wusste, dass es sich so verhielt, und doch wäre sie noch immer mit ihm fortgegangen. Flüsternd rief sie die Hunde zu sich.

»Ich könnte dich nicht hassen«, sagte sie.

Dann sagte sie nichts mehr, und auch er schwieg.

Langsam radelte er davon, die Luft fächelte ihm nasskalt ins Gesicht. Im Vorbeifahren erhellte seine Lampe den Wegweiser nach Crilly. Die Straße wurde gerade und abschüssig, und er fuhr im Freilauf hinab, dann begannen wieder die Windungen und Wendungen. Wie unnütz es war, etwas zu bedauern, und doch empfand er vor allem das: Bedauern, einen Schmerz irgendwo in seinem Innern. In der Dunkelheit waren ihre graublauen Augen nur verschmierte Flecken gewesen.

Sie lauschte dem Schwirren der sich drehenden Räder, ehe das Geräusch sich vollends verlor, ehe das flackernde Licht matter wurde und schließlich ganz verschwand. Die Hütehunde trotteten in ihren Schuppen. Sie überquerte den Hof, ihre Schritte auf dem Beton waren leicht. Sie hob den Riegel der Tür an, die sie nicht versperrt hatte, drückte die Tür hinter sich ins Schloss und drehte behutsam den Schlüssel herum.

In der Küche ließ sie sich vom Schein der Votivkerze über dem Geschirrschrank leiten. Sie zog ihre Schuhe aus und stieg die schmale Stiege hinauf, die bei jedem Tritt schwach knarrte. Die Schlafzimmertür stand offen, so wie sie sie hinterlassen hatte. Sie faltete ihre Kleider zusammen und legte sie auf den Stuhl zwischen den Fenstern.

35

Orpen Wren schlief. In der Hurley Lane schaltete Bernadette O'Keeffe im Fernsehen eine australische Seifenoper aus und schloss ihren Tag mit einem letzten ausgiebigen, gemächlichen Schlummertrunk ab. Es war ihre glücklichste Zeit, wenn ihr, was sie hatte, und das, worum sie bat, genug war. Die Schecks waren über den Tisch geschoben, die Briefe unterzeichnet worden, er hatte ihr diese oder jene Angelegenheit vorgetragen, sie um ihre Meinung gebeten und ergeben genickt. Nachts waren unterdrückte Gefühle keine Belastung mehr. Der helle kleine Bildschirm, der Schlummertrunk verliehen dem Zimmer etwas Festliches, das schaukelnde Mobiliar, der schwankende Fußboden, das Gewirr der Stimmen befreiten Bernadette von ihrem inneren Aufruhr, indem sie ihn absorbierten. Dass der Tod einer geliebten Mutter es nicht vermocht hatte, das eiserne Band eines ganzen Lebens zu lockern, schien in der Heiterkeit der Nacht nicht schlimmer, als sie ertragen konnte: So flüsterte schläfrige Ruhe es Bernardette ein. Und morgen – denn es war kein gefürchteter Samstag oder Sonntag – würde es wieder die Papiere geben, die sie liebevoll tippte und in die stille hintere Schankstube trug, wieder sein Lob, wieder ihr Geplauder.

Die Straßenlaternen in Rathmoye waren noch nicht gelöscht, aber die Straßen selbst hatten sich geleert. Die letzten Kneipenbummler waren aufgebrochen, die letzten Liebenden hatten sich getrennt. Zwei Wäscherinnen eilten von ihrer Nachtschicht in der Mill Street nach Hause. Katzen pirschten auf dem Kohlenlager umher. Auf dem Platz durchwühlte ein Straßenköter einen Mülleimer.

Im großen Vorderzimmer zog Miss Connulty für den kommenden Morgen die Vorhänge auf und blickte hinaus. Bestimmt war wieder der Hund mit dem gelblichen Fell und dem gestutzten Schwanz da, denn der kam jede Nacht. Obwohl das Haus voll belegt war und sie in aller Herrgottsfrühe mit der Arbeit beginnen musste, blieb sie noch stehen und sah hinaus. Ein einziger Lichtstrahl streifte das knochige Gesicht von Thomas John Kinsella, sein offenes Hemd mit den aufgerollten Ärmeln. Auch das war um diese späte Stunde unveränderlich.

Miss Connulty wollte sich eben vom Fenster abwenden und nach oben gehen, als ihr eine Bewegung ins Auge fiel, es war nicht die des Hundes. Der schrak vielmehr zusammen, duckte sich und verkroch sich ins Dunkel. Ein Mann auf einem Rad kam auf den Platz gefahren.

Er trug den Hut, auf dem Fahrradgepäckträger war ein Koffer festgebunden. Er hielt nicht an, um abzusteigen, sondern fuhr stetig weiter. Miss Connulty sah, wie er in die Straße nach Dublin einbog und wie der Hund sich wieder an dem Mülleimer zu schaffen machte. Kurz darauf erloschen die Straßenlaternen.

Dann war also für Ellie Dillahan alles vorbei, sagte sich Miss Connulty, alles zu Ende. Als sie die Treppe zum Badezimmer und zu ihrem Schlafzimmer hinaufstieg, leise, um die schlafenden Männer nicht zu wecken, erinnerte sie sich an das »Geschlossen«-Schild in der Tür der Apotheke, daran, wie ihr Vater ihr im Café des Adelphi-Kinos Tee eingegossen hatte. »Alles erledigt«, hatte ihr Vater gesagt. »Alles vorbei, Mädchen.«

Leise ließ sie Wasser einlaufen und wusch sich. In ihrem Schlafzimmer zog sie sich aus, Ellie Dillahan käme wie jeden Freitag mit ihren Eiern und vertraute sich ihr an, und Miss Connulty würde ihr raten, sich das Kind, falls eins unterwegs sei, unter keinen Umständen wegnehmen zu lassen. Dillahan würde es für sein eigenes halten, das Kind wieder einen Familienvater aus ihm machen und den Bauernhof mit neuem Leben erfüllen. Und ihre eigene Freundschaft mit Ellie Dillahan wäre nicht länger belastet, nun, da der Unruhestifter, der sie missbraucht hatte, endlich den Staub von Rathmoye von seinen Absätzen geschüttelt hätte. Vielmehr würde sich ihre Freundschaft noch enger gestalten, beide wüssten sie, dass das möglich war, und keine von beiden würde aussprechen, was nicht ausgesprochen werden durfte und nie ausgesprochen werden würde.

Miss Connulty schaltete ihre Nachttischlampe aus, und wenige Minuten später schloss sie die Augen, auch wenn sie nicht gleich einschlief. Ein kleines Kind krabbelte über den Teppich des großen Vorderzimmers auf sie zu, im Eckschrank befanden sich Bauklötze, Puppen oder Soldaten, unzerreißbare Bilderbücher und ein Zählrahmen. Das große Vorderzimmer wurde von der heimlichen Liebe in Ellie Dillahans Leben ausgefüllt, und später spielten sie Schnipp-schnapp, Mensch-ärgere-dich-nicht und Tivoli – Spiele, die Miss Connulty als Kind so gerngehabt hatte. Nichts davon war unmöglich.

36

Auf den Straßen nachtdunkler Städte, auf Landstraßen, die er meist für sich allein hat, durchdringen helle, jähe Augenblicke die Finsternis: Er wird von einer Wirklichkeit aus zweiter Hand beherrscht.

Zwischen den verstreuten Werkzeugen liegt eine Nonne und starrt ins Nichts. Obwohl sie sich fürchten, drücken Mädchen ihr die leblosen Augen zu. Sie bürsten das Sägemehl von ihrer Tracht und von ihren Schuhen. Sie gehen los, um zu berichten, was sie vorgefunden haben, dann waschen sie die weißgestrichenen Fenster, sammeln Holz. Im Kopf singen sie ein Lied, das sie nicht singen dürfen, und fragen sich, wer es wohl ist, der sie nicht haben will. Die Scheibenwischer schlieren, der Mann tritt aus dem Haus und trägt die Kiste hinein. Dort ist die Stelle auf dem Hof. Dort sind die ruhelosen Junitage. Sie macht aus ihrem Mitgefühl keine Tugend, tadelt keinen leichtsinnigen Liebhaber. Sie zieht Gemüse, sammelt ihre Eier ein.

Bei Tagesanbruch galoppieren Pferde auf den Weiden, die offene Landschaft füllt sich, Old Kilmainham, Islandbridge. Möwen ruhen sich auf Flussmauern aus, Hopfen würzt die Luft.

Das Meer ist still, das Tuckern der Motoren das einzige Geräusch, in der Luft hängt die Kälte des Herbstmorgens. Du weißt, woran du dich erinnern wirst, denkt er, du weißt, was ein brüchiges Gedächtnis fasst. Wieder fällt der Schlüssel auf die Fliesen. Wieder hört er ihre Schritte auf der Straße.

Der letzte Anblick Irlands, dann wird es ihm genommen:

seine Felsen, sein Stechginster, seine kleinen Häfen, der ferne Leuchtturm. Er starrt so lange, bis kein Land mehr in Sicht ist und nur noch das Sonnenlicht auf den Wellen tanzt.